英国王妃の事件ファイル⑰

貧乏お嬢さまと毒入りタルト

リース・ボウエン　田辺千幸 訳

The Proof of the Pudding

by Rhys Bowen

コージーブックス

本書を子供たちの配偶者、ティム、トム、メレディスに捧げます。
いつも愛情にあふれ、いつも手助けをしてくれる彼ら。
最高の義理の子供たちで、実の子と同じくらいに愛しています。
わたしの子供たちが見る目を持っていたことに感謝します。

謝辞

いつものごとく、バークレー社のチームと、とても楽しく仕事をさせてくれるジェーン・ロットロセン・エージェンシーのメグ・ルーリーとクリスティーナ・ホグレブに心からの感謝を贈ります。わたしの本を最初に読んでくれるジョンとクレアにも感謝します。

チェルシー薬草園にある毒草園を案内してくれた大学時代の友人クリスティン・ホジソンと、英国で（ここには最高のレストランがあります）一緒に散策してくれた友人のルイーズ・ペニーにもありがとうと言わせてください。

貧乏お嬢さまと毒入りタルト

主要登場人物

ジョージアナ（ジョージー）・オマーラ……………………ラノク公爵令嬢
ダーシー・オマーラ………………………アイルランド貴族の息子。ジョージーの夫
ゾゾ（ザマンスカ王女）………………ポーランドの亡命貴族。未亡人
サー・ヒューバート・アンストルーサー……冒険家。ジョージーの母の元夫のひとり
フィグ……………………………………ラノク公爵夫人。ジョージーの義姉
クイーニー………………………………ジョージーの料理人
ピエール…………………………………新しい料理人
サー・モルドレッド・モーティマー………小説家
エドウィン・モーティマー………………モルドレッドの息子
シルヴィア………………………………モルドレッドの娘
ヘンマン…………………………………モルドレッドの料理人
ジル・エズモンド…………………………女優。晩餐会の招待客
ローレンス・オリヴィエ…………………ジルの夫。晩餐会の招待客
ミス・オーモロッド………………………慈善活動家。晩餐会の招待客
バンクロフト大佐夫妻……………………ジョージーの隣人。晩餐会の招待客
クランプ夫妻………………………………実業家夫婦。晩餐会の招待客
アガサ・クリスティ………………………小説家。晩餐会の招待客
マックス・マローワン……………………考古学者。アガサの夫。晩餐会の招待客
タビー・ハリデイ…………………………モルドレッドの学生時代の友人

1

一九三六年六月二五日
アインスレー　サセックス

間近に迫った到着に興奮しているし、不安でもある。わお、うまくいくといいんだけれど。クイーニーが行儀よくしてくれて、事態をややこしくしないことを祈るばかり。

ダーシーとわたしの赤ちゃんが八月にやってくることは聞いていると思うけれど、いまわたしが心配しているのはそのことではなかった。それはまだ先の話だから、出産にまつわることは考えないようにしていた。赤ちゃんについて考えるときは、腕に抱いているその子――きっと、ダーシーによく似た青い目と癖のある黒い髪をしている――が愛らしい顔でわたしを見あげているところを想像した。出産そのものとそれが意味するもののことは、心の隅に追いやった。実のところ、出産について知っていることはほとんどない。学校では教えてくれない。あれは想像できないくらい最悪の経験で、二度としないとその場で決めたと母が言っていたけれど、あの人はたいていのことを大げさに言うきらいがある。

いまわたしが不安に思っている到着というのは、新しい料理人ピエールのことだ。わたしたちは一年近く、サー・ヒューバート・アンストルーサーが所有するアインスレーと呼ばれる美しいエリザベス様式の屋敷で暮らしている。サー・ヒューバートはわたしのゴッドファーザーで、母の何人かいる元夫のひとりだ。彼はほとんどの時間を山登りに費やしているので、ここに住めばいいとダーシーとわたしに声をかけてくれた。わたしたちはどちらもお金がなくて、ロンドンのぞっとするようなアパートを見ていたから、そのありがたい申し出に飛びついた。

始まりこそいろいろと問題はあったものの、わたしたちはここでの暮らしに満足していた。スコットランド高地にあるお城で育ったわたしは（わたしの父はラノク公爵だった）、元々田舎娘だ。何エーカーもある緑地庭園を眺め、毎朝、犬の散歩をする生活はわたしにとても合っていた。ここに越してきたときには使用人の問題があったけれど、幸いにも以前の家政婦だったミセス・ホルブルックが戻ってきてくれることになったので、それ以来、万事うまく回っている。ハウスメイド、従僕兼運転手、わたしの個人的なメイド、庭師を雇った。全員が地元の人たちで、とてもよくやってくれていた。ただひとつ、まだ埋まっていないポジションが料理人だった。

これまでは、以前のメイドであるクイーニーが料理をしていた。そう、あのクイーニーだ。わたしのこれまでの物語を読んでくれている方々は、彼女が歩く大惨事であることを覚えているかもしれない。わたしのレディスメイドだったころには、上等のベルベットのドレスにアイロンをかけてだめにしたり、わたしの結婚式に靴を忘れてきたりした。実のところ、思い出せないくらいの惨事がたくさんあった。それでも彼女を雇い続けてきたのは、とても勇敢だったことが時々あったのと、ほかでは雇ってもらえないことがわかっていたからだ。けれど彼女はそれなりに料理ができることがわかったので、アインスレーのキッチンで働いてもらうことになり、いまのところなにも燃やしてはいない。とはいえ、ロンドンの下町で育った彼女が作れるのは自分が知っているものに限られていたので、わたしたちはスエット・プディング（小麦粉とスエットを使った生地のプディング）やトード・イン・ザ・ホール（ヨークシャープディングの生地にソーセージを入れて焼いたもの）やシェファーズパイを頻繁に食べることになった。上流階級の食卓に供されるような優雅な料理とはとても言えない。地元の名士たちにスポティッド・ディック（スエットとドライフルーツを使ったプディング）を振る舞うわけにはいかないだろう。

ちゃんとした料理人を見つけるようにとダーシーからずっと言われていたのだけれど、わたしは先送りにしていた。使用人を雇うのがあまり得意ではないからだ。けれど最近になってふたつの出来事があった。サー・ヒューバートから、アンデス山脈の山はすべて制覇したので、わたしの出産に合わせて帰るという手紙が届いたこと。そして訪れていたパリで必要としていた料理人に会ったことだ。出会ったときのピエールは、競争の激しいパリで料理人としての職につくことができずにウェイターとして働いていた。そこでアインスレーで働かないかと申し出てみたのだ。彼の料理を食べたことはなかったから、いちかばちかの賭けではあった。けれどフランスの料理学校で学んだことのある人間なら、だれであれクイーニーよりは料理がうまいはずだと考えたのだ。実を言えば、共産主義者だという彼が申し出を受けるとは思わなかったのだが、彼は引き受けてくれて、まもなくやってくることになっている。

たったひとつ問題があるとすれば、クイーニーだった。フランス人の料理人が来ると聞くと、彼女はひどく憤慨した。あたしのキッチンで外国人に外国のおぞましいものなんて作らせませんよ。あたしの作るものに満足していなかったってことですよね。あたしのケーキやビスケットが好きなんだとばかり思ってましたよ、というのが彼女の言い分だ。わたしはずいぶんがつがつと食べていたらしい。

好きだとわたしは言った。彼女はケーキやビスケットを作るのは上手だったし、実際においしかった。けれど、戻ってきたサー・ヒューバートはディナーパーティーを開きたがるだろう。二〇人分の複数コースの料理を準備するのはクイーニーには無理だ、そうでしょう？　クリスマスのときの気取った料理みたいな洒落たものを作らなきゃならないんだったら、まあ、無理ですよねと、自分の手に余ることは彼女も納得した。ノーフォークで一緒に働いた女性のようなちゃんとした英国人の料理人を雇うのなら構わないと彼女は言った。でも、あたしに威張り散らすような外国の男なんてごめんですからね、と。

「その人が来るなら、あたしはやめますよ」クイーニーは言った。

わお。困ったことになった。彼女がいなくなるのが悲しいわけではないし、いまの彼女ならどこかで料理人として働くこともできるだろうけれど、彼女はこう言ったのだ。

「あたしはお嬢さんのレディスメイドに戻りますよ。あのメイジーって子には、ほこりをはらったり、箒《ほうき》をかけたりする仕事に戻れって言ってくださいよ。それともキッチンのスカラリーメイドになって、その外国人の男の手伝いをしてもいいし」

そしてクイーニーは棚の上に置かれている装飾品をがちゃがちゃ揺らしながら、足音も荒く出ていった。彼女は大柄なうえに、いつも行進している軍隊のような歩き方をする。わたしは祖父がそこにいることを願いながら、応接室に向かった。祖父はしばらく前からアインスレーに滞在している。また気管支炎にかかったので、ここに来て養生するようにと説得したのだ。祖父は大きな家では落ち着かないと言うし、使用人にあれこれしてもらうのを嫌がるので、説得するのは大変だった。ロンドンの警察官だった祖父にはそんな暮らしは合わないのだろう。わたしに城を所有していた公爵の父と、ロンドンっ子の祖父がいることを不思議に思った人たちのために説明しておくと、ヴィクトリア女王の孫である父は、貧しい家の出の（母はそれを忘れることにしている）美しくて有名な女優と結婚してわたしが生まれたというわけだ。

わたしが応接室に入っていったとき、祖父は地元の新聞を読んでいた。

「どうかしたのか？」祖父が訊いた。「牛乳が腐りそうな顔をしているぞ」

「クイーニーなの」わたしは祖父の向かいの肘掛け椅子に座りこんだ。

「今度はなにをしたんだ？」祖父は面白そうな顔になった。「トード・イン・ザ・ホールにトードを入れ忘れたとか？」

わたしはため息をついた。「なにもしていない。ただ、わたしがパリからピエールを連れてくるなら料理人をやめるって、宣言しただけよ」

祖父の笑みはそのままだった。「ふむ、別に問題とは思えんがね？　彼女がいなくなっても、たいして困らんだろう。それに、ダーシーの親戚は彼女を高く評価していると言っていたんじゃなかったか？　彼らのところに戻ればいい」

「それだけじゃないのよ」わたしはもうひとつため息をついた。「わたしのレディスメイドに戻るから、メイジーをやめさせればいいって言うの」懇願するようなまなざしを祖父に向けた。「どうすればいいと思う？　クイーニーにはメイドになってほしくない。メイジーが気に入っているのよ。かわいらしいし、有能だわ。唯一の難点は、母親のそばを離れたがらないっていうことで、旅行をするときには困るけれど、赤ちゃんが生まれたら当分はどこにも行かないんだもの。そうでしょう？」

「それなら、クイーニーに正直に言うことだ。いまのメイドに満足しているから、彼女を替えるつもりはないとな」祖父は手を伸ばして、わたしの膝を叩いた。「おまえが主人なんだ、ジョージー。決めるのはだれなのかを教えてやることだ」

「わかっている。わたしは使用人にあれこれ命令するのが苦手なのよ。わたしのような生まれの人間には簡単なことのはずなのに、そうじゃない。義理の姉のフィグは、人を顎《あご》で使うことをなんとも思わないけれど、わたしは罪悪感を覚えてしまうの」

「おまえは優しすぎるんだ。わしに似たんだろうな。おまえの母親は人を顎で使うことをなんとも思ってないようだがな」

笑わずにはいられなかった。「確かにそうね。正確に言えば、もうその肩書は使えないはずなのに、公爵未亡人であることを最大限に利用しているもの」

祖父は顔をしかめた。「あのドイツ人の男と結婚したら、諦めなきゃならないことのひとつだな。ただの夫人《フラウ》になるんだ。それに、わしは結婚式には出んぞ。絶対だ。ドイツ人なんてとんでもない。あいつは大きな間違いを犯そうとしている。そう思わんか？」

「そう思っている。マックスのことは嫌いじゃないの。でも、最近ドイツで起きていることが気に入らない。わたしがパリで会ったドイツ人たちをおじいちゃんに会わせたかったわ。お母さまが買い物に行くときにはお目付け役がついてきた――恐ろしい女性で、お母さまのすることすべてに目を光らせていたのよ」

「ドイツのものにろくなものはない」祖父は言った。わたしはドイツのワインや作曲家もけっこう好きだったから、ずいぶんと極端な意見だと思ったが、祖父のたったひとりの息子、一度も会ったことのないわたしのおじのジミーが第一次世界大戦で戦死したせいで、祖父には偏見があるのだ。

「あいつがなんだってあの男と結婚したいのか、わしにはさっぱりわからん。これまでだって、たいていの男とは結婚せずとも一緒に住んでいただろうに」

「マックスのせいよ。四角四面で、正しいことがしたいみたい」

「あいつは絶対に後悔する。わしがそう言ったと覚えておくといい」祖父は指を振ってみせた。「フラウなんとかになったら、英国の国籍を失うんだろう？　そうなったら、ドイツを出ていきたくても出ていけなくなる」

「わお。そのとおりね。いくらお母さまが気に入られているとしても、わたしはいまのドイツに閉じこめられるのはごめんだわ」

祖父はため息をついた。「あいつはだれの言うことにも耳を貸さんだろう。これまでだってそうだった。赤ん坊が生まれたらここに来るのか？」

「来るって言っていた」

祖父はくすくす笑った。「あいつがおばあちゃんをやるとは思えんな。自分の子供の世話すらほとんどしなかったのに。おまえが生まれてすぐに、南フランスに戻ったはずだ」

考えてみた。わたしに母の記憶はほとんどない。子供部屋で過ごしていたころとなれば、皆無だ。わたしの面倒を見てくれて、寝かしつけてくれて、歌を歌ってくれたのは子守だ。彼女が優しくて愛情深い女性だったのは本当に幸いだった。そうでなければ、わたしはどんな人間に育っていたことか。自分の子供にはたっぷりと手をかけるつもりでいた。

祖父は新聞を畳んだ「それで、そのフランス人の男はいつ来るんだ？」

「次の週末までには」

「クイーニーには彼の助手としてキッチンに残ってほしいんだな？」

「それが一番よね。正式な料理人に、準備や後片付けまで全部ひとりでさせるわけにはいかないもの」

「つまり、クイーニーをスカラリーメイドに降格させるということか？」

わたしは窓の外に目をやり、強い風に躍る公園の木々を眺めた。どうして人生はこんなに複雑なんだろう？

2

六月三〇日
アインスレー

今日がその日だ。ピエールがやってくる。クイーニーとの問題を片付けるのに何日かは猶予があるだろうと思っていたのに、臨港列車に乗るから駅までだれかを迎えによこしてほしいという電報が昨日届いた。謙虚な使用人なら、農用車に乗せてもらえないときには、駅から数マイルの距離を歩くところだけれど、彼はそうではないようだ。クイーニーを持て余しているわたしが、彼に対処できるだろうか？　わたしは大きな間違いを犯したのかもしれないと考え始めていた。スポティッド・ディックだって、そう悪いものじゃないでしょう？

メイジーが朝の紅茶を運んできたとき、ダーシーはすでに起き出していた。クイーニーがわたしのメイドだったころは、朝の紅茶が時間どおりに運ばれてくるかどうかはわからなかったし、ソーサーに紅茶がこぼれていることもたびたびだった。けれどメイジーは時計のように正確なうえ、気立てもいい。

「おはようございます、マイ・レディ。今日もいいお天気ですね」メイジーはベッド脇のテーブルにトレイを置くと、カーテンを開けにいった。

ダーシーが着替え室からネクタイを結びながら、出てきた。化粧台の鏡の前で足を止め、ネクタイを結び終えた。いつものごとく、とてもハンサムだ。こんなにいかした男性がどうしてわたしを選んだのだろうと不思議に思いながら、わたしは彼を見つめた。その視線に気づいた彼にウィンクをされて、わたしは顔を赤らめた。

「あの子は前のメイドに比べてずいぶんいいじゃないか」ダーシーが言った。「いや、ばかなことを言ったな。前より悪くなるなんてことは、ないだろうからね」

ダーシーは、わたしの表情が曇ったことに気づいて訊いた。「どうしたんだ？」

「ああ、ダーシー。どうしていいかわからないのよ。新しい料理人が来るって知っているでしょう？　外国の男となんて働きたくないから、わたしのメイドに戻るってクイーニーが言っているの」

「なにがそんなに問題なのかわからないな」ダーシーはわたしの肩を軽く叩いた。「満足できるメイドがいるからそのままキッチンに残ってほしい、それがいやならほかの仕事を見つけるようにと言えばいい」

「でも、それが問題なのよ。いったい、だれが彼女を雇いたがる？　料理人としては悪くないけれど、彼女は災難の塊みたいなんだもの」

「ぼくのおばのところに帰してもいい。彼女を気に入っていたからね」

「そうね」わたしはベッドの片側に両脚をおろして、ティーカップに手を伸ばした。「彼女をクビにしたいのかどうか、自分でもわからないのよ。ほら、一度は命を助けてくれたんだし」

「そうだったね。とにかく、きみが解決するんだ。いまはきみがこの大きな屋敷の女主人なんだから、その役割を果たさないと」

わたしは紅茶を飲んだ。「そうね」

「それじゃあ、ぼくは出かけるよ」ダーシーが言った。

「どこに行くのか訊いてもいい？」ダーシーの場合、どこでもありうる――フランス、南アメリカ……彼は正式に英国政府に雇われているわけではないけれど、秘密だったり極秘だったり危険だったりする仕事をたくさんしていて、彼はそれを楽しんでいる一方、わたしは心配でたまらなかった。

「ある男性と犬の件で会うんだ」ダーシーはいわくありげな笑みを浮かべた。まったく腹立たしいったら。

「ダーシー！　いつもそれしか言わないんだから！」わたしは彼をにらみつけた。

「ああ、そうだった。ロンドンである男性と犬の件で会うんだ」

「ロンドン？」

彼はいたずらっぽい笑顔で応じた。「メイフェアにいる愛人のところに行くって答えたほうがよかったかい？」

わたしも笑みを返した。「あなたにメイフェアの愛人なんていないってわかっているから。お金がかかりすぎるもの」わたしはもっと知りたくて、言葉を切った。「仕事なの？　政府のこと？」

「ジョージー、話せないって、わかっているだろう？」

頭のなかで警報が鳴り響いた。「遠くに行かされるわけじゃないわよね？　赤ちゃんが生まれるときはここにいるって、約束したのに」

「遠くには行かないよ。約束する」ダーシーは身をかがめて、わたしの頬にキスをした。「なにか起きたりしないかぎり、夕食には戻る」そう言ってから言葉を継いだ。「夕食があればだが。新しい料理人はまったくなにもできなくて、クイーニーは出ていってしまっているかも」

「それを言わないで。心配でたまらないんだから」

「からかっただけだよ。全部うまくいくさ」

男の人って、本当になにもわかっていない。

着替えをし、ひとつ深呼吸をしてから寝室を出た。ドアを開けると、小さな足で床をパタパタと叩く音が聞こえた。いや、舌をだらりと垂らし、激しく尻尾を振りながら跳びはねる

ように して駆け寄ってくる二匹の子犬の小さな足は、もうそれほど小さくはない。押し倒される前に、わたしは彼らを捕まえた――二匹はもうずいぶんと大きくなったのに、まだ自分たちのことをふわふわした愛すべきボールだと思っている。

「悪い子たちね」わたしは言った。「上にあがってきちゃいけないでしょう！」口が届くところにあるものは――とりわけ靴は――なんでも噛んでしまうからだ。

二匹は愛らしい目でわたしを見あげた。〝でもぼくたちがあなたのこと大好きなの、知っているでしょう？　あなたが起きたのが聞こえたから、挨拶に来なきゃいけなかったんだよ〟とその目は語っているようだった。例によってわたしはそれ以上怒っていられず、まとわりつく二匹と一緒に階段をおりた。

食堂に入っても、食欲をそそるにおいは漂っていなかった。サイドボードは空だ。ベーコンもない。キドニーもない。卵もない。なにもない。ベルを鳴らした。従僕のフィップスがトーストがのったトーストラックを持って現れた。

「すみません、マイ・レディ」彼は言った。「クイーニーがもう料理はしないと言っているんです。ミセス・ホルブルックがいま卵を茹でています。コーヒーをすぐにお持ちしますから」

「まあ。ありがとう、フィップス」

彼の顔に笑みはなかった。それどころか、その目には敵意のような表情が見て取れる。

「失礼ながら言わせていただきますが、マイ・レディ、これはずいぶんひどい仕打ちだと思います」

「なにが？　フランス人の料理人を連れてくること？」

「いいえ、違います。ちゃんとした料理人が必要なのはわかっています。ぼくが言っているのは、かわいそうなメイジーを放り出すことです。病気の母親がいるせいで、彼女が旅に行きたがらないことは知っていますが、だからといってあんな働き者の彼女をクビにする理由にはならないんじゃないですか」

「彼女をクビにする？」わたしは顔をしかめた。

「そうです。いま彼女は上の部屋で、泣きじゃくりながら荷造りしていますよ」

「でも、わたしはそんなこと言っていないわよ。今朝、紅茶を持ってきてくれたときは、機嫌よくしていたのに」

「そのあとで、奥さまがクイーニーをまたメイドにしたがっているから、メイジーは出ていってくれていいと、クイーニーに言われたんです。ちゃんとしたレディスメイドのように一緒に旅ができないから、奥さまがメイジーをクビにするんだとクイーニーは言ったそうです」

「クイーニーったらなんてずうずうしい！」わたしは手にしていたトーストを置いた。「わたしはそんなことは言っていないし、メイジーをクビにするつもりなんてまったくないわ。いますぐ彼女にそう言わないといけないわね。それからクイーニーと話をしないと。本当に厄介なことになってきたわ。教えてくれてありがとう、フィップス」

主階段を急いであがり、廊下を進んで、使用人たちの寝室に通じるふたつめの階段に向かった。体が重くなっているから、こちらの階段をあがるときは少し慎重になった。もうお腹がずいぶんと大きくなっている。どこがメイジーの部屋なのかは知らなかったが、泣き声が聞こえていたから見つけるのは簡単だった。ドアは半分開いていた。ノックをして、なかに入った。

メイジーはベッドの上に小さなスーツケースを広げ、引き出しを空にしているところだった。肩に手をのせると、彼女は驚いて飛びあがった。

「メイジー、いいのよ、泣かないで。あなたはどこにも行かないの」

メイジーは涙に濡れた顔でわたしを見た。

「でもクイーニーは、奥さまはもうわたしを必要としていないって言ったんです。奥さまが行くところについていかないから、わたしはちゃんとしたレディスメイドにはなれないって。彼女は外国のひどい場所にもたくさん行ったけれど一度も文句は言わなかったから、また元の仕事に戻るんだって」

「クイーニーにそんなことを言う権利はないの。彼女があなたの仕事を奪うことはないわ、メイジー。あなたはとてもよくやっているし、わたしはあなたに満足しているの。そもそも、赤ちゃんを連れてどこかに行くつもりはないから、当分のあいだ、そんな問題はないのよ」

彼女の目に希望の光が戻ってきた。「それじゃあ、わたしは出ていかなくていいんですか？」

「ええ、もちろんよ。あなたにはわたしのメイドとしてここにいてほしいの」

「ああ、ありがとうございます、マイ・レディ。すごくうれしいです」いまにも抱きついてきそうだ。「わたしが送っているお金がなかったら、母さんがどうなることか。お医者さまへの支払いがたくさんあるんです」

「それじゃあ、この件は解決ね。涙を拭いて、仕事に戻ってちょうだい」

「はい、マイ・レディ」メイジーは潤んだ目で笑顔を作り、服をタンスに戻し始めた。

以前のようにはバランスが取れなくなっていたから、わたしはそろそろと階段をおり、ベーズ張りのドアをくぐって、さらにキッチンに通じる石造りの階段をおりた。わたしを熱烈に歓迎してくれる二匹の子犬はいたけれど、クイーニーの姿はない。わたしに飛びつこうとする犬たちを落ち着かせて撫でていると、ミセス・ホルブルックが現れた。

「まあ、マイ・レディ。大丈夫ですか？ いったいクイーニーはどうしたっていうんでしょう。昨日からひどく反抗的で、もう奥さまの料理人じゃないって言うんですよ」

「フランス人の料理人を連れてくることが気に入らないのよ。それで、ひどい態度を取っているの」

「わたしからなにか言っておきましょうか、マイ・レディ？」

「わたしが直接話すわ、ミセス・ホルブルック。彼女の態度には本当にがっかりしているのよ。どこにいるか知っている？」

「今朝は全然見かけていません。なにも言わずに出ていったなんてこと、ありますかね？」

「わからないわ」わたしは肩をすくめた。「クイーニーだったら、なんでもありえるわね」

「残念ですね。料理人としては、けっこううまくやっていたのに。それほど惨事も起こさなかったし。わたしの言っていること、おわかりだと思いますけれど」

「ええ、わかるわ」わたしは彼女に笑いかけた。「クイーニーを見かけたら、わたしのところによこしてほしいの」

「そうします。朝食に戻ってください。すぐにゆで卵とトーストをお持ちします。さっきの分はもう冷めているでしょうから」

階下の部屋を捜したあと、わたしは食堂に戻った。そこにもクイーニーはいなかった。朝食に戻ろうとしたところで、ふと思いついたことがあった。上の階のわたしの寝室に行ってみると、クイーニーがそこにいて、衣装ダンスのわたしの服を並べ直していた。

「クイーニー、なにをしているの?」わたしは訊いた。

「きちんとした順番に直しているんですよ、奥さん」(彼女がわたしを〝マイ・レディ〟と呼んだことはない。結婚するまでは〝お嬢さん〟で、いまはそれが〝奥さん〟に変わっただけだ。それが意図的なものなのか、それとも彼女の頭があまりよくないせいなのかはわからない)

わたしは大きく息を吸った。「はっきり言っておくけれど、あなたはわたしのメイドじゃないの。わたしにはメイジーという文句のつけようがない優れたメイドがいるし、彼女にクビを告げる権利はあなたにはない。立場をわきまえないことをしたあなたは、その場でクビにされても文句は言えないのよ。ひとつ、はっきりさせておくわ。料理人の助手としてなら、あなたはこの家に残ることができる。訓練を受けた料理人から技術を学べば、いずれは料理長としての仕事を見つけることができるかもしれない。それとも、二週間後にやめることにして、別の仕事を探してくれてもいいわ」

「それなら、そうしますよ」クイーニーはぼそぼそと言った。「外国の男にああしろこうしろなんて言われるのはごめんですからね。一度やってみたけれど、とんでもなかった。あたしがいなくなったら、後悔しますよ」

彼女はそう言い残し、どすどすとわたしの寝室を出ていった。

3

六月三〇日
アインスレー

わたしは混乱状態が嫌いだし、クイーニーのことを考えると気がとがめた。でも彼女は、自分の立場が正規の料理人が見つかるまでの一時的なものだと知っていたはずだ、そうでしょう？　それに彼女には資格がないことも、簡単な料理しか作れないこともわかっていたはず。ばかみたいだけれど、彼女がいなくなったら寂しいだろうと思う。あれは彼女のはったりなんだろうか？

簡単な朝食を終えたものの、ピエールの到着を待つあいだ、わたしはなにも手につかなかった。

「わたしは正しいことをしているのかしら、おじいちゃん？」わたしは尋ねた。「そのせいで、家じゅうが動揺しているみたい」

「おまえは自分に求められていることをしているんだよ。サー・ヒューバートがじきに戻ってくる。彼はこのあいだ帰ってきたときに、支払いはするからいい料理人を見つけるようにとおまえに言ったんだろう？　それだけの時間はあったのに、おまえがまだ正規の料理人を見つけていなかったら、彼は失望するだろうな」

「そのとおりね」わたしはうなずいた。「いままで先送りにしていたのは、まさにこれが理由だったのよ。クイーニーをがっかりさせたくなくて」

「わしに言わせれば、最初に雇ってからずっと、彼女は悩みの種だった。わしならダーシーのおばのところに帰すね。いい厄介払いだ」

「わかっている。問題は、彼女はすごく勇敢で忠実で、トランシルヴァニアみたいな妙なところに連れていったときも、文句を言わなかったっていうことなの。だから彼女には責任のようなものを感じているのよ。でもおじいちゃんの言うとおり、彼女はダーシーのおばさんたちのところで働くのを楽しんでいた。でもそうしたら、別の料理助手を探さなくちゃいけないわ。わたしは使用人を雇うのが大嫌いなのに」

「なにもかもうまくいくさ、あせらんことだ」祖父は微笑んだ。「だれかが必要なら、ミセス・ホルブルックが見つけてくれる。彼女はいい人だろう？」

祖父が彼女を憎からず思っていることにわたしは気づいていた。彼女の話題が出るたびに、あの悲し気な笑みが祖父の顔に浮かぶ。

「ええ、そうね。まだ当分はいてくれるといいんだけれど。普通なら引退している年だもの」

「彼女は人の役に立って、必要とされるのが好きなんだ。わしにはよくわかるよ。自分がもうだれからも望まれず、必要ともされていなくて、あとはゴミ捨て場に行き着くだけだと知るのは悲しいもんだ」

わたしは祖父の手を取った。「おじいちゃんはここですごく望まれているし、必要とされているわ。おじいちゃんがいてくれて、本当にありがたいと思っている」

「そう言ってくれてうれしいよ。だがわしが役立っているってことにはならんだろう？」

「それなら、なにか見つけるわ。自作農場を作ろうかってダーシーと話しているのよ。何羽かの鶏と一頭か二頭の豚から始めるの」

それを聞いて祖父は笑った。「わしに豚のことがわかるとでも？」

「学べばいいわ」

「老犬に新しい芸を教えるのは難しいんじゃなかったかな？」そう言いながらも、祖父の笑みは消えていなかった。

私道から物音が聞こえてきたので、わたしは窓の外に目を向けた。だが、バイクでやってきた郵便配達員だった。

「ピエールは何時に来るのかしら。迎えに来てほしいから、駅から電話をするって言っていたけれど」

「ディナーの前に来てほしいもんだ。でないと、みんな飢え死にしてしまうぞ」

「わお、彼を雇ったのが間違いじゃなかったことを祈るわ。実は、一度も彼の料理を食べていないのよ」

「そうなのか？」祖父は眉間にしわを寄せた。「じゃあ、だれかから推薦されたとか？」

「そういうわけでもない」気がつけば、下唇を嚙んでいた。不安になったときにする、子供のころからの癖だ。「彼とはパリで会ったの。ウェイターとして働いていたんだけれど、実は資格を持った料理人で、ただパリでは仕事を見つけることができなかったの。だからここで働かないかって申し出たのよ。パリで料理人として認められていたなら、クイーニーよりはましだろうって思ったから」

「なにか理由があって、仕事が見つからなかったのかもしれない」

「わお。そんなこと言わないで。彼は詩人なの。それに、熱心な共産主義者でもある。貴族全員に毒を盛ることを自分の使命と考えていないことを願うわ」

　クイーニーがしたことかどうかはわからないが、ランチには昨日のスープを温め直したものが出てきた。お茶の時間にケーキが欲しいと思うのは、望みすぎというものだろう。わたしは犬たちを連れて長い散歩に出かけ、戻ってきたとたん、犬たちは激しく吠えたてながら玄関に向かって勢いよく駆けだした。

「ホリー！　ジョリー！　伏せ！　静かにしなさい」わたしは彼らを押さえこもうとした。二匹は生後半年で、意地の悪さなどかけらもないまだまだ遊び盛りの子犬だけれど、体はかなり大きくなっているから、知らない人は怖がるかもしれない。幸いなことにフィップスが現れて、わたしが首輪をつかんでいるあいだにドアを開けてくれた。ドアの外では、顔を真っ赤にした汗だくのピエールが大きなスーツケースを手にして立っていた。

「なんてこった《モン・デュー》」うさんくさそうに犬を眺めながら、彼はつぶやいた。「永遠にたどり着けないかと思った」フランス語で言いながら家のなかへと足を踏み入れ、大理石の床にスーツケースを置いた。

　使用人の出入り口は家の横手の一階にあると彼に教えるのは、いまではないだろう。

「迎えに来てもらうために、駅から電話をよこすんだと思っていたわ」わたしもフランス語で言った。

「そのつもりだった」彼は数歩進んで、階段や壁に飾られている肖像画や甲冑《かっちゅう》を眺めた。

「だが、車でこの家の前を通るという男性に駅で会ったんで、乗せてもらえば迎えをよこしてもらう手間も省けると思ってね。でも、ゲートから家までこんなに遠いとは思っていなかった。それにこんなに暑いとは……」彼は言葉を切り、額を拭った。

　犬たちは彼に近づきたくて、よだれだらけのキスを彼に浴びせたくてうずうずしている。けれど彼はあとずさった。「こいつたちは、危険かい？」

「気に入らない相手にだけね。大丈夫よ、この子たちはまだ子供で、すごく人懐っこいの」わたしはフィップスに向かって言った。「犬を連れていって、とりあえず洗い場に閉じこめておいて、フィップス。彼は新しい料理人のピエールよ。わたしはキッチンと彼の部屋を案内してくるから」

ピエールは連れていかれる犬たちを眺めていた。

「さあ、ついてきてちょうだい」わたしは言った。「どれくらい英語ができるのかを訊いていなかったわ。ほかの使用人たちとやりとりをする必要があるのよ」

「少しだけ……話せる。アメリカ人の友だち。ぼくに教えようとした」

「それなら、頑張って早く話せるようになってちょうだいね。わたしはフランス語を話すけれど、この家でほかに話せる人はいないはずだから」わたしは彼のスーツケースを示して言った。「それじゃあ、わたしについてきて」

彼はスーツケースを手に取り、廊下を進むわたしのあとをついてきた。

「とても大きい」彼は英語で言った。

「ええ、とても大きいわ。でも、あなたが使う場所はこっち」わたしは緑色のベーズ張りのドアを開けて、キッチンと使用人のエリアへと続く石造りの階段をおりた。

「ここがあなたの領域よ。キッチンはここ」わたしは告げた。

彼はあたりを見回した。その表情からでは、気に入ったのかどうかはわからなかった。

「広い」彼はそう言って顔をしかめた。「でも古い。現代的じゃない」

「そうね、あまり現代的ではないわ。この家は一五八〇年くらいに建てられたものなの」

ピエールは訪ねてきた未婚のおばのように、キッチンをぐるりと歩きながらあちらこちらを指でなぞった。彼が、気難しい人でなければいいんだけれど。パリではとても愉快で気楽な人に見えた。

「あなたの部屋はこの先よ」キッチンを出て、ミセス・ホルブルックのこぢんまりした居間を通り過ぎ、寝室のドアを開けた。クイーニーは最上階の寝室をずっと使っていたから、前の料理人がやめたあと、ここは使われていない。カーテンは引かれたままで、かび臭いにおいがした。ピエールはぞっとした顔になった。

「だめ、だめ」彼は両手を振った。「ここは無理だ。ここじゃあ、眠れない」フランス語に変わった。「暗いし、臭い。ぼくは地下では暮らせないよ。こんなところを好むのはネズミと蝙蝠《こうもり》だけだ」彼は顔を背けた。「どうしてぼくが共産主義なのか、わかるだろう？　きみたちの部屋は豪華絢爛なのに、使用人は地下の穴倉で暮らしている。そんなのおかしいよ」

確かにそのとおりだ。ここは好ましい部屋とは言い難い。けれど、出だしで間違うわけにはいかなかった。この家でピエールに偉そうな態度を取らせるわけにはいかないし、ほかの使用人たちに共産主義の考えを講義してもらいたくもない。

「ピエール、この仕事は、あなたにチャンスをあげたんだっていうことを忘れないでほしいの」わたしはフランス語で言った。「あなたは料理人になりたかったけれど、パリではその仕事が見つからなくて、ウェイターとして働かなくてはならなかった。ただのウェイターよ、ピエール。わたしはいちかばちかあなたを雇った。あなたの料理の味見すらしていないのに。ひょっとしたらあなたはたいした料理人ではなくて、だから仕事が見つからなかったのかもしれない」

彼の顔が怒りで赤く染まった。「ぼくは腕のいい料理人だ。いまにわかる」

「それを聞いて安心したわ」わたしはさらに言った。「ここでの仕事はそれほど大変じゃないはずよ。普段はわたしと夫のために、そしてこの家の所有者であるわたしのゴッドファーザーが戻ってきたときには、彼のために料理を作ってもらうわ。新しいメニューを試して、評価を得ることだってできる。この機会を有効に使ってちょうだい」

ピエールは嬉々としてうなずいた。「はい、マダム、チャンスをもらえて嬉しいよ。でもぼくが詩人でもあるってことをわかってもらいたいんだ。ぼくは詩人の魂を持っている。暗い陰気なところでは暮らせない。魂がしなびて、死んでしまうよ」

「わかったわ。ほかの使用人たちと一緒に、最上階の部屋を用意するわね。広くはないけれど、光だけはたっぷり入るわ。でもまずはあなたをミセス・ホルブルックに紹介しないと。彼女は家政婦で、ここの責任者なの。とてもいい人よ」

わたしはそう言いながら、彼女の居間のドアをノックした。返事がなかったので、昼寝をしているのだろうと思った。そこでキッチンの反対側にある、使用人たちの食堂に向かった。そこならだれかがいるだろうから、最上階にピエールの部屋を用意するように言うつもりだった。

思ったとおりだ。メイジーともうひとりのメイドのサリーがいた。ふたりは繕いものをしていて、わたしに気づくとあわてて立ちあがった。好奇心いっぱいのまなざしでピエールを見つめている。

「彼が新しい料理人のピエールよ」わたしは彼を紹介した。「彼のことは〝シェフ〟と呼んでちょうだいね。彼の英語が上達するように助けてあげてほしいの」

「わかりました、マイ・レディ」ふたりは声をそろえて応じた。

「彼はあなたたちと同じ最上階の部屋がいいんですって。だからサリー、上に行って、彼の部屋を決めて、ベッドを用意してあげて」

「はい、マイ・レディ」サリーは軽く膝を曲げてお辞儀をすると、ピエールにいたずらっぽく笑いかけ、足早に部屋を出ていった。ハンサムなフランス人男性が、この家に厄介な問題をもたらすかもしれないと、わたしは初めて気づいた。

「それからメイジー、クイーニーを見つけて、新しい料理人にキッチンのどこになにがあるかを教えてあげてほしいってわたしが言っていたと伝えてちょうだい。それから、いつもの時間に応接室でお茶にしたいわ」

「わかりました、マイ・レディ」メイジーは怯えているとは言わないまでも、気乗りしなさそうな様子だった。小柄で繊細な娘にはクイーニーは恐ろしく見えて、対峙するのが嫌なのだろうと思った。

わたしはピエールに向き直った。「あなたがどれくらい理解できたのかわからないけれど、最初の娘サリーはあなたの部屋を準備しに行ったの。ふたり目のメイジーはわたしのメイドで、いままで料理人だったクイーニーを捜しに行ったのよ」

フランス語で説明すると、彼はうなずいた。「その女性がぼくの助手《スーシェフ》に？」

「わからない。ここに残るか、それともやめるのか、彼女はまだ決めていないの。基本的な料理はそれなりにできるのだけれど、オート・キュイジーヌのことはなにも知らないのよ。彼女が残るのなら、あなたが教えてくれると嬉しい」

「せいいっぱいやりますよ、マイ・レディ」

わたしは安堵のため息をついた。私道を長々と歩いてきた疲れから回復して、彼はこの家になじもうとしている。石造りの階段をどたどたとおりてくる足音が聞こえて、わたしたちはそろってそちらに顔を向けた。赤い顔をしたクイーニーが息を切らしながら現れた。

「外国の男にあたしのキッチンを見せろって言うんですか？」彼女が言った。「あたしは絶対に――」ピエールの姿が目に入ると、言葉が途切れた。口があんぐりと開いた。「え、奥さん、ものすごくハンサムな人じゃないですか！」

4

まだ六月三〇日
アインスレー

結局のところ、すべてうまくいくかもしれない。

クイーニーはひたすらピエールを見つめている。

「クイーニー」わたしは言った。「彼はピエール。あなたがここに残るつもりなら、キッチンで彼の手伝いをしてちょうだい。彼のことは〝シェフ〟と呼んでね」

クイーニーは彼に一歩近づくと、手を差し出した。

「どうも。あたしはクイーニー。ボンジュール」

その手を握り返したピエールの顔に笑みが広がった。

「おや、きみはぼくの国の言葉が話せるんだ」

「奥さんと一緒に南フランスにいたときに、ちょっとばかり覚えたんですよ」クイーニーが言った。

ものすごく驚いた。あのクイーニーが、英語を使いこなすことすらできない彼女がほんのわずかでもフランス語を覚えたなんて奇跡だ。

「それはよかった。ぼくが知っておかなきゃいけないことを、全部教えてくれるかな、ウィ?」

彼はその言葉に、ずいぶんといろいろな意味をこめたように思えた。クイーニーは真っ赤になった。

「ウィ、ウィ」クイーニーはそう言ったあとで、自分の言葉に噴き出した。

「なにかおかしい?」ピエールは眉間にしわを寄せた。

「ウィーウィー」クイーニーが説明した。「子供がおしっこするときに言う言葉なんですよ」

ピエールが理解できる英語の範疇《はんちゅう》を超えていたようだ。

「シェフに悪い言葉を教えないでちょうだい、クイーニー。彼の部屋の準備ができるまで、キッチンを見せてあげてくれないかしら?」

「合点です、《ボブズ・ユア・アンクル》奥さん」

ピエールはまた眉間にしわを寄せた。

「そのおじさん《アンクル》って、だれなんだ? 重要な人? ここに住んでいるの?」

「英語の言い回しなのよ、ピエール。というより、ロンドンに住む人たちの変わった言い方なの。おじさんとは関係なくて、わかった、言われたとおりにするっていう意味よ」

ピエールは首を振った。「おじさんはいない？　それじゃあなんで……」

「残念ながら、クイーニーは独特の言葉遣いをするのよ」

「そうしようと思えば、あたしはちゃんとした言葉だって使えますよ」クイーニーが言った。

「行きましょう、ダックス。ついてきてください」

ピエールは再び眉間にしわを寄せた。

「鴨《ダック》があるの？　カナード（フランス語で鴨、アヒルのこと。料理用語として使われる）？」

「鴨はないわ。これも英語の表現。友だちに呼びかけるようなものよ」

「なるほど。それじゃあ、友だちはダックってことか、ウィ？」

ややこしいことになりそうだと思った。

「彼の案内はあなたに任せるわ、クイーニー」

わたしは応接室に逃げ出した。

奇跡的に、お茶はおそろいのカップとソーサーで、クレソンのサンドイッチと様々なビスケットと共に、正しい時間に運ばれてきた。うまく回っていきそうだとわたしは心のなかでつぶやいた。クイーニーはピエールを感心させるために、あらゆる手立てを尽くすつもりらしい。あとは、ピエールがダーシーとわたしを感心させられることを願うばかりだ。

ダーシーは五時を少しまわったころに帰宅した。わたしは祖父と犬たちと一緒に、庭で暖かな太陽の光を楽しんでいた。犬たちは私道を近づいてきた車に駆け寄り、ダーシーが降りてくると飛びついた。

「わかったよ、やんちゃ小僧たち」彼は笑いながら、犬たちの攻撃をかわした。「伏せ。飛びつかない」彼はわたしに向かって言った。「この子たちをどうにかしてしつけないとだめだよ、ジョージー。まったく手に負えない。訓練しないと」

「やっているのよ。手のつけられない子供みたいなんだもの。しつけをするつもりでいるときは、わたしが言ったとおりのことができるの。お座りも待ても来いもわかっているのに、この子たちったらその気になったときしかしないのよ。大人になって、ほかのラブラドールみたいにゆったりしてくれるといいんだけれど」

ダーシーはボールを拾いあげ、庭園の向こうのほうに投げた。犬たちはそれを追いかけていった。

「それで、新しい料理人は来たの？」ダーシーが訊いた。「クイーニーは怒って出ていった？」

「最初の質問に対する答えはイエスよ。来たわ。でもちょっとした奇跡が起きたの。彼をひと目見たクイーニーは、彼がすごくハンサムだって言って、その場で残ることに決めたのよ」

「彼はそんなにハンサムだったかな？」

「そう言ってもいいでしょうね。色黒でフランス風の顔立ちで、フランス人の詩人らしく物思いに沈んでいるの」

「妻をハンサムなフランス人の男とふたりきりで家に残しておくのは、どんなもんだろうね」ダーシーはからかうようにわたしを見た。

わたしは膨らんだお腹を撫でた。

「わたしはだれかを誘惑したり、誘惑されたりするような状態じゃないわ。それに、わたしにはもう色黒でハンサムな男性がいるんだもの。それだけで充分」

ダーシーはわたしを抱き寄せると、軽くキスをした。

「もうすぐだね。男の子なのか女の子なのか、早く知りたくてたまらないよ。きみは？」

「わたしも」そう言ってから、ためらった。「女の子だったら、がっかりする？」

「とんでもない。男の子を産むための時間はたっぷりあるさ。だが、女の子が一〇人だったら……」

「一〇人？　わたしは一〇回も妊娠するなんて無理だから。子供が一〇人欲しいなら、あなたが産んでね」

「そいつは、おまえのおばあさんがおまえの母親を産んだときに言った台詞《せりふ》だ」ローンチェアに座っている祖父が言った。「もうひとり欲しければ、今度はわしの番だと言われたよ」

「男の人が子供を産まなきゃならなくなったら、間違いなく人口は減るわね。そうじゃない？」わたしは笑いながら言った。

「それで、今夜はピエールの料理を食べることになるのかな？」

「どうかしら。彼には落ち着く時間をあげてほしいわ。なにより、おそらくクイーニーが彼に自分の腕前を見せたがるんじゃないかと思うの。どちらにしろ、今夜はおいしいものが食べられるわよ」

「それはよかった」ダーシーが言った。「きみのゴッドファーザーが戻ってきたときに、豆のせトーストが出てきたらどうしようって心配していたんだ」

ディナーは濃厚な野菜スープとしっかりトリミングがしてあるラムの脚だった。

「驚いたね」フィップスが料理を運んでくると、ダーシーは言った。「今日は日曜日じゃないだろう？　イースターでもないよね？」

「わたしもびっくりしている。ラムの脚があったことすら知らなかったし、調理の仕方も完璧だわ。ピエールがもう腕をふるったのかもしれないわね」

最後に運ばれてきたデザートはトリークル・プディングだった（糖蜜をかけたスエット・プディングのことで、おいしかったけれどオート・キュイジーヌではもちろんない）。つまり、少なくともひと皿はクイーニーが作ったということだ。どちらにしてもいい知らせだ――彼女は素晴らしい料理を作ることで、その気になればできることを証明したのか、もしくはすでにピエールと協力できるようになったのか。

「クイーニーに食堂まで来るように言ってちょうだい、フィップス」わたしは、チーズボードを運んできた彼に声をかけた。

「なにか失礼がありましたか？」彼が訊いた。

「いいえ、そうじゃないの。ただ彼女と話がしたいだけよ」

コーヒーを飲んでいると、どこかうぬぼれたような顔でクイーニーが現れた。

「クイーニー、知りたくてたまらないんだけれど、今日の料理はだれが作ったの？　ふたりで協力して？」

「違いますって。全部あたしです。ピエールはここのやり方に慣れるまで時間が欲しいって言って、あたしを見てましたよ。英国人はおいしいものを知らないなんて彼に思わせるわけにはいきませんからね。なんで、日曜日のためにミセス・ホルブルックが買ってあったラムの脚を使おうって決めたんです。明日のランチのためのスープはもう作ってあったんで、あとはプディングだけでした。彼は興味津々でしたよ。スエット・プディングを見たことがなかったみたいですね。でもラムの脚は気に入ってました。あんなにたくさんの肉を買えるなんて、英国の人間は金持ちなんだなって彼が言うもんで、どんな家だって日曜日のロースト肉くらい買えるって言ったんです。イーストエンドで暮らす、うちみたいな家でもね」

「よくやったよ、クイーニー。きみを誇らしく思うよ」ダーシーの言葉に、クイーニーはうっとりとした目つきで笑いかけた。「きみたちふたりがいてくれれば、これからもぼくたちはおいしい料理が食べられそうだ」

クイーニーがキッチンに戻っていき、ダーシーはわたしに向かって言った。

「ほらね、きみはなんでもないことに気を揉んでいたんだよ。なにもかもうまくいくさ」

5

七月一日
アインスレー

ものすごくほっとした。クイーニーはピエールを感心させるためにせっせと働くだろうし、彼も打ち解けているようだ。サー・ヒューバートが戻ってくるころには、きっとなにもかもがうまく回っているはず。


翌朝、これから朝食というところで、ピエールが食堂にやってきた。

「マダム、話があります」彼はまごついているようだ。

「ええ、いいわよ。なにか問題でも？」

「マダム――ぼくは朝食を作ることになるんですか？　この肉や魚やなにか得体の知れないものを？」

「これがわたしたちの普通の朝食よ」

「でも料理人は朝食を作ったりはしないんです。料理人の仕事は完璧なディナーを作ることだ、ウィ？　朝食には、パン焼き職人がクロワッサンやバゲットを焼いて、あとはジャムがあれば、できあがり。それだけです《セ・トゥ》。それがまともな朝食っていうもんですよ、こんな山盛りの食べ物じゃなくて。朝っぱらから食べ物を詰めこむのは体によくない。早死にしますよ」

「残念ながら、英国ではこういうものなのよ」

彼は絶望したような顔で肩をすくめた。

「朝食はクイーニーに任せてもいいかもしれないわね」わたしは言った。「なにかの責任を負うのは、彼女にとってもいいことだわ。彼女はなまけがちだから、あなたがちゃんと働かせてちょうだいね」

「とても感じがいいと思いましたが」

それは彼がハンサムな男性だからだとは言いたくなかった。そういう意識を持ってもらっては困る。

「ほかにはなにかある、ピエール？」

「ええ、マダム。ぼくの制服です。戸棚に合うものがあるってミセス・ホルブルックに言われたんですが、でも――エプロンしかないんですよ。料理人はエプロンをつけたりしません。ちゃんとしたジャケットと帽子が必要だ。この仕事の必需品なんです」

「ジャケットは持ってこなかったの？」

「持ってきていません、マダム。白いジャケットにするか、黒いジャケットにするかを決めるのは、雇い主ですから」

わたしは大きく息を吸った。「わかったわ、シェフ。どこでそういうジャケットを買えるのか、調べてみないといけないわね。そういったお店があるのかしら？」

「この国でどうなっているのかはわかりません。わかるのは、ふさわしいジャケットがなければ、料理は作れないってことだけです」

「生地を買って、地元で作らせてもいいかもしれない」そう言ったとたんに、女性雑誌で見たドレスと同じものを作ってほしいと猟場番人の妻に頼んだとき、できあがったロングドレスがどんなものだったかを思い出した。見られたものではなかった。そのとき、いい考えが浮かんだ。「ロンドンに友人がいるの。料理人を雇っているから、彼女なら知っているはず」

ピエールは晴れやかな笑みを浮かべた。確かに、クイーニーの言うとおりだ。彼はとんでもなくハンサムだ。彼は満足してその場を去り、わたしは彼女が家にいますように、あの小さな飛行機でどこか遠いところに行っていませんようにと祈りながら、親しい友人であるゾゾ（別名ザマンスカ王女）に電話をかけた。彼女のメイドが電話を取り、すぐにゾゾに代わった。

「ジョージー、なにか問題でも？」彼女は声をひそめて尋ねた。「赤ちゃんが生まれるには早すぎるわよね？」

「なにも問題なんてないわ、ゾゾ。ただアドバイスが欲しいの。ようやくフランス人の料理人を見つけたんだけれど、彼はジャケットを持っていなくて、用意するのは雇い主の責任だって彼に言われたのよ」

「そのとおりよ」彼女は応じた。「よくフランス人の料理人を見つけられたわね。とても人気なのに」

「あなたなら、シェフのジャケットをどこで買えばいいのか、知っているんじゃないかと思ったの」

「ダーリン、ロバートのジャケットはわたしの仕立て職人《テーラー》に作らせたわ。とても素敵になったわよ。ただし、彼はそもそもびっくりするくらいかっこいいんだけれど」

「でも、わたしにテーラーはいないのよ、ゾゾ」

「それなら彼をロンドンによこして、わたしのテーラーのところに行かせればいい」

笑うしかなかった。「あなたのテーラーに払うだけのお金もないわ」

「わたしがもつわよ。Z王女がよこしたって言えばいいから」

「ゾゾ、いつもいつもあなたに払ってもらうわけにはいかない。そんなの間違っている」

「ばかなこと言わないの。わたしは楽しんでいるんだから。みんな殺されてしまって、わたしには家族がいない。あなたとダーシーが家族のようなものなのよ。あなたたちがいなかったら、わたしの人生はとんでもなく退屈でつまらないでしょうね」

「退屈でつまらない？」わたしはくすくす笑った。「最後にあなたと話したとき、どこを飛んでいた？」

「カサブランカよ、ダーリン。オレンジ以外はなにもなかったわ」彼女は一度言葉を切った。「とにかく、あなたたちのことは家族だって思っているんだから。あなたを助ける妖精《フェアリー・ゴッドマザー》を演じるのが楽しいの」

「それで思い出したわ、ゾゾ。あなたに赤ちゃんのゴッドマザーになってもらいたいって、ダーシーとわたしは考えているの」

「まあ！　ぜひならせてちょうだい。ああ、なんて楽しいのかしら」

「ただし、この子を甘やかさないでね」

「ばか言わないで。わたしがその子をべたべたに甘やかすって、わかっているくせに。もう名前は決めた？」

「いくつか候補はあるんだけれど、まだこれというものは見つかっていないの。赤ちゃんを見て、それからその子にふさわしい名前を考えるべきだってダーシーは言っている」

「もし女の子なら、名前のひとつはわたしにちなんだものにしてほしいわ」

「もちろんよ。あなたの名前はなんていうの？　ゾゾとしか知らないけれど」

「アレクサンドラ・マリア・オルガ・ルドミラ・アイガ」

「アレクサンドラが素敵ね」娘にルドミラとかアイガという名前はつけたくなかったから、わたしは急いで言った。そういう意味ではオルガもごめんだ。

「それじゃあ、決まりね。料理人をよこしてちょうだい。テーラーのところまでロバートに案内させるから。でもひとつ条件があるの」

「なにかしら?」

「彼が料理をする最初のディナーパーティーに招待してほしい」

「もちろんよ」わたしは大きく息を吸った。「わたしはまだディナーパーティーを開いたことがないんだけれど、料理人も雇ったことだし、そういうことも始めなきゃいけないってダーシーが言うの。サー・ヒューバートがもうすぐ帰ってくるし、きっとお友だちをもてなしたいと思う」

「ああ、かの有名なサー・ヒューバートね。あなたの結婚式で、ちょっとだけお会いしたわ。わたしの記憶が正しければ、なかなか魅力的な人よね」

「母もかってそう思ったのよ。でも彼はしょっちゅう、山登りに出かけてしまうの」

ゾゾは笑った。「山頂の魅力に負けたわけね。クレアは気に入らないでしょうね。あなたのお母さんは元気にしているの? まだ無口なドイツ人と一緒にいるの?」

「ええ。残念ながら、もうすぐ結婚するみたい」

「大きな間違いね。独裁政権から逃げ出してきた人間として言わせてもらえば、閉じこめられたことに気づいたときには、手遅れなのよ」

「そう言ってやってほしい。わたしの言うことなんて聞かないんだもの」

彼女の背後で声がした。「もう?」ゾゾが言った。「まだ着替えていないのに。居間で待ってもらって」

ゾゾが電話口に戻ってきた。「ダーリン、もう切るわね。会計士が来たから、あの愛しいお金をどうするか、話し合わなきゃいけないの。怒った農夫たちにずたずたにされる前、死んだ夫が財産をすべてスイスに移しておいてくれたのは、賢明だったと思わない？」

彼女はそう言って電話を切った。

わたしは伝言をピエールに伝えた。共産主義者だと公言しているにもかかわらず、彼女は王女だと聞いて感心したようだった。

「もうひとつあるんです、マダム」彼は言った。「料理をするために必要なもののリストを作りました。ここのキッチンには基本的なスパイスや調味料が全然足りません。ロンドンのテーラーのところに行くとき、こういったものを買える店を見つけてきてもいいですか？」

彼はリストを差し出した。二ページもある。わたしは目を通した。奇妙な字体で書かれたフランス語で、わたしにはほとんど読めなかったし、読めたものにしてもそれがなんなのかさっぱりわからなかった。「ええ、わかったわ。そうね、必要なら。これは全部必要なものなの？」

「もちろんです。ちゃんとしたキッチンにはなくてはならないものばかりです」

「これはなに？」わたしは指をさして訊いた。

「サフラン。ブイヤベースには不可欠です」

「これは？」

「ニンニクです、マダム。この家にニンニクがひとかけらもないなんて、信じられますか？エシャロットもない。大きいばっかりの大味な玉ねぎだけだ。それにハーブは……」

「自家農園を見た？」わたしは訊いた。「農園にはハーブがあるはずだし、ニンニクでもエシャロットでも、あなたが必要なものはなんでも植えてくれていいのよ」

とりあえずそれで彼は納得したようだ。「それじゃあ、この家で新鮮な野菜が手に入るってことですね？」

「もちろんよ。まだないものがあるなら、植えてほしいものを庭師に言うといいわ」

「承知しました、マダム。それじゃあ、スパイスだけ買えばいいですね。あとは台所用具をいくつか。ボウルももっといるし、二重鍋《バンマリー》も……」

なんとまあ。バンマリーがなんなのか、わたしにはさっぱりわからない。マリーの風呂？　マリーがだれなのかもわからない。料理人が高くつくものだということをサー・ヒューバートが知っていることを願った。ダーシーとわたしでは、とてもじゃないけれど彼を雇えない。ともあれ、わたしは彼に小切手帳を渡し、彼はロンドンへと出かけていった。その夜、わたしはその件をダーシーに話した。

「彼は、不慣れな雇い主につけこんでいるんじゃないだろうね？」

「わからない。こういうものが必要だって料理人に言われたら、信じるほかはないわ」

ダーシーはため息をついた。「家を持つというのはややこしいものだね」

「ものすごくね。使用人のいないアイルランドのコテージに住むほうがいいかもしれない」

「父の地所にはロッジがあるよ」ダーシーが笑顔で言った。

「そそのかさないで」わたしがそう言ったところで、ミセス・ホルブルックが部屋に入ってきた。

「電報です、マイ・レディ」彼女は銀の盆を持っていた。

「わお」電報と言えば、悪い知らせを連想する。おじいちゃんはここにいるから、お母さまになにか……封を切った。

明日HMSカリンシア号乗船
七月一二日着
ヒューバート

6

七月三日
アインスレー

間近に迫った新たな到着を待っている！　サー・ヒューバートが帰ってくるのだ。彼から電報を受け取った。新しい料理人がしっかり仕事をしてくれて、家がきちんと回っているとサー・ヒューバートが思ってくれるといいのだけれど。どうしてこんなに不安になるのか、自分でもわからない。彼はとても親切な人なのに。でも、彼をがっかりさせたくはない。

わたしたちにわかったのは、ピエールは制服が届くまでは料理をするつもりがないということだった。ハロッズの大きな買い物袋をふたつ抱えてロンドンから戻ってきた彼は、大きな物は届けてもらうことになっていると言った。彼が切った小切手は、外で食事をするほうが安くつくだろうと思える額だった。それなのにわたしたちはまだ、彼が本当に料理ができるかどうかすら知らないのだ！　わたしはサー・ヒューバートの到着前に制服が届くかどうか不安だったし、なにも料理をしていないフランス人料理人を雇っていることを弁明する事態になるのも嫌だった。

朝食をひとりで作らなきゃいけないのは不公平だと、クイーニーが文句を言いに来た。

「彼はたっぷり朝寝坊しているんですよ！」

「彼は料理長なのよ、クイーニー」わたしは言った。「それに、あなたはなにかの責任者になりたいだろうと思ったの。ピエールは英国の朝食のことをなにも知らないのよ。キドニーやニシンの料理はできない。だからあなたに任せたいの」

クイーニーの表情が変わったのがわかった。

「そういうことなら、合点です《ボブズ・ユア・アンクル》、奥さん」部屋を出ていく彼女を、わたしは笑顔で見送った。彼女をなだめるのは難しくない。

制服は奇跡的にも、サー・ヒューバートの到着前に届いた。ピエールが着てみせてくれた。確かにとてもいかしていた――ダブルの白いジャケットに高さのある伝統的なシェフの帽子。その夜、運ばれてきたのは、繊細な味わいのグリーンピーススープだった。

「ポタージュ・サン・ジェルマンです、マイ・レディ」フィップスが言った。「そう呼ぶようにってシェフに言われました」

そのあとは、濃厚なソースがかかったなにかの家禽《かきん》の料理だった。おいしい。そして最後はベリーを添えた軽いメレンゲ菓子。場所を変えてコーヒーが運ばれてきたところで、わたしはピエールを呼んだ。

「わたしたちが食べたあの肉はなんだったの？」

彼の顔を不安そうな表情がよぎった。「好きじゃなかったですか？」

「とても気に入ったわ。ただ、なんの肉だったのかわからなくて」

「友だちです、マイ・レディ。友だちの胸肉ア・ロランジュ。オレンジソースかけです」

「友だち？」料理人がわたしの友人のひとりをローストしてオレンジソースをかけているところを想像するのは、あまりいいものではなかった。

彼は笑って答えた。「ええ、あれはカナードです。友だちって呼んでいるんですよね？」

「ああ、鴨ね」わたしは笑いだした。ダーシーは怪訝そうな顔をしている。

「友だちは鴨のことだって言いましたよね、そうでしょう《ネスパ》？」

「そういうわけじゃないの」わたしは笑いを抑えこもうとした。「クイーニーが育ったロンドンのイーストエンドあたりの方言では、鴨《ダックス》という愛称で親しい人のことを呼ぶのよ」

「変な話だ」彼は首を振った。「ぼくはだれかを鴨って呼んで侮辱したりはしませんよ」

「それじゃあ、ディナーは鴨のオレンジ風味だったんだね？」ダーシーが訊いた。「とてもおいしかった」

「ありがとうございます、マイ・ロード」

「残念ながら、ぼくはロードじゃないんだ」ダーシーが説明した。「父が死ぬまではね。ぼくのことはただの〝サー〟でいい」

ピエールは訳がわからないというような顔になった。「でも彼女はマイ・レディですよね？そう呼ばなきゃいけないってマダム・ホルブルックに言われました」

「そうだ。彼女はぼくより偉いんだよ」ダーシーはにやりと笑った。「国王の親戚だからね。だからきみは行儀よくしていないと、彼女に首をちょん切られるよ」

ピエールはしかめ面になったが、ダーシーの言葉を理解すると笑いだした。

「ぼくは国王を信じていませんよ。いずれ、革命が起きるでしょうね」

「だがそれまでは、ぜひぼくたちのために料理を作ってほしい」ダーシーが言った。「今夜の料理は本当に素晴らしかったからね」

わたしは安堵と満足感に包まれながらベッドに入った。サー・ヒューバートがわたしの選択に失望することはないだろう。あいにく、どっしりした料理はいまのわたしには重たすぎたようで、その夜はひと晩じゅう胸やけに悩まされた。けれどおいしい食事ができたのだから、それくらいはささいなことだし、元通りの体形に戻るのもそれほど先のことではないのだ。

その後の日々はあわただしく過ぎた。サー・ヒューバートの部屋の空気を入れ替え、掃除をした。彼が帰ってくる日の夜のメニューを考えた。フィップスが駅まで彼を迎えに行き、わたしたちは玄関広間で歓迎委員会のように彼を出迎えた。軽い足取りで階段をあがってきた彼は日に焼けて健康そうだった。

「なんて素敵な歓迎だ」彼はわたしの前で両手を広げた。「それにきみときたら。まさに花盛りじゃないか。記念すべき日はあとどれくらいだい？」

「三週間よ。あなたもとても元気そう」

「いまは元気さ。アコンガグアで滑落しかけたが、もうすっかり回復したよ。ロープにつかまった拍子に肩がはずれたんだが、なんとか戻すことができて、反対の腕を使っておりたんだ」彼はダーシーと握手を交わし、ミセス・ホルブルックの頬にキスまでした。彼女は顔をピンク色に染めながら、彼を部屋へと案内した。その夜、わたしは息を詰めるようにして食事の席に向かった。ピエールがちょっとした奇跡を起こし続けてくれて、クイーニーがその邪魔をしないことを祈るばかりだ。

応接室でディナーの前のシェリーを楽しんでいると、ミセス・ホルブルックが近づいてきて小声で言った。「マイ・レディ、シェフが話したいことがあるそうです」

不吉な予感でいっぱいになりながら、彼女のあとを追った。ピエールはキッチンの入り口で待っていた。

「すみません、でもこれはあんまりです、マイ・レディ」ピエールはいまにも泣きだしそうに見えた。

「なにがあったの？」

「あの娘です」彼はフランス語で言葉を継いだ。「我慢しようとしたんです。彼女が、刻んだディルを人参のヘタだと思って捨てたときには我慢した。調理に使うために置いておいた鴨の脂をあの犬たちにやったときにも我慢した。だがこれはあんまりだ」彼は両手を振り回した。「スフレができているかどうかを確かめるために、オーブンのドアを開けたんだ！」

「それで？」

「まだできていなかった。しぼんでしまって、だめになったんです。デザートになにを出せばいいんです？」

「大変だったわね、ピエール。さぞ腹立たしかったでしょう。デザートには、シンプルなイチゴとクリームで充分よ」

「そうですか」納得していない口ぶりだった。「もうひとつあるんです、マイ・レディ。こんなことは言いたくないんですが、あの娘はぼくに気があるみたいです」

「あなたは魅力的だもの、ピエール」

「それはわかっています。女性がぼくに惹かれるのは知っている。でも彼女は気を引こうとするんですよ。いつだってぼくのそばにいる。彼女の横を通らなきゃならないときは前に立ちふさがるんで、どうしても体が触れてしまう。これっていいことじゃないです」

「そうね」わたしはうなずいた。「いいことじゃない。彼女に言っておくわ」

「ありがとうございます、マイ・レディ。気が散っていたら、料理なんてできません。あともうひとつ——あの犬です！ キッチンに犬がいるのは不潔です。それにあの犬たちは行儀が悪い。体も大きい。テーブルに飛びついて、下ごしらえしている肉を盗むんですよ」

「まあ、とんでもないわね。キッチンに入らせないようにしなきゃいけないわね。上の階に連れていくわ。どちらにしろ、あの子たちをちゃんとしつけなきゃいけないし」

「ありがとうございます、マイ・レディ」彼は軽くお辞儀をした。「それじゃあ、キッチンに戻ります。あの娘がぼくのほかのディナーを台無しにしていないといいんですが」

ピエールは心配していたが、ディナーは予想をはるかに上回る出来だった。リーキのクリームスープのあとは、殻つきのホタテ、そしてビーフのブルゴーニュ風というメニューだ。イチゴとクリームは文句のつけようがなく、締めくくりが上等のスティルトン・チーズだった。サー・ヒューバートはフォークを置いて言った。

「なんとまあ。見事な料理だった。国王に出せるくらいのごちそうだ。缶で調理したコーンビーフで何ヵ月も暮らしてきたあとのわたしには、素晴らしすぎたくらいだよ。これほどの料理ができる人間をいったいどこで見つけてきたんだ?」

「パリよ。ほかにどこがあるっていうの?」わたしはさらりと言おうとしたが、結局言い添えた。「今年の初め、パリに行ったときに彼に会えたのは幸運だったわ」

「ジョージー、きみは称賛されてしかるべきだ。本当に素晴らしい」彼がぱっと顔を輝かせた。「そうだ、ディナーパーティーをしよう。どちらにしろ、わたしが帰ってきたと知ったら、近隣の人たちは訪ねてくる。全員を招待するぞ。リストを作るから、メニューはきみがシェフと相談してくれ。みんなを驚かせてやろうじゃないか」

「何人くらいを考えているの?」わたしは恐る恐る尋ねた。

「テーブルには三〇人座れるはずだ。まず名前を書き出すところから始めようじゃないか」

わたしは〝わお〟とつぶやきたくなるのをこらえた。三〇人もの招待客のホステス役を務めるのが怖いとはとても言えない。実を言えば、四人でも怖い。そのうえキッチンにクイーニーがいるのだから、大惨事になる可能性は常についてまわる。わたしは翌朝、彼女と話をして、スフレを駄目にしたことを叱った。

「あたしは手伝おうとしただけなんですよ。彼が忘れていると思ったんで」クイーニーはふてくされて言った。

「これからはシェフの指示に従ってちょうだい。なにかを捨てるときには、必ず彼に尋ねてからにするのよ」

クイーニーは憤然として、つぶやきながら出ていこうとした。「そもそもあそこはあたしのキッチンなのに。

わたしは彼女を呼び止めた。彼は自分をなにさまだと思っているのかね。英国の国王だとでも？」

「ああ、それからクイーニー、もうひとつ。あなたはシェフに言い寄ろうとしているそうね。そういうことはやめてちょうだい。彼が料理に集中できなくなるから」

「男っていうのは、ちゃんとした女が必要なんですよ。彼を英国でひとりぼっちにしておくのは、間違ってます」

「あなたは彼のタイプではないと思うわ、クイーニー」

「いずれ気が変わりますよ。あたしのことをよく知ればね」

わたしはそれ以上なにも言えなくなった。クイーニーはにやにや笑いながら出ていった。

その後わたしはサー・ヒューバートと招待客リストについて話し合った。

「隣人は全員招待しなきゃだめだ。でないと気を悪くするからね」彼は言った。「マウントジョイ卿とレディ・マウントジョイ。ふたりのことは知っているだろう？」

うなずいた。「宮殿でお会いしたわ。おふたりの娘さんにも」

「バンクロフト大佐夫妻。夫人とは会っているはずだ。ガールガイドや婦人会やその他諸々を運営している。不愉快極まる女性だが、彼女を招待しなかったら大変なことになる。そしてもちろん牧師夫妻。彼はいい人だよ。それからターンブル夫妻――彼はここに隣接している土地で農業を営んでいる」

彼はさらに数人の名前をあげ、そのうちの何人かはわたしも会ったことがあった。「あとは、久しぶりに会いたい友人も何人か呼ぼう。フレディ・ロブソン＝クラフ。彼は絶対に呼ばなくては。ひょっとして、彼を知っているかい？」

わたしは首を振った。

「有名な探検家だよ。相当、辺鄙《へんぴ》なところまで行っている。彼とは一緒にヌーリスターンの探検旅行に行ったんだ。わたしは山に登り、彼は住人たちと交流した。どちらももう少しで命を落とすところだったが、素晴らしい旅だったよ」

それを素晴らしい旅とは言わないだろうとわたしは思った。

サー・ヒューバートはしばし考えこんだ。

「これで何人になった？　もうひとり必要だ」彼は興奮したように、手をぱたぱたと振った。

「ほかにだれを招待すると思う？　サー・モルドレッド・モーティマーだ。彼も隣人と言っていいはずだ」

わたしが当惑したような顔になったのだと思う。「彼のことは知っているよね？」

「名前は聞いたことがあるけれど、でも……作家でしょう？　殺人や怪奇現象といったぞっとするような本を書いている人よね？　一度読もうとしたんだけれど、悪い夢を見たわ」

サー・ヒューバートはくすくす笑った。「ものすごく売れていると聞くよ。人は怖い話が好きなんだ。彼はここからそう遠くないところに住んでいる。彼が来れば、とても面白いディナーになる」

「あなたがそう思うなら」わたしは言った。著名人がいなくても、牧師と農夫だけでわたしを不安にさせるには充分だ。

「それにもちろん、きみも友人を招待すればいい」彼が言った。

そんなわけで、招待客は決まった。ほとんどの人が承諾した。だれだって、サー・ヒューバートには、会いたいと思うだろう。わたしはゾゾを招待し、何日か滞在してほしいと言った。彼女は喜んで応じてくれた。ただひとり断ってきたのが、祖父だった。

「いやいや、とんでもない」彼は言った。「わしは、そんな上流の人たちと同じテーブルを囲んだりはせんよ。なにがあってもお断りだ。わしはミセス・ホルブルックと食事をするよ」

祖父の言うことはよくわかった。わたしはピエールとメニューを相談した。

「万一のことを考えて、シンプルなメニューにしましょう」わたしは言った。「あらかじめ、作っておけるものとかは？」

ピエールが提案したのは、春野菜とハーブのクルトンを添えたコンソメ、ドーバーソールと巻貝、クリスピー・ロースト・チキンのポテトグラタンとアスパラガス添え、締めくくりがタルトタタンだった。わたしにはまったくシンプルには思えなかった。客のなかには、食べ慣れないものは好まない人もいるかもしれないと彼は言った。英国人は、外国のものにはなんであれ疑い深いまなざしを向けがちだと知っていたから、わたしはうなずいた。また、クイーニーに問題を起こす暇を与えないために、なにかを任せたらどうだろうと提案した。

彼は即座に賛成した。

「コンソメを任せますよ。作り方は教えたから、任せられると思います」半分、疑問視しているような口ぶりだった。

ゾゾがやってきた。もちろん、山ほどのプレゼントを抱えて。今回はお祝いのシャンパンに加えて、子供のためのものもたくさんあった。「おちびさんに会うのが待ちきれないわ」

彼女が言った。

「わたしもよ。早くすっきりしたい。こんな突き出たお腹で歩くのは、とっても不便なんだもの」

「心配ないわ。すぐに元通りのスタイルになるから」彼女が言った。「あなたのエクササイズの手伝いができる人を知っているし」あたりを見回し、小声で言い添えた。「ここだけの話だけれど、あなたのゴッドファーザーはなかなか素敵ね。彼のこと、もっとよく知りたいわ」

ああ、大変。お母さまは気に入らないだろう。彼が欲しいわけではないくせに、ほかの人のものにもなってほしくないのだ。母がここにいなくてよかったとわたしは思った。

銀器は磨かれ、テーブルが整えられた。なにもかもが申し分ない。いつも着ていたイブニングドレスはどれも入らないので、フリンジのついた大きなシルクのショールで工夫しなければならなかったけれど、その結果はそれほど悪くなかった。ダーシーの言うとおり、わたしはどう見ても妊娠しているのだし、それを隠す必要はない。時間になり、わたしたちは客を出迎える準備をした。最初にやってきたのはバンクロフト大佐夫妻だった。夫人は、雨が降らないせいでトマトが駄目になると文句を言いながら現れた。ほかの隣人たちも次々に到着し、すぐに地元の噂話が始まった。サー・ヒューバートの友人の探検家、ミスター・ロブソン＝クラフはわたしたちのなかでは明らかに浮いていて、ほとんどだれとも言葉を交わそうとはしなかった。ゾゾはいつもどおり息を呑むほど美しくて、サー・ヒューバートにありったけの魅力を振りまいていた。彼はといえば、ヘッドライトに照らされて動けなくなった鹿のようだ。かわいそうなダーシーのお父さま、とわたしは心のなかでつぶやいた。ふたりがうまくいくことを願っていたのだが、愚かなプライドのせいで彼は裕福な女性にプロポーズできずにいるのだ。

「これで全員かな？」サー・ヒューバートが訊いた。

「あの有名なサー・モルドレッドがまだだわ」わたしは答えた。

「なんてことかしら、あのとんでもない人を招待したわけじゃないでしょうね？」ミセス・バンクロフトが文句を言った。

「でも彼には興味があるわ」レディ・マウントジョイが言った。「わたしは彼の本が大好きなんですよ。とにかく不気味なんですもの」

「あの男はよきキリスト教徒じゃありませんよ」ミセス・バンクロフトがきつい口調で言い返した。「いずれわかりますよ。悪霊や邪悪なものを大勢連れてくるに決まっているんですから」

「そんなことにならないといいんだが」牧師が口をはさんだ。「テーブルにそれだけの席があるとは思えませんからね」彼はわたしを見て、ウィンクをした。

「彼は素晴らしい庭を持っていると聞いていますよ」バンクロフト大佐が言った。「もちろん、庭師を雇えるでしょうしね。わたしたちがインドにいたときの庭を見せたかったですよ。大勢の女性を雇っていたんですが、薄物を着て四つん這いになって芝を刈っていた。あのころは芝刈り機なんてなかったですからね。もちろん彼女たちは、仕事があることを喜んでいましたよ。飢えずにすみますからね。最下層民っていうやつですよ」

ダーシーはぞっとしたような顔でわたしを見た。

「食堂に行きましょうか？」

フィップスがもうひとりの客を案内してきたのはそのときだった。

「サー・モルドレッド・モーティマーです」彼は言った。
すらりとした長身の男性が、銀色の長い毛をなびかせながらさっそうと現れた。

7

七月一五日
アインスレー

わお！ なんて奇妙で恐ろしい人なのかしら。見かけだけだってダーシーは考えている。本当にそうだといいのだけれど。

サー・モルドレッド・モーティマーが、自分に寄せられる期待に応えようとしているのは明らかだった。胸の白いハンカチーフ以外は全身を黒の服に包み、肩からは黒のベルベットのケープをかけている。彼が垂木からさかさまにぶらさがっていても、あるいは棺桶で眠っていても、意外には思わないだろう。

「あなたがここの女主人ですか」王家の人たちの話し方が行商人のように聞こえるくらい、彼はびっくりするほど歯切れがよくて上流階級っぽい発音で言った。「招待していただいて、光栄です。モルドレッド・モーティマーになんなりとお申しつけください」

わたしは手を差し出した。彼はその手を取ってキスをした。当然のごとく、有名人が持つ奇妙な魅力に惹かれて全員が集まってきた（離れたところから彼をにらみつけているミセス・バンクロフトだけが例外だった）。

彼が魅力的であることは認めざるを得なかった。五〇歳にはなっているはずだが、青い目の顔にしわはない。彼に見つめられると、心を読まれているみたいに落ち着かない気持ちになった。食事の席はわたしの隣で、確かに話をしていて楽しい相手だった。彼が一〇年前から住んでいる家を買ったのは、そこがブラックハート邸という名前だったからだそうだ。

「わたしが住むべき場所が、そこ以外のどこにあるというんです？」そのうえ、毒草園があるのだと彼は言い添えた。

「なんですって？」わたしはぎょっとして訊き返した。

「毒草の庭ですよ。世界でもっとも危険な植物だけが植えられている庭なんです。その気になれば、いくつかの種や実でこのテーブルにいる全員を殺すことができますよ」

「なんて恐ろしい」

「だが、魅惑的だ」青い目が面白そうにきらりと光った。「もちろんわたしは、毒について学びました。珍しいものは本にも登場させた。ですが本当のところ――」彼はほっそりした白い手をわたしの手に重ねた。「――だれかを殺したければ、なんの痕跡も残さず殺すことができるんです。いたって簡単だ。どこの家にもある当たり前の物で。珍しい毒など必要ない。だがそれでは本が売れない。そうでしょう？」彼はそう言って笑った。

わたしたちの向かいに座っていたマウントジョイ卿が、わたしたちの話を聞いていた。

「モーティマー、きみの家を一般公開して、庭を見せてくれると聞いたのだが本当かね？」

「そのとおり」サー・モルドレッドが言った。「みなさん、興味津々のようなので、そうするのがいいだろうと思ったんですよ。それにチャリティのための金も集められますし、みんなが満足できる。わたしの読者たちはわたしの人生をのぞき見できるし、南アフリカの孤児たちも得るものがある」

「わたしたちは、絶対に行きますから」レディ・マウントジョイが言いながら、ちらりと夫を見た。「毒草園をぜひ見たいわ」

「それは危険ではないのかい？」サー・ヒューバートが訊いた。「毒のある植物がいっぱいの庭を何百人という人間がうろつくんだ。だれかが取っていくかもしれないという不安はないんだろうか？　悪意ある計画の参考にしようとするかもしれない」

サー・モルドレッドは小さく笑った。「植物の多くは、そのへんの道端で簡単に手に入るものですから、たいして危険だとは思いません。たとえば、ベラドンナ、アメリカツガ。どちらも道端に生えている。イチイの木はどこの教会の墓地にもある。一八〇〇年代にあの庭を造った男は、ただそれらをひとところに集めたというだけですよ」

彼は皿の脇のロールパンを手に取ると、優美な長い指で小さくちぎり、口に放りこんだ。

「ひとつ付け加えておくと、その男は薬草園も造ったんです。様々な病気を治すことのできる植物がいっぱい生えている庭をね。殺して、治す。興味深いと思いませんか？」

「その庭をぜひ見たいね」探検家のフレディ・ロブソン＝クラフが言った。その夜、彼が口にした初めての言葉だったと思う。みんなに視線を向けられて、彼は顔を赤くした。「わたしは植物療法を学んだんだ。とても興味深かった。実際、ブルガリアで……」ミセス・バンクロフトが、何代ものカブスカウトとガールガイドの面々をまとめてきたよく響く声で遮ったので、彼が最後まで言い終えることはなかった。

「それじゃあ、その公開日に一般の人間を入れるんですね？　どんな人でも？　破壊行為が心配じゃありませんか？　わたしたちは散々悩まされたんですよ。そうよね、チャールズ？」

バンクロフト大佐がうなずいた。「わたしの家の裏の放牧場の通路は通ってもいいんだと主張する困った人間がいたんですよ。そんなふうに家のそばを通ってもらっちゃ困るって言ったんですがね。その通路とやらからは、窓をのぞけますから。奥さん《メムサイブ》が服を着ていない状態にあるかもしれない」

服を着ていない状態のミセス・バンクロフトを見たがる人間がいるだろうかと考えたらしく、笑いをこらえたダーシーの口がぴくぴくとひきつった。

「フーリガンが多いんですよ」ミセス・バンクロフトが引き取って言った。「インドから帰ってきてからというもの、労働者階級の人たちはずうずうしくなりましたね。第一次世界大戦のせいですよ。若い男たちが、自分たちの村の外の世界を見てしまったから。みんな同等だって考えるようになったんです。今後はどうなることやら」

彼女はズルズルと音を立ててスープを飲み、わたしたちは食事に戻った。

ディナーはわたしが願っていたとおりに進んだ。どの料理もおいしかったし、惨事は起きなかった。ディナーが終わると、だれもが何度も礼を言い、これ以上の料理は食べたことがないと言った。帰り際、サー・モルドレッドがわたしを脇に連れ出した。

「本当においしい料理でしたよ。料理人を称えなくてはいけないな」

「ありがとうございます。いい腕でしょう？　パリで見つけたんです」

「パリで？　長くここで働いているんですか？」

「いいえ、ほんの数週間です」

「彼の英語は？」

「まだあまりうまくはありません。でも習う気はあるようですし、料理はとてもおいしいので」

「本当にたいしたものだ」彼はわたしににじり寄った。「無礼だと思われたくはないんだが、ぜひ彼に直接賛辞を述べさせてもらえないだろうか」

ダーシーが近づいてきた。サー・モルドレッドとの距離が近すぎて落ち着かない気持ちになっていたので、ほっとした。

「ええ、もちろんです。彼を呼びますね」

玄関ホールで待っていると、調理をしていたせいで顔を紅潮させ、服装は乱れたままのピエールが現れた。

「なにか問題がありましたか、マイ・レディ？」ピエールが訊いた。

「その反対よ、ピエール。ディナーは完璧だったわ。これまでで最高の料理だったって、みんなが言っていた」

彼は顔を輝かせた。「嬉しいです」

「それから、ピエール、こちらの紳士は有名な作家なの。サー・モルドレッド・モーティマー。あなたの料理を直接褒めたいんだそうよ」

サー・モルドレッドは前に出て、手を差し出した。「きみはたいしたものだよ。パリから来たばかりだそうだね？」

「ウィ、ムッシュー。ほんの少し前に来たところです」

サー・モルドレッドはちらりとわたしを見てから、ピエールに視線を戻した。

「出しゃばりすぎと思われたくはないんだが、きみに提案があるんだ」

提案？　わたしは懸念を顔に出すまいとした。彼はいったいなにを提案するつもり？

「実は、この近くにある自宅を公開しようと考えているんだ。一般の人たちにね。だれもが以前からすごく見たがっていてね。みんなわたしのファンだよ。新しい本を出すにあたって、素晴らしい宣伝になると出版社は考えている。それで、さっきのディナーの最中にいい考えが浮かんだ。その日を特別なもので締めくくったらどうだろうとね」彼はわざとらしく間を置いた――両手を広げて言葉を継いだ。「特別な何人かとひとりかふたりの有名人を招待して、晩餐会を開いたらどうかと思ってね。その特典のために相応の額を喜んで払ってくれる人間のために」彼はうっすらと笑った。「だが、わたしの料理人にはそれだけの能力がなくてね。年を取ってきて、動きも遅い。そういうわけで、もしその日だけあなたの料理人を貸してもらえるようなら、こちらの若者に来てもらって、わたしたちのために料理してもらえないかと思ったんですよ。どうでしょう、レディ・ジョージアナ?」

彼はあの射るような青い目をわたしに向けた。

「ええ、まあ、それは構いませんが、ピエール次第です」交わされた会話のほとんどを彼が理解していないのがわかったので、わたしは簡単にフランス語で説明した。ピエールの目が輝いた。

「それで、きみはどう思う?」サー・モルドレッドが訊いた。「充分な支払いはするし、なにを作るかは一切きみに任せる。金に糸目もつけない」

わたしは通訳した。

「はい、やりたいです。ひと晩、ここにぼくがいなくても差し支えがないなら」ピエールはわたしを見た。

「もちろん、あなたとご主人も招待客としてディナーには来てもらいますよ、レディ・ジョージアナ」サー・モルドレッドはあわてて言った。「まずは、わたしの毒草園をぜひ案内させてください。本当に面白いんですよ。いかにも罪のなさそうな植物が、もっとも危険だったりしますから」

存在を思い出させるかのように、赤ちゃんがお腹を蹴った。

「それはいつかしら? おわかりでしょうけれど、もうすぐその日が来るので、それ以降わたしはしばらく身動きができなくなるんです」

「そうでしょうとも。おめでとうございます。予定日はいつですか？」

「八月の初めです」

「それなら、問題ないですね。オープンハウスは七月の二五日ですから」

「そういうことなら、喜んで伺います」

「これで決まりだ。素晴らしい。その前にこの若者には我が家のキッチンを一度見てもらい、うちの料理人と会ってメニューの相談をしてもらったほうがいいかもしれない。一大イベントにするんだ。ほかのどこでも食べられないような料理。今年一番のイベントになるぞ」彼はダーシーと握手を交わし、それからわたしの手を取って再びキスをした。「ではこれで失礼しますよ、またお会いしましょう《アビアント》。それでは」

そして彼はケープをなびかせながら、玄関を出ていった。

8

七月一五日
アインスレー

これといった問題もなく、ディナーパーティーを乗り切った。奇跡だ！　そのうえ、だれもが楽しい時間を過ごしたようだ。ピエールは大成功を収め、豪華な晩餐会の料理を頼まれた。サー・モルドレッド・モーティマーのことはどう考えればいいのか、よくわからない。彼にはぞっとさせられたけれど、わざとそう振る舞っていたのだと思う。確かに言えることは、わたしは彼の本は読みたくない！

「驚《ブライミー》いたね」ダーシーが口にしたのは、クイーニーのお気に入りの言葉だ。「あの男は実際にああいう人間なんだろうか？　それともすべてが見事な演技だったとか？」

「人々がサー・モルドレッド・モーティマーという人間に期待する姿を演じているんじゃないかしら」

「あれは本名だっていうこと？」

「わからない。モーティマーという肩書と地所を相続したと言っていたから、そうなんじゃない？」

「ぼくたちは普通でよかったよ」

「ぼくはもう行ってもいいですか、マイ・レディ？」ピエールがフランス語で訊いた。

「ええ、ピエール、もちろんよ。素晴らしい料理を本当にありがとう。サー・モルドレッドの晩餐会は、引き受けなければいけないということはないのよ」

「いいえ、わくわくしています。上流階級の人たちが来るんですよね？」

「そうだと思うわ。彼は有名な作家だから」

「それじゃあ、ぼくの評判があがるかもしれませんよね？」

「そうでしょうね。でも、あなたにはすぐにやめてほしくはないわ」

「やめませんよ。ここが気に入っているんです。あの女性以外は、仕事も楽ですしね。彼女はうっとりとぼくを見つめるし、制服の一番上のボタンをはずしているんですよ。いったいなにを考えているんだか」

「自分の魅力をあなたに気づいてほしいと思っているんじゃないかしら」

彼は首を振った。「自分に魅力があると思っているんですかね？」

「故郷に婚約者がいることにして、もう婚約しているって彼女に言ったほうがいいかもしれない」

彼はにやりと笑った。「それはいい考えだ。やってみます」彼は軽くお辞儀をした。「それでは、おやすみなさい、マイ・レディ」英語に変えてダーシーに挨拶をした。「おやすみなさい、ミスター・オマーラ」

そう言い残すと、キッチンへと戻っていった。

ダーシーはわたしの肩に腕を回し、応接室へといざなった。

「きみは自分を誇らしく思っていいよ。今夜は完璧だった。だれもが感心していたよ。あのバンクロフト夫人でさえもね」

「自分でも驚いているの。料理がものすごくおいしかったわね？」

「きみは宝物を見つけたよ。あの料理人のことは秘密にしておいたほうがいい、そうでないと金はあるが品のない人間にさらわれてしまうと、バンクロフト夫人が忠告してくれた」ダーシーは首を振った。「それなのにぼくたちは、金持ちと有名人のための晩餐会で彼に料理をすることを認めてしまった。すごくばかなことをしたのかもしれないな」

サー・ヒューバートはゾゾとソファに並んで座り、写真を見せていた。

「これはヒンドゥークシ山脈だ。ここでは地元の住民たちとちょっとしたいさかいがあったんだ」

「あなたはとても興味深い人生を送ってきたのね、ヒューバート」ゾゾが言った。「ぜひ自伝を書くべきだと思うわ」

「きみはどうなんだい？　きみの人生も同じくらい興味深いように思える。自伝を書くつもりはないの？」

ゾゾは魅惑的な笑みを浮かべた。

「まさか。名前を言うわけにはいかないの。怪しい関係がたくさんあったから」

「ジョージーの母親みたいだな」サー・ヒューバートはわたしたちをちらりと見た。

「あら、その分野ではわたしはとてもかなわないわ。ジョージーのお母さんは究極の魔性の女《ファム・ファタール》ですもの。もう四〇代のはずだけれど、いまでもとてもきれいだわ」

「きみだってとても魅力的だよ」サー・ヒューバートが言った。

「お世辞がお上手ね！」

ふたりはしばし見つめ合ったあと、ようやくわたしたちに視線を向けた。

「忘れられない夜になったよ、ジョージー。よくやった」サー・ヒューバートが言った。

「わたしはほとんどなにもしていないのよ。みんなに笑顔を向けて、話に耳を傾けていただけ」わたしは言った。「料理もしていないし、テーブルの準備すらしていない」

「だがきみは立派な女主人だったよ。モルドレッドをひと晩じゅう、上機嫌にさせていたじゃないか」

「彼はうちの料理人を借りたかっただけよ」わたしは暖炉の向かいに置かれた椅子に座った。

「オープンハウスのあとで晩餐会をしようと思いついて、ピエールを借りたがっているの」

「まあ、彼のテーブルが大きいといいわね」ゾゾが笑いながら言った。「だれだって晩餐会には出たいでしょうからね」

「ひとりあたり二〇ギニーかかるのでなければね」ダーシーがわたしの椅子の肘掛けに腰かけた。「数人の特別な人たちしか出られないんだ」

「それなら、わたしたちは出席しなきゃいけないわ、ヒューバート」ゾゾが言った。「ぜひとも彼の家が見たいんですもの。あなたは？」

「その金額は出せないな」

「じゃあ、わたしが出すわ。わたしは行きたいし、わたしにはエスコートが必要だもの。奇妙なオーク材の収納箱や、いたるところに秘密のドアがあったりすると思う？」

「棺桶がひとつ、ふたつあってもわたしは驚かないね」サー・ヒューバートが笑いながら言った。「あの男は大ぼら吹きだと思うよ。本当の名前はボブ・スミスとかで、肉屋の息子だったりするんじゃないかな」

「あら、彼は本当にモーティマーよ」わたしは口をはさんだ。「彼の分家は身分が低いとは言っていたけれど、肩書と地所を親戚から相続したんですって。ものすごく驚いたそうよ。青天の霹靂《へきれき》だったって」

「どうして彼の父親が相続しなかったんだろう？」

「両親はインドでコレラが流行したときに亡くなったそうよ。信託のおかげで学校に通うことができたの」わたしは答えた。「彼は一四歳のころから、ひとりぼっちだったようなものね」

「いまもひとりで暮らしているの？」ゾゾが訊いた。「奥さんの話はしていなかったわよね？」

「そうなの。家族のことはなにも言っていなかった。彼って、ひとりで暮らすようなタイプじゃないかしら」

「ダーリン、彼と結婚したがるような人がいる？　すごく不気味だもの」ゾゾが笑顔で言った。「彼の血って緑色なんじゃない？　それにあの気取った喋り方ときたら」

わたしは立ちあがった。

「あなたたちはどうだか知らないけれど、わたしはくたくただわ。妊娠中に立派な女主人を務めるのはとても疲れるのよ」

ゾゾはわたしの手を取った。

「あなたは素晴らしかったわ。さあ、今夜はゆっくり休んで」

階段をあがって寝室まで、ダーシーがわたしに付き添ってくれた。

「悪霊やヴァンパイアの夢を見ないといいんだけれど」

「大丈夫だよ。ぼくが守るから」ダーシーがわたしを抱き寄せ、わたしは彼の肩に頭をもたせかけた。満ち足りた気分だったのも、彼がこんなことを言うまでだった。

「きみに腕を回すのがどんどん難しくなってきたよ。これ以上、膨らまないほうがいい！」

「こんなふうになったのはあなたのせいじゃないの」わたしは軽く彼を叩いた。

わたしは悪い夢を見ることもなく眠り、目を覚ましたときには紅茶を持ったメイジーがべッドの脇に立っていた。

「今日もいいお天気ですよ、マイ・レディ。いまのところは気持ちのいい夏が続いていますね？」

「だめよ、そんなことを言っちゃ。サー・モルドレッド・モーティマーのガーデン・パーティーまでは、お天気が続いてもらわなくちゃいけないんだから」

「今朝、みんなが彼の話をしていました。映画から出てきたみたいだったって。現実とは思えなかったって」

「確かに妙な人だったわ、メイジー」わたしは言った。「サー・モルドレッドの晩餐会で料理するように頼まれたって、ピエールに聞いた？」

「ピエールはまだ起きていないんです、マイ・レディ。ゆうべはすごく大変でしたから」

メイジーはわたしの風呂の準備をしに行った。わたしはベッドを出て、風呂に入り、階下におりた。静かだ。犬を散歩に連れていこうと決めた。

「ホリー？　ジョリー？　散歩よ？」

声をあげた。犬たちは出てこない。

キッチンをのぞいた。「クイーニー、犬たちはどこ？」

「知りませんよ、奥さん。しばらく前から見てませんね」

上の階に戻ってモーニングルームに行ってみると、祖父がすでに起きて新聞を読んでいた。

「ゆうべはいいパーティーだったそうじゃないか」

「とてもうまくいったの」

「おまえはちゃんとした上流階級の女主人になってきた」祖父は微笑んだ。「わしの小さな娘が曾祖母に似てくるなんて、だれが思っただろうな。いや、わしの母親のことじゃないぞ。彼女はパブで働いていたからな。わしが言っているのは、あの女王のことだ」

「わお、ヴィクトリア女王みたいにならないといいんだけれど。彼女はひどい女主人だったのよ。彼女が食べ終わったら、ほかの人たちは食べ終わっていようといまいとお皿を片付けなくちゃいけなかったの。みんな、彼女と一緒に食事をするのを嫌がったそうよ」

「わしが言っているのは、彼女の自信だよ。場を仕切っているという雰囲気だ。いまの国王にそういうものがないのが残念だ。堂々としたところがないだろう?」

「彼はいい人よ」わたしは言った。「とても親切だし、面白いし、それに彼だって、国王になりたかったわけじゃない」

「だが彼はこの国を統治していかなければならないんだ。それなのに、いまどこにいる? 地中海でどこかの女性とヨットに乗っているらしいじゃないか」

その女性がだれなのか、もちろんわたしは知っているけれど、英国の一般市民はまだ知らない。彼女の名前はミセス・ウォリス・シンプソンといって、わたしの親戚であるエドワードと結婚すると信じている。国王は離婚歴のある女性とは結婚できないから、どうしてそれが可能なのかはわたしにはわからないけれど、彼女は断固として自分のやり方を通したがる人だ。様子を見なければわからないけれど、いい結果にはならないだろうと思う。

外から犬の鳴き声が聞こえてきた。窓の外に目をやると、そこにサー・ヒューバートとゾゾがいた。サー・ヒューバートが犬たちにボールを投げてやり、ふたりは笑いながら並んで歩いている。あら、まあ。

9

七月二〇日
アインスレー

出産が突如として現実に感じられてきた。とても暑くてじっとりしていて、どこに座っていても、横になっていても、くつろげない。これが終わったら、さぞほっとするだろう。

ゾゾはロンドンに帰った。少しだけほっとした。彼女とわたしのゴッドファーザーはお似合いだけれど、いつか彼とお母さまがまた一緒になってくれることを、わたしは以前からひそかに願っていた。彼がまだお母さまを愛していることは確かだし、お母さまもまだ彼に気持ちが残っているのではないかと思っていた。お母さまはマックスのお金を愛しているだけ。でもだれが、いまのドイツで暮らしたいと思うだろう？

ちびオマーラを迎える準備はすっかり整っていた。少なくとも、そうあってほしいとわたしは願っていた。助言をもらえる女性の親戚はいないから、ゾゾとミセス・ホルブルックに頼るほかはなかったけれど、どちらにも子供はいない。メイジーに訊いたところ、彼女の母親はそこから這い出てくるくらい大きくなるまで、生まれたての赤ん坊を化粧台の引き出しに入れていたらしい。ゾゾのおかげで、少なくともちゃんとしたベッドとバシネット、一日に三回着替えさせられるくらいの服は用意できている。彼女はあまり実際的な人ではないから、おむつの準備はなかったが、それはわたしが買った。白の毛糸と編針も買ったのだけれど、編み始めたショールさえ完成できていない。真夏だし、しばらくはそれほどたくさんの服は必要ないだろうとわたしは自分に言い訳をした。

ダーシーが隣に立って、子供部屋を感心したように眺めていた。窓には新しいカーテンがかかっている。床には組みひもを編んだラグが敷かれ、ゾゾが買ってくれた大きなテディベアは棚に鎮座していた。窓の前には、サー・ヒューバートが幼いころに乗っていた揺り木馬が置かれている。わたしもここで暮らしていた子供のころ、それに乗ったことを懐かしく思い出した。

ダーシーがわたしの肩に手を回した。「数週間後には泣きわめく赤ん坊があそこで寝ているなんて、とても信じられないよ」

「あんまり泣きわめかないことを願うわ。初めのうちはわたしたちの寝室にバシネットを置くつもりなの。そうすれば、赤ちゃんが目を覚ましたときにお乳をあげられるから」

ダーシーが顔をしかめた。「子守を雇うことを考えなきゃいけないと思う。そうするだろうって、だれもが思っているよ。きみは子守に育てられたんだし、ぼくだってそうだ」

「でもわたしはお母さまにいてほしかった」

「ぼくの母親はぼくたちと過ごす時間が多かったよ」幼いころに亡くなった母親の話をするときによく見せる切ない表情が、彼の顔をよぎった。「とても心に温かい人だった。寝るときには本を読んでくれたことを覚えている。きみは、おむつを替えたりはしたくないだろう？」

「メイジーはぜひ赤ちゃんの世話の手伝いをしたいって言っているの。これから数ヵ月間、わたしは家から出られないから、レディスメイドとしての仕事はあまりないでしょう？ それに彼女のお母さんには九人の子供がいて、彼女が一番上だから、なにをすればいいのか、よくわかっているのよ」

「そういうことなら、とりあえずは様子を見ようか」彼はわたしを連れて部屋を出ると、階下におりた。

「赤ちゃんが早く出てこようとしないといいんだけれど」わたしは言った。「サー・モルドレッドの家の庭がどうしても見たいの。それに、ディナーも素晴らしいものになるはずよ」

「あれだけの金額だからね。ぼくたちは招待されたからよかったが見たくてたまらない詮索好きな人間ばかりだろうな」

「お金持ちで詮索好きな人たちね」

ダーシーはくすりと笑った。

「彼はこれでずいぶん稼げるんじゃないか？　昼間はオープンハウス、夜は晩餐会だ。あれだけ本が売れているんだから、金に困っているとは思えないが」

「チャリティに寄付しているんじゃないかしら。確か、そんなことを言っていたわ」

「そうか、それならぼくが思っていたよりもいい人間なのかもしれないな」

「わたしはピエールをサー・モルドレッドの家に連れていくことになっているの。彼にキッチンを見せて、あの家の料理人に会わせるのよ」わたしは言った。「できるだけ早く連れていったほうがいいわね。そうすれば、ピエールは料理に必要な珍しい材料を用意できるもの」

「珍しい料理になるのかい？」

「珍しいかどうかはわからないけれど、お金のことは考えなくていいってサー・モルドレッドは言っていたから」

「なんだ」ダーシーはがっかりしたようだ。「ぼくはまた、猿の脳みそとかセンザンコウのグリルみたいなものなのかと思ったよ」

わたしは顔をしかめた。「ぞっとする。あまり突飛なものじゃないといいんだけれど。近ごろ、わたしの胃は反抗しがちなのよ。大勢の人がいる前で、あわててテーブルを離れなきゃいけなくなるのはいやだわ」

「食べられないと思ったら、丁重に断ればいいさ」ダーシーはわたしの頬にキスをした。

「それじゃあ、ぼくは行くよ。二時に外務省で約束があるんだ」

「お願いだから、いまどこかに行かされたりしないようにしてね」

彼は笑顔で応じた。「その点ははっきりと言ってある。ぼくはここできみの手を握っているよ、約束する」

そう言って彼は出かけていった。その言葉どおりになることを願うばかりだ。政府に要請されたら、ダーシーはノーと言えるだろうか？　わたしはピエールを連れてサー・モルドレッドの家へと向かいながら、そのことを考え続けていた。英国政府は常に正しいことをしようとしているけれど、国王――わたしの親戚のデイヴィッド――は、いまもまだなんの悩みもないかのように振る舞っている。彼が既婚女性と恋愛関係にあると知ったら、英国国民はどう思うだろう？　いつまでも秘密にしておけるはずがない。彼女はなにがなんでも彼と結婚するつもりなのだから。


ブラックハート邸というふさわしい名前がつけられたサー・モルドレッドの家の前を、わたしはこれまで何度も車で通っていたのだろうけれど、そんな家があるとは道路からではまったくわからない。高い煉瓦の塀を木々がすっかり隠してしまっているし、表札もなければ、その塀の向こうに家があることを示すものもない。わたしたちはもう少しで、背の高い錬鉄の門を通り過ぎてしまうところだった。車はフィップスが運転してくれている。彼は車を降りて、門を開けようとしたが開かなかった。やがてわたしたちは門の脇にある目立たない箱に気づいた。フィップスがボタンを押し、家のなかにいるだれかと言葉を交わすと、門はゆつくりと意味ありげに開いた。門柱を抜け、すぐ脇に背の高い木々がみっしりと生えている私道を進んでいく。張り出した枝がトンネルを作っていた。やがて私道はカーブを描き、木陰を抜けた先にはきれいに手入れされた芝生が広がり、その向こうに大きな石造りの家が見えた。のちの建築に見られるような優美さはなく、とても古いように見えた――装飾柱も像もない。いろいろな意味で、家というよりはお城のように見えた。要塞化された塔の跡に建てられたもののようだ。窓は縦長で細い。一方の端には丸い小塔があり、屋根の一部は銃眼つきの胸壁だ。温かい雰囲気はまったくなく、周辺の見事な庭とは対照的だった。花壇やあずまやの薔薇は満開で、通路沿いではあらゆる種類の夏の花が咲き誇っている。なんて奇妙な取り合わせだろうとわたしは思った。不穏と魅力。持ち主を象徴しているのかもしれない。

家の前に車を止めると、開襟シャツと白い短パン姿の若い男性が現れた。まぶしい太陽の光を遮るように、片手で目の上にひさしを作っている。色白で痩せていて、髪はやや長めのせいか、どこかだらしなく見える。暑い日にこんな格好をするのを許しているのだとしたら、サー・モルドレッドは使用人にずいぶん甘いようだ。近づいてきた彼は、フィップスがこちら側に移動してくるより早く、わたしのためにドアを開けた。

「こんにちは」彼はそう言いながら、まぶしそうに目をしばたたいた。「レディ・ジョージアナですね。あなたを出迎えるように言いつかっています。彼はいま、出版社の人間と電話中なんですよ」

わたしは車を降りた。「あなたはサー・モルドレッドのところで働いているの？」

彼は笑って応じた。「その必要があるときだけです。彼はぼくの父親です。ぼくはエドウィン・モーティマー」

「まあ、ごめんなさい」顔が赤くなるのがわかった。「あなたのお父さまが結婚しているとは知らなくて。家族の話はなにもなさらなかったから」

「その気になったときしか話さないんですよ」エドウィンが言った。「たいていの場合、ぼくたちは取るに足りない、目に見えない存在なんです」額に落ちてきた髪をうしろに払った彼は、驚くほど若く見えた。「あまり家庭的な男とは言えませんよね。彼のイメージに反しますから。まあ、ぼくたちはあまり家にいませんから、いまはもうたいした問題じゃないんです。ぼくはオックスフォードから夏のあいだ帰ってきているだけだし、シルヴィアは結婚してあの不気味な夫とどこかのアパートで暮らしていますよ。いい気味だ」

「お母さまは?」

ぴくりと彼の顔が歪んだ。「母はぼくたちが小さいころに死にました。いまのところ父はその空いた席を埋めるつもりはないようです。ここだけの話ですが、彼はあまり女性が好きじゃないみたいですね。でも母はアメリカで遺産を相続していたんですよ。現金がたっぷりあった。とても抗えないでしょう?」

わたしは落ち着きなく身じろぎをして、早くなかに入りたいと思いながら階段を見あげた。「彼がわたしの料理人のピエールよ」わたしはあえて話題を変えた。「こちらのキッチンを彼に見せて、料理人に会わせるために連れてきたの」

「ええ、彼のことは聞いています」エドウィンはピエールに向かってうなずいた。「きみが見たかったのか、それとも父がきみを引き抜こうとしたのかは知らないが。父はすごくしつこい男なんだ。なんとしても自分の意思を通そうとする」彼は階段をあがり始めた。「ともあれ、入ってください。案内しますよ」

「お父さまに執事はいないの？」

「いますが、彼はもういい年で、階段がだめなんです。一〇年前に父がここを買ったときにはすでにいたんですよ。オグデンというのが彼の名前です」

アーチ形の入り口を入ると、そこは広々とした薄暗い玄関ホールだった。壁には黒っぽいオーク材の化粧板が張られ、片側にあるオーク材の階段をあがった先の通路からは紋章旗が吊るされていた。紋章旗をよく見ようとして一歩うしろにさがったわたしは、威嚇するように斧を振りあげた人影が背後にいることに気づいて、小さく悲鳴をあげた。

「すみません、ハンフリーのことを先に言っておかなきゃいけませんでしたね」エドウィンが言った。

わたしは激しく打っている心臓の上に手を当て、片手をあげて斧を持っている甲冑を見つめた。

「おぞましいでしょう？　このハンフリーも含めて、装飾品もこの家にくっついてきたんです」彼は甲冑を示した。「子供のころは、彼は夜のあいだに動いているって信じていましたよ。朝になると、斧の位置が違っているんです。幽霊は言うまでもなく……」

わたしは落ち着きを取り戻し、笑顔で言った。「わたしを怖がらせようと思っているのなら、相手を間違っているわ。わたしはここよりもずっと薄気味悪くて、幽霊もたくさんいるスコットランドのお城で育ったの」

「わお、そうなんだ」彼もわたしと同じような口癖があるらしい。「すっかり忘れていた。あなたは王家の親戚なんですよね？　新しい国王の？」

「ええ、そうよ」

「それじゃあ、彼を知っているんですか？」

「ええ、よく知っているわ」

「どんな人です？」

「人としては面白いわ。優しいし、寛容よ。国王としてはわからない。自分の仕事を真摯に受け止めているようには思えないわね。彼は国王にはなりたくなかったの。それが王家に生まれることの問題ね。義務に縛られるから」

「世継ぎを産むために、どこか外国のひどい王女と結婚しなきゃいけないってことですか？」

彼はシンプソン夫人のことをなにも知らないのだと気づいた。「いずれわかることよ」

「そうですね。それじゃあ、料理人をキッチンに連れていきますよ」エドウィンが言った。「オグデンを呼んでも役に立ちませんからね。階段をおりるのに、半時間はかかる。こっちだ」彼はピエールを手招きした。

「わたしも行ったほうがいいと思う」わたしは言った。「ピエールは英語を理解するのに手助けが必要なの」

「わかりました。じゃあ、行きましょう」彼は玄関ホールを抜け、壁にいくつもの武器が飾られている暗くて細い通路を進んだ。どっしりしたオーク材のドアを通って、石造りの階段を半地下のキッチンへとおりていく。高いところにある窓から自然光が射しこんではいたが、薄暗さを追い払えるほどではなかった。一方の壁際に巨大なコンロがあって、その上には銅の鍋がずらりと吊るされている。中央のテーブルで若い娘がなにかの野菜を切っていた。わたしたちをひと目見ると、怯えたように口を開け、奥の部屋に駆けこんでいった。

「ミスター・ヘンマン、お客さまです」

「いま行くよ」年配の男性が足をひきずりながら現れた。食べ物の染みが点々とついたシェフ・ジャケットを着ている。

「彼女はレディ・ジョージアナだ」エドウィンが言った。「それから彼は、彼女の料理人のピエール」

「マイ・レディ」彼はわたしに素っ気ないお辞儀をしてから、ピエールに言った。「それじゃああんたが、わたしのキッチンを奪おうっていう奴か。おいぼれは脇にどいてろってか？」

「そうじゃないのよ、ミスター・ヘンマン」ピエールが〝おいぼれ〟を理解できずにいるようだったので、わたしは言った。「彼はあなたの手伝いをするために来たの。三〇人の晩餐会は、ひとりの料理人ではとても無理だもの」

「その晩餐会だけならまあ仕方がないが、わたしはここで三〇年も働いているんだ。旦那さまに妙な考えを持ってもらいたくはないね」

「あなたが晩餐会を重荷に感じるだろうって気づくくらい、旦那さまはあなたを大切にしているのよ」

ヘンマンは、晩餐会が自分の手に負えないことを認めたくはないが、かといって料理を作りたいわけではないらしく、わたしの言葉を考えている。やがて彼はピエールに向かってうなずいた。

「そういうことなら、ここになにがあって、どこに置いてあるのかをあんたに教えたほうがよさそうだ。奇妙な外国の物をあんまり持ちこむんじゃないぞ」

「それはあなたの雇い主がどんなメニューにするかによるわ」わたしは応じた。

「こいつは話せないのか？」ミスター・ヘンマンは乱暴な口調で尋ねた。「口がきけないの《キャット・ゴット・ユア・》か《タン》、坊や？」

ピエールは難しい顔をした。「どこの猫のことだ？　猫を料理しろなんて言うんじゃないだろうな」

「彼はまだ英語がよくわからないの」わたしは弁明した。「言いたいことがあれば、簡単な言葉で説明してあげて」

「英語を話せない、いまいましい外国人か。まったくありがたいったら。失礼、マイ・レディ。それじゃあ、行くぞ。食料貯蔵庫はこっちだ」

エドウィンがわたしの腕に触れた。「あとは彼らに任せて、ぼくたちはシェリーでもどうですか？」

彼のあとについて階段をあがった。「お料理はどうやって食堂まで運んでいるの？　使用人がいるの？」

「いえ、給仕用の小型エレベーターがあるんですよ。ここに越してきたころ、シルヴィアとぼくはそれに乗ってあがったりおりたりしていました。子供にとっては、ある意味、面白い家ですよ。かくれんぼには最高だ。秘密の通路なんかがありますからね」

わたしたちは家の中心部に戻り、エドウィンはわたしを連れて玄関ホールを抜け、長広間に向かった。そこは壁だけでなく天井にもオーク材の化粧板が張られ、部屋の中央には牛をローストできそうなくらい——その上の石は黒くなっていたから、実際に一度は実行したのだろう——巨大な暖炉があった。細長い窓には鉛ガラスが入っていて、外の風景は歪んで見えた。

「座って」彼が言った。「シェリーにしますか？　それともウィスキー？」

「わお、それにはちょっと早いんじゃないかしら」わたしは腕時計を見た。一一時を少し回ったところだ。

「酒に早すぎる時間なんてないですよ」エドウィンはわたしにはシェリーを、自分にはたっぷりとウィスキーを注いだ。

「あなたはオックスフォードに通っているのね。なにを勉強しているの？」

「哲学です。なんの役にも立ちませんよ」

「それじゃあ、卒業したらなにをするつもり？」

「できるだけなにもしたくないですね」彼はわたしの向かいに座り、両脚を伸ばした。「やりたい仕事なんてないんです。ぼくに商売をする頭がないのは間違いないし、法律は退屈すぎる。それに父のように軍に入るつもりもない。自分が人を殺すなんて考えられませんよ——とりわけ、最近みたいな戦争では。かわいそうな男たちはみんな、泥まみれで死んでいったんだ」彼は身震いした。

「あなたのお父さんは軍人だったの？」サー・モルドレッドは軍隊とはもっとも縁遠いように見えたから、驚いたような口調になったと思う。

「そうなんですよ、不思議に思いますよね。父は貧乏な分家の息子で、祖父はベンガル騎兵隊の一員だったんです。父はインドで生まれたんですよ。七歳のとき、こっちの学校に入れられた。小さいのにかわいそうでしたが、おかげで命が助かったんです。祖父母はどちらもコレラの流行で死にましたから」

「お父さまもインドの軍隊に？」わたしはひと口シェリーを飲んだ。

「いいえ。父はインドとはもう関わるつもりはないんだと思います。バッキンガム宮殿の警備と行進がしたくて、近衛師団に入ったんです。でも、ボーア戦争が勃発して、南アフリカでズールー人と戦う羽目になった。残虐で恐ろしい戦争でしたよ」

「でもその後、肩書を受け継いですべてはうまく運んだというわけね」わたしは笑顔で言った。

「すぐというわけじゃなかったんです。地元の人間と一緒にダイヤモンドを掘り当てようとして、しばらくは南アフリカにとどまったんですよ」

「まあ。野心的ね。大儲けしたの？」

「その逆です。もう少しで命を落とすところだった。採掘場が崩れて、ふたりは生き埋めになったんです。幸いなことに、助け出されたとき父はまだ息があった。仲間はだめでした。そのうえ、価値のあるダイヤモンドを見つけることはできなかった」

「わたしの人生を語ってレディ・ジョージアナを退屈させているのかね？」暗がりから声がして、サー・モルドレッドが現れた。

10

七月二〇日
ブラックハート邸

サー・モルドレッドのことをどう考えればいいのか、よくわからない。役を演じることを楽しんでいる、ごく普通の男性なんじゃないかと思う。でもわたしが住んでいるのがブラックハート邸でなくて、ほっとしている。こんな気の滅入るような家は、そうそうない。暗くて、じっとりしていて、恐ろしい。あれだけのお金があるのに、どうしてここに住んでいるのか理解に苦しむ。でも、毒草園は見たくてたまらない！

「あら、こんにちは、サー・モルドレッド」わたしは、近づいてくる彼に向かって言った。
「エドウィンはわたしをもてなしてくれていたんです。あなたのこれまでの人生を聞いて、退屈する人なんているかしら。波乱万丈だったんですね。ズールー人と戦って、ダイヤモンドを採掘して。南アフリカにいたことがあるのに、そこを舞台にした本を書いていないのがなかった。

意外だわ」

「辛い記憶が多すぎるんですよ」彼は自分の分のシェリーを注ぎ、わたしたちに加わった。今日は白のフランネルのシャツにクリケットセーターという装いで、肩の上でカールしている長い銀色の髪とあの射貫くような目を除けば、それほど人を不安にさせるような格好ではなかった。

「それでは、あなたの料理人はヘンマンじいさんと下にいるんですね？　それはよかった。彼はなにかメニューを考えているんですかね？　客たちが死ぬまで忘れられないような料理にしたいんですよ」

「わたしたちには、とてもおいしい鴨料理を作ってくれました。普通の英国人はあまり食べたことがないんじゃないかしら？」

「それはいい考えかもしれない。彼がおいしいものを作れるなら。なかなかの反響なんですよ。話を広めたら、すでにかなりの数の申し込みがあったんです。有名な女優のジル・エズモンドと夫のローレンス・オリヴィエからも。わたしの作品の『真夜中すぎに』の映画化の話があるから、出版者が一枚かんでいるんだと思いますね。このオリヴィエという男は素晴らしいヴァンパイアになりますよ。邪悪で不気味で。少しばかり、ハンサムすぎますが」

彼の表情が変わったので、エドウィンが言ったとおり、彼は本当に男性に魅力を感じるのかもしれないと思った。妻が死んだあと、再婚しなかった理由の説明がそれでつく。

「まあ。有名な方ばかりいらっしゃるなら、わたしたちは出席しないほうがいいかもしれないわ」

「とんでもない。実を言うと、それ以外の客は信じられないくらい退屈なんです。あなたのゴッドファーザーと魅力的な王女は別として、世間の評判はわたしにはなんの意味もない。ほかの客たちはわたしの本の熱烈なファンで、わたしと関わりを持ちたくて仕方がないんですよ。まあ、いずれわかることですが。とはいえ、彼らはその特権のために二〇ギニーを払うわけだから、とびきりの料理を用意しなくてはね」彼は立ちあがった。「あなたの料理人を呼んで、考えているメニューを聞くとしましょう」

彼は呼び紐を引いた。ゆっくりした足音が聞こえて、背中が丸くなった白髪の老人が現れた。「お呼びでしょうか、サー？」

「ああ、オグデン。訪ねてきた料理人を呼んでくれ」

「承知しました、サー」

足音が遠ざかっていった。

「気の毒なじいさんだ。伝言を伝えるのに午前の半分はかかる。本当はやめさせるべきなんですよ」サー・モルドレッドが言った。「もうとっくに引退しているはずの年なんだが、家族がいないんで、気の毒に思って置いているんです。彼は少年のころにここに来たんですよ。信じられますか？　靴みがきの少年から執事にまでなった。彼は少年のころにここに来たんですよ。アルバート王子に会ったことがあるそうです」彼はさっとわたしを見て、興奮したように訊いた。「あなたのおじいさんですよね？」

「曾祖父です」

「素晴らしい」

その口調を聞いて、サー・モルドレッド自身が有名人好きなのかもしれないと感じた。映画スターを招待したのは彼の出版者ではなく、彼だったのかもしれない。わたしが招待されたのは、名ばかりとはいえ王家に関わる人間だからかもしれない。

予想とは裏腹に、ピエールはまもなく現れた。サー・モルドレッドは座るようにと彼に言い、メニューについて次々と質問を浴びせた。

「ごめんなさい、彼は英語がまだうまくないの」わたしはそう告げて、通訳をした。「フランス語で話したほうがいいかもしれない」

「申し訳ないが、わたしのフランス語は彼の英語と同じようなものなんです。外国語は昔から苦手でしてね。エドウィンにも訊かないでやってくださいよ。こいつはどうしようもない学生でね。高い学費を払ってやっているのに、まったく成果が出ていない。そうだろう？オックスフォードに入れるために、賄賂まで贈ったというのに」

「父さんだって同じくらい高い学校に通ったのに、フランス語も話せないじゃないか」エドウィンが反論した。「一本取ったぞ、父さん」

「生意気な若造だ。もういい、消えろ」サー・モルドレッドは横柄に手を振った。

「お呼びじゃないってことくらいわかるよ」エドウィンはポケットに両手を突っこむと、のんびりした足取りで部屋を出ていった。

「役立たずな奴だ。オックスフォードを出たあとは、いったいどうするつもりなんだか。奴の考える人生というのは、友人とナイトクラブで酒を飲むことか、地中海でだれかのヨットに乗ることなんですよ。わたしのように、パンを買うために働く必要は一度たりともありませんでしたからね」彼はピエールに向き直った。「さてと、メニューだ。わたしの客をどうやって感嘆させてくれるんだね？」

英語とフランス語、さらには身振り手振りを交え、まずはキャビアを添えた蟹のムースで始め、次はアスパラガスのクリームスープ、続けてなにか魚のクネル（白身魚のすり身をオーブンで焼いた料理）、そしてメインディッシュには鹿肉はどうだろうと、ピエールは提案した。

「鹿肉？」わたしは訊き返した。「いまは狩りのシーズンじゃないわ。鹿肉をどこで手に入れるつもり？」

ピエールは驚いたようにわたしを見た。「でも、地所に鹿がいるじゃないですか。窓から何頭も見ましたよ」

「わたしの鹿を殺すなんてだめよ！」怯えた声になっていた。

「だれにもわかりませんよ。あそこはあなたの土地ですよね？　そしてあなたの鹿だ。いつでも好きなときに殺せる」

「でもあれは外国の鹿なのよ、ピエール。サー・ヒューバートが何年も前に、最初のつがいをヒマラヤから連れて帰ってきたの」

「よく繁殖しているってことですよね。一頭食べても、また次のが生まれてきますよ」

そのとおりだろうとは思ったけれど、わたしはあの鹿たちがとても好きだったし、殺すのは間違っている気がした。

「だめよ、ピエール。鹿肉はなし」わたしは言った。「それじゃあ、なににします？　退屈なローストビーフですか？　いかにもフランス人っぽく肩をすくめた。

彼はいかにもフランス人っぽく肩をすくめた。いかにも英国人らしく。想像力のかけらもない」

「鴨のオレンジソースかけはとてもおいしかったわ。英国ではあまり見ないメニューよ」

彼は顔をしかめた。「何人でしたっけ？」

「最大で三〇人だ」サー・モルドレッドが答えた。

わたしは訳した。

「鴨を三〇人分——手間がかかりすぎる。それだけの鴨を解体して、下ごしらえするのは……」

「準備をクイーニーに手伝わせたらどうかしら？」

ピエールはぞっとしたような顔になった。「鴨の下ごしらえの仕方を彼女が知っているんですか？　間違った箇所を切り落とすのがおちですよ」

「あなたが教えてあげればいいのよ」

彼はまた肩をすくめた。「わかりました。添えるのは——エンドウマメにしよう。クイーニーにあらかじめ剥いておいてもらえばいい」

「プディングは？」サー・モルドレッドが訊いた。

「プディング？」ピエールは震えあがった。「ぼくにプディングを作れっていうんですか？どんなプディングを？　あの娘がスエットとレーズンで作ったようなものはごめんですよ。スポティッド・ダックでしたっけ？」

「ディックよ」わたしは言った。「違うの、サー・モルドレッドが言っているのはそのプディングじゃないわ。英国ではデザートのことをそう呼ぶのよ。プディングって。アフターズとも言うわ。メインコースのあとに出てくる甘いもののこと」

「ああ、デザートですね」ピエールはうなずいた。「わかりました」

「あなたのお好みは？」わたしはサー・モルドレッドに訊いた。

「家庭菜園でおいしいベリーがとれる。イチゴ、ラズベリー、ローガンベリー……それを使えるかね？」

わたしが通訳すると、ピエールはうなずいた。「小さなタルトができますね。タルト生地――パート・シュクレ――にクリーミーなカスタード――クレーム・パティシエール――を敷いて、ベリーをのせて、クレーム・フレーシュで飾る」

「うん、とてもいいね」サー・モルドレッドは満足そうにうなずいた。「締めくくりは？セイボリー？」

「上等のチーズとフルーツ以上のものがありますか？」ピエールが言った。「上等のカマンベールとロックフォールのチーズボード、それから桃とプラムのボウル」

「そしてコーヒーにはチョコレート・リキュールを添える！」サー・モルドレッドは手を叩

いた。「フォートナムズで特別なものを手に入れよう。消化不良を起こすくらい、食べすぎることは間違いないな。だが彼らが払う分の価値は絶対にある」

わたしはふと思いついて言った。「あなたの料理人はどうします、サー・モルドレッド？ 無視されたと思ってほしくはないわ。なにか彼の得意料理を作ってもらうことはできないかしら？」

「彼はここ最近、サボりがちなんです。だがペストリーはうまいものを作る」

「ディナーの前に歓迎会をするって言ってましたよね？」

サー・モルドレッドはうなずいた。

「つまんで食べられるような前菜を作ってもらうのはどうかしら？」

「彼はとてもおいしいチーズストローとカレーパフを作るんです。それから海老を入れた小さなパフペストリーも。ふむ、どれもシャンパンとよく合いそうだ。ドンペリニヨンがいいだろう」サー・モルドレッドはかすかに微笑んだ。「素晴らしいアイディアですよ、レディ・ジョージアナ」彼はわたしの手を叩いた。冷たい手だ。彼は立ちあがった。「よろしい、これで決まりだ。きみのいいときに来てくれたまえ、ムッシュー・ピエール」

「食材の購入はどうしましょう？」わたしは訊いた。「ピエールが注文しますか？ それともミスター・ヘンマンにいつもの業者から買ってもらいます？」

「ピエールに選んでもらうのがいいだろうな。彼の基準に達していない材料で料理をしてもらうのは、失礼だ」

ピエールはうれしそうにうなずいた。「そのとおりです《エグザクトマン》、ムッシュー。ぼくは最高のものを選びます」

「ピエールへの謝礼の話をまだしていませんよね」わたしは言った。

「このイベントは、間違いなく英国での彼の評判をあげるだろうし、彼はあなたからすでに給料を受け取っていますよね、レディ・ジョージアナ」サー・モルドレッドの言葉を聞いて、ピエールに支払う必要はないとほのめかしているのだろうかと不安になった。けれど彼はすぐに言い添えた。「今回の仕事には五ポンドでどうだろう？」

ピエールに告げると、彼はうなずいた。「もちろん《ビエン》」満足しているのかそれとも不安なのか、その表情からではかりかねた。わたしは立ちあがった。「これ以上、お邪魔をしてはいけませんね。執筆に戻ってください」

「実を言うと、いまはちょうど仕事の合間なんですよ。だからこそ、オープンハウスをするにはちょうどいいと決めたんです。見事に成功させてふさわしい評判を得るためには、しなければならない準備が山ほどありますからね。だがあなたたちが帰る前に、大広間をお見せしておこう」

彼は石の床にこつこつと足音を響かせながら進んでいき、回廊の突き当たりにあるドアを開けると、そこは暗くて細長い部屋だった。壁はやはり化粧板が張られ、田園風景のタペストリーが飾られている。部屋の端から端まであるオーク材のテーブルには、仰々しい燭台がふたつだけ置かれていた。アーチを描く細い窓から光が射し込んでいて、床はスレートのタイルだ。あまり感じのいい部屋とはいえない。ラノク城を思い出さないでもなかったが、あそこには床にタータンチェックの絨毯《じゅうたん》が敷かれていたし、壁には恐ろしげな武器が飾られていた。

「テーブルに銀器や陶器を並べて、蠟燭に火を灯せば、まったく雰囲気が変わりますよ」サー・モルドレッドが言った。「この燭台をどう思います？　素晴らしいでしょう？　テーブルと一緒にスペインの女子修道院から持ってきたんです」

ショックを受けたわたしの顔を見て、彼はさらに言った。

「いや、買ったんですよ。かなりの額を払ったし、修道女たちは金に困っていた」

望みどおりのイメージを作りあげるため、彼はいったいどれくらいのものをかわいそうな修道女から買ったのだろうと思いながら、わたしは燭台を眺めた。

彼はいたって満足そうな様子で部屋を歩き回っている。

「桟敷《ミンストレル・ギャラリー》で音楽家に演奏してもらってもいいかもしれない」

部屋の片側に小さなギャラリーがあることにわたしは気づいた。

「中世風の晩餐会になるぞ。蜂蜜酒《ミード》は手に入るだろうか？　白鳥に飲んでもらえないのが残念ですよ（ケルト神話に関連づけたジョーク）」彼はそう言って笑ったあと、カーテンの背後に隠されている控えの間のようなところに巧みに設置された給仕用エレベーターを見せてくれた。「料理はキッチンから熱いまま運ばれてきて、テーブルに運ばれる前にここで最後の仕上げをするんです」

わたしはそれをピエールに伝えた。彼は苦い顔になった。

「ぼくの見ていないところで、仕上げをだれかに任せなきゃいけないんですか？　どういうふうに仕上げればいいのか、その人間がわかっているんですか？」

サー・モルドレッドは小さく肩をすくめた。

「ふむ、偉大な料理人というのは気難しいらしい。ここにいてもらえないか、ミスター・ヘンマンに訊いてみるといい。きみが見本を作って、彼にもそのとおりに仕上げてもらえばいいだろう？」

「彼はその仕事に文句を言いませんかね」

「言わないよ。役に立てることを喜ぶだろう」サー・モルドレッドの言葉はずいぶんと楽観的だ。「このあとはムッシュー・ピエールを家庭菜園に案内しないといけないな。どんな果物や野菜があるのかを見てもらおう。たいていのものはここで育てているんだ。買う必要はない」

わたしたちは暗い部屋から明るい日差しのなかに出た。サー・モルドレッドはピエールと並んで歩いている。

「きみは貴族のところで働きたくて、フランスから来たのかね？　きみの国にも貴族は大勢いるだろう？」

「ぼくがここに来たのはレディ・ジョージアナと会ったからですよ。彼女のことが気に入っていましたから」ピエールはサー・モルドレッドの質問の意味を理解していた。「それに貴族のところで働くのがぼくの望みだったわけじゃありません。それどころか、ぼくは本当は共産主義者だ。貴族は認めていません」

サー・モルドレッドは声をあげて笑い、彼の肩を叩いた。

「いいね、いいね。それでいい《ザッツ・ザ・チケット》。きみは最高だよ」

「チケット？」ピエールは不安そうな顔になった。「なんのチケットがいるんです？」

「それもばかげた英語の言い回しよ」わたしは説明した。「そのとおりだっていう意味」

「ウィ、英語っていうのは、本当にばかげた言葉ですね」ピエールが言った。

言葉を交わしながらわたしたちは家の裏手に回り、生垣に装飾刈りこみを施した幾何学的配置庭園を通って、家庭菜園へと向かった。新鮮な農産物を見て、ピエールの目が輝いた。

「ああ、ウィ。素晴らしいベリーだ。それにアスパラガスと豆。上等の桃もある」

「その日が近づいてきたら、ここに来て好きなだけとるといい。最高のものだけを選ぶんだ」

「アーティチョークまである！」ピエールは恍惚とした表情になった。「冷たい前菜として、アーティチョークのアイオリソースがけも加えますよ。素晴らしい《マニフィック》」

実際に、家庭菜園は素晴らしかったから、わたしはサー・モルドレッドにそう言った。彼は笑顔で応じた。

「わたしは庭に情熱を注いでいるんですよ。実のところ、この家を買ったのはそれが理由です。昔から、ここのような緑豊かな美しい庭を持つことを夢見ていた。毒草園に興味があったことは否定しませんが、それ以外のところがあまりに素晴らしかったんで、どうしてもここを買わずにはいられなかった。満足のいく状態に保つのはなかなかに大変だが、最高の庭師たちを雇っていますからね。自分でも手伝っていますよ。前庭の花壇には三〇種類の薔薇があるし、奥のほうには世界中から集めた植物を植えた外国風の庭があるんです」

「それに毒草園も――どこにあるんですか？」わたしは訊いた。

「ああ、毒草園」彼はにやりと笑った。「この塀の裏です。お望みでしたら少しだけお見せしますが、オープンハウスにいらしたときにちゃんとご案内しますよ」

彼は塀に作られた木のゲートを開けた。

「鍵はかけていないんですか？」

「お嬢さん、ここはわたしと使用人しか住んでいない、個人の屋敷だ。どうして鍵をかける必要があるんです？　わたしの使用人はわたしに毒を盛ろうなんて、考えてもいませんよ。給料はたっぷり払っていますからね」彼は笑いながらゲートを開けた。その先には、整然と並んだ花壇があった。わたしがなにを予期していたのかはわからない――風変わりな外国の植物？　だがそこにあったのは、いたって普通の植物だった。なかには、知っているものすらあった。「あら、これはキツネノテブクロね。それにスズラン？」

「そのとおり。どちらも危険な毒ですよ。もっとも無害と思える植物でさえ、人を殺すことができる。ジャガイモにも毒のある部位があるのは知っていますよね？　ルバーブもそうだ。アンズの種にはシアン化合物がいっぱいですよ」

「わお。わたしたちがまだ生きているのは運がいいのね」

「もちろん外国の植物もあります」彼は狭い通路を進んだ。「トウゴマ。かわいらしい植物でしょう？　すべての部位に毒がありますが、種が猛毒だ」

「でも、通じ薬としてヒマシ油（トウゴマの種子から得られる油）を使いますよね？　子供のころ、子守に飲まされていたわ」

「少量だと毒も薬になるんですよ。多くの毒に言えることです。ヒ素もいくつかの薬に含まれているそうです。そういったことを、いろいろと調べているんです」

わたしが不安そうな顔になったことに、彼は気づいたらしかった。

「わたしのような本を書くときには、事実を正しく理解していなくてはいけませんからね」

彼は笑ってわたしの腕を叩いた。「今日はこれくらいにしておきましょう。ピエールに妙なものを使われては困りますからね」そう言ってピエールを振り返ったが、彼はわかっていなかった。「オープンハウスの日には、隅々まで案内しますよ。わたしが手に入れた、薬草についての書かれた古い本もお見せしますね。趣味みたいなものですよ」

彼はわたしたちを外に出すと、ゲートを閉めた。家の前側に戻ってくると、車の脇にフィップスが立っていた。

サー・モルドレッドはわたしの手を取った。「それでは今日はお別れですね。このイベントが楽しみで仕方がありませんよ」彼は一度言葉を切り、くすりと笑った。「ですがあなたには別のイベントがおありだ。これよりもっと楽しみなイベントが」

「ええ、そうなんです。案内していただいて、ありがとうございました。とても面白かったわ」

「あなたと一緒に過ごせて楽しかったですよ。とても魅力的な女性だ」彼はわたしの手を口元へと持っていくと、キスをした。かつてわたしに求婚していたジークフリート王子——ベリンダとわたしは魚顔とあだ名をつけていた——のことを思い出した。

11

七月二〇日
ブラックハート邸をあとにする

サー・モルドレッドの晩餐会に出席したいのかどうか、自分でもよくわからない。わたしは落ち着かない気分で、ブラックハート邸をあとにした。彼が毒のことをなんでもないような口調で話していたからかもしれない。あそこが寒くて、じっとりしていて、かび臭いにおいがしたからかもしれない。それとも、斧を持った甲冑が動いたからかもしれない。あるいはサー・モルドレッドその人のせいかもしれない。女子修道院からいろいろと買ったと言ったときの彼の表情が忘れられない——勝ち誇ったような顔。ひょっとしたら彼は、書いている本の登場人物のように邪悪なのかもしれない。わお。そうでないことを願う。

家へと戻る車のなかで、フィップスの隣に座ったピエールは黙りこんでいた。

「晩餐会の料理をするのが楽しみ？」わたしは後部座席から身を乗り出してピエールに尋ね

た。「有名人が来るみたいね。あなたの名前を知ってもらえるわ」

「そうですね。でもあの家は、好きじゃないです。嫌な感じがします、そうでしょう《ネスパ》？」

「そうね。わたしも居心地が悪かったわ」

彼はため息をついた。「ぼくも居心地が悪いです。っていうか、あんな暮らしをしている金持ちのために料理をして大金を稼ぐのは、罪悪感がある。共産主義者のぼくとしては、なにもかも間違っているように思えるんです。あれだけの立派な屋敷にひとりで住んでいる人がいる一方で、スラムの貧しい人たちはひと部屋に六人でぎゅうぎゅう詰めになって暮らしている。これが正しいと言えますか？」

「正しくはない」わたしは言った。「でもどうすればよくなるのか、わたしにはわからないわ。わたしがあの大きな家に住んでいるのは、ゴッドファーザーが住まわせてくれているからにすぎないの。それまでダーシーとわたしは、ロンドンのぞっとするほどひどくて狭いアパートに住まなきゃならないかと思っていた。わたしは王家の親戚ではあるけれど、彼もわたしもお金はないのよ」

「ひとりの人間にあれだけ大勢の人間が仕えるのは、正しいと思いますか？　あの老人たちはもう引退しているべきなんだ。それなのに彼らはまだ働いていて、一方で彼はただ座っているだけでなんにもしていない」

「彼は小説を書いているわよ。それも仕事だわ。それに彼はあの老人たちに充分な給料を払っている。使用人にとって問題なのは、やめたときに行くところがないことなの。ほとんどの人は年金をもらえないから」

「共産主義者が政権を握ったら、だれもが年金をもらえるようになります」

「共産主義者がロシアでなにをしたのか、わたしたちは知っている。だれにとっても、さらにひどいことになったわ。残念なことに、たいていの人たちは分け合うことが得意じゃないのよ。政権の座にある人たちは満足することを知らなくて、他人を犠牲にしてもっと多くを手に入れようとするの。そうじゃない？」

「そのとおりなんでしょうね」彼はうなずいた。「あなたはいい人ですよね。貴族なのに」

笑うほかはなかった。「それじゃあ、革命が起きても、わたしはギロチンに送られずにすむかしら？」わたしは彼の顔を見つめた。「これは言っておくわね、ピエール、英国では革命は起きない。わたしたち英国人は分別がありすぎるの。節度のある静かな暮らしが好きなのよ。だから共産主義者もファシストも必要ない。わたしたちのほとんどは、いまのままでいたいと思っているの」

その夜、わたしはベッドの上で考えた。大勢の人がスラムで暮らしているのに、わたしがこんなに大きくてきれいな家に住んでいるのは間違っている。けれど人間はだれもが、与えられた状況のもとに生まれてくるのだ。そうでしょう？　デイヴィッドは国王になりたくなかったけれど、なるしかなかった。祖父だけはエセックスの小さな家と前庭の小像たちに満足しているようだけれど、わたし自身はもっとなにかするべきことがあるだろうか？　サー・モルドレッドのように家庭菜園に興味を持って、人に分けられるくらい作物を作るべきなのかもしれない。そもそもわたしたちはサー・ヒューバートの寛大さに甘えているのだから、アインスレーを運営していくためにもう少しできることをしてもいいだろう。園芸や農業のことはなにも知らないけれど、学ぶことはできる。赤ちゃんが生まれたら家にいることになるのだから、それがわたしの新しい課題だ。そこまで考えたところで、わたしはつい忘れがちなことを思い出した。数週間後には、世話をしなければならない赤ちゃんが生まれる。わたしは母親になるのだ。わお。

オープンハウスの準備が本格的に始まった。ピエールは地元で手に入らない食材を買うためにロンドンに出かけていった。新鮮な蟹とカレイを漁師から直接届けてもらうように手配した。ミスター・ヘンマンとの打ち合わせのために、フィップスはピエールをブラックハート邸まで連れていった。すべては順調に進んでいるように思われたがそれもイベントの前日、ミスター・ヘンマンの具合が悪くなるまでのことだった。お腹の具合が悪いのだと聞かされた。とても当日、手伝える状態ではないのだという。彼はピエールが自分のキッチンで料理するのが我慢できなくて、こうすることでその気持ちを表明したのだろうとわたしは思った。だがピエールは途方に暮れた。

「これだけの料理をぼくひとりでどうやって準備しろっていうんです？　いるのはキッチンメイドだけで、彼女はなにもわからないのに」

「クイーニーを連れていけばいいわ」わたしは提案した。

ぞっとしたような表情が彼の顔をよぎった。

「だめです。彼女はだめだ、やめてくださいよ」

「でも料理はできるって、あなたが言ったのよ。簡単な作業をやらせればいいわ」

「彼女は失敗が多いじゃないですか。ぼくが作ったソースをこぼしたり、スフレを駄目にしたり」

「選択の余地はないんじゃない？　クイーニーか、それともなにもわからないってあなたが言っているサー・モルドレッドのところのキッチンメイドか、どちらかなのよ」

「わかりました。仕方ないですね」彼は大げさにため息をついた。

話を聞いてクイーニーは大喜びした。「あたしが上流の人たちの晩餐会で料理するんですか、奥さん？　びっくり《ブライミー》です。すごいです。母さんに手紙を書かなきゃ。父さんにも。あたしはなんにもできないって思ってたのが父さんなんだから。ふたりぶんはばかだから、おまえは双子だったに違いないってよく言ってたんですよ」わかったような顔でクイーニーは言った。「やっぱりシェフはあたしがいないとだめってことですよね？　彼が実はあたしに気があるって、わかってたんですよ。認めないでしょうけどね。あたしがいずれ認めさせますからね、見ててくださいよ。晩餐会ではうんと手助けしますよ」クイーニーはわたしに顔を寄せていった。「有名人が来るって言ってましたけど。映画スターが」

「そう聞いているわ」

「ブライミー。サインをもらえますかね？　いとこのフローリーはものすごくうらやましがるでしょうね」

クイーニーがすることはすべて、彼女の家族の評価を落とすばかりのように思える。ともあれ彼女はわくわくして、やる気に満ちている。

「ものすごく気をつけて、事故を起こさないようにするって約束してちょうだい。キッチンを燃やしたりしないで」

「キッチンを燃やしたりしませんよ！　まあ、一度はそんなことがありましたけど、あれはコンロの上にタオルがかかってたからなんですよ。あ、もう一回は、クリスマスにあのレディを訪ねたときに……」

「今回は、ものすごく気をつけるって約束して」わたしは繰り返した。「この家の評判があなたにかかっているのよ。わたしたちの名誉が」

「合点《ボブズ・ユア・アンクル》です、奥さん」クイーニーはそう言い残し、嬉々としてその場を去っていった。

幸いなことに、オープンハウスの日は朝から快晴だった。今日まで気持ちのいい夏の日が続いていたから、わたしは健康そうに日に焼けていた。ベッドを出て、期待と興奮を感じながら庭園を眺めた。今日はおいしいごちそうを食べて、楽しいひとときを過ごすのだ。赤ちゃんがすごく大きくなってきたから、お腹のなかに食べ物が入る空間はほとんどないのだけれど。出てくるものはほんのひと口ずつしか、食べられないだろう。

準備はどれくらい進んでいるのか、そしてピエールは何時にサー・モルドレッドの家に行くつもりなのかを確かめるため、キッチンへと続く階段をおりていると、血も凍るような世にも恐ろしい悲鳴が聞こえてきた。その大きな声は、階段の吹き抜けに轟《とどろ》いた。わたしは残りの階段を駆けおり、キッチンのドアを開けた。ミセス・ホルブルックがすぐうしろをついてくる。モーニングルームにいた祖父にも聞こえたらしく、駆けつけてきた。

「いったいなにごと？」わたしは訊いた。

クイーニーが食卓の前に立ちつくしていた。そこに置かれたずだ袋の口が開いていて、食卓の上は生きた蟹が隠れ場所を探してあちこち動き回り、互いにぶつかったり、床に落ちたりしている。クイーニーはおののいたように、蟹を指さした。

「見てくださいよ！　蟹の下ごしらえをしろって彼に言われたときは、こいつらがまだ生きているなんて思ってもいませんでしたよ。このいまいましい袋を開けたら、こいつらにあやうく指をちょん切られそうになって、そうしたらみんなぞろぞろと出てきたんです！」彼女は腹立たしそうにピエールに向かって指を振った。

「いい加減にしろ、ばか娘！」キッチンの向こうでコンロの上の鍋をかき回していたピエールが叫んだ。「蟹を逃がすな。犬に食べられるぞ」

子犬たちが床に落ちた蟹を食べるつもりがないことは明らかだった。二匹は不安そうな顔であとずさり、ジョリーが吠え始めた。

「捕まえるんだ。いますぐに」ピエールが命じた。

クイーニーは一匹を捕まえようとしたが、また悲鳴をあげた。「じっとしてくれない」

「なに言ってるの、クイーニー」ミセス・ホルブルックがたしなめた。「はさみを避ければいいだけよ。ほら」彼女はしゃがみこむと、激しく振り立てるはさみを避けて一匹の蟹の甲羅の部分をつかみ、袋に戻した。わたしも手伝おうとしたが、このお腹ではしゃがめないことに気づいたので、逃げ出した蟹を回収している彼女たちをおののきながらも、興味津々で眺めていた。

「あなたたちは、獲物を回収する犬《レトリーバー》なのよ」わたしは怯えている子犬たちに言った。「まったく役に立たないんだから」

二匹は大きくて無防備な目でわたしを見つめた。〝ぼくたちは死んだ鴨を回収するように訓練されているんだよ。あんな脚がいっぱいある奴らじゃないよ〟とその目は語っていた。

「ほら、全部袋に戻しましたよ。でもあたしは生きた蟹を切るのはごめんですからね。絶対にやりません」クイーニーは反抗的に言った。

「まったく《モン・デュー》。生きたまま切ったりはしないさ、ばかだな」ピエールが応じた。「まずは煮立った湯に放りこむんだ」

「それもいやです。かわいそうに。こいつらがあんたになにをしたっていうんです？」

ピエールはいまにも爆発しそうだ。「このばかな女が蟹の下ごしらえをしなかったら、ぼくはどうやって蟹のムースを作ればいいんです？」

「わたしたちが食べている肉だって魚だって、だれかが殺さなくてはならないのよ、クイーニー」ミセス・ホルブルックが彼女をなだめようとした。「この蟹たちは、海から出たら長くは生きられない。早く殺すほうが親切なの」

「なるほど」クイーニーはうなずいた。「親切なんですね？　そういうことなら、わかりました」

「ありがとう」彼女は巨大な鍋をコンロに置き、水を入れ始めた。

「ありがとう、ミセス・ホルブルック。助かったわ」階段をあがりながら、わたしは彼女に礼を言った。

ミセス・ホルブルックは微笑んだ。

「単純な子ですからね。心根は優しいんですが、あまり賢くないんですよ」

「あれが悪い前兆じゃないことを祈るわ。クイーニーは、鴨の羽根をむしる必要はないのよね？」

「まあ、そうじゃないといいんですけれど。鴨はあちらの家に届いているんです。祈るしかないですね」

その後、蟹の下ごしらえは問題なく進んだらしく、ピエールとクイーニーは蟹のムースが入っているとおぼしき蓋のついた容器と共に出発していった。わたしは身づくろいするために、二階にあがった。なにを着ていくかは、大きな問題だった。いまの膨れあがった状態の体のせいだけではなく、最初に庭を案内してもらうことになっているから、イブニングドレス用の靴は履いていけないからだ。そんなわけでわたしは、その前日にやってきていたゾゾに相談していた。

「庭の案内は午後遅くから始まるけれど、イブニングドレスを着るべきかしら?」

「ダーリン、なにがあるかにかかわらず、わたしはイブニング・パジャマを着るわ。ちゃんとした格好をしなくてはいけないのよ。なんといっても、晩餐会なんだから」

彼女はわたしの持っている衣装を調べ、哀れなほどわずかな品々を見て首を振った。

「なんてこと。夜の部はまったく足りていないわね」

「ほんの短期間のことなのに、ドレスを作るのは無駄だもの」

「昼間のイベントじゃないのが残念だわ。そうすれば、シャネルがあなたのためにデザインしたドレスを着られたのに。さぞ人目を引いたでしょうね」

わたしは絶望のあまり、笑うほかはなかった。

「ゾゾ、あのドレスを見たでしょう? あれを着たら、歩けなかったのよ」

「裾を切ればいいわ」

「そうしたら短すぎるわよ」

ゾゾはしかめ面になった。「わたしの仕立て屋をロンドンから呼び寄せられないかしら。あなたのためにシンプルなイブニングドレスを作ってもらうのよ。訊いてみるわ。電話を貸してね」

止める暇もなく、ゾゾは階段をおりていった。彼女の声が聞こえてきた。

「そうよ。サセックス。駅に迎えに行くわ。わからない。彼女に訊いてみる」ゾゾがわたしを見あげて訊いた。「この家にミシンはある?」

「わからない。でも村にいるメイジーのお母さんが持っているわ。わたしの服の寸法を何度か直してもらったから」わたしも階段をおりた。「でもゾゾ――そんなことは……」

「使えるミシンがあるわ、ナタリア。あなたはただふさわしい生地を持って、来てくれればいいだけだから。あまり派手なものはだめよ。彼女は妊娠中だから。色？」

ゾゾはわたしを眺めた。「そうね、緑かしら。青でもいいわ。ブロンドだから」

ゾゾは受話器を置いた。「彼女は今日中に来るわ。夜は泊まらせてあげてね」

「ゾゾ――あなたはどうしてそんなことができるの？」わたしは訊いた。

彼女はにっこり笑って答えた。「わたしはたっぷり払うから」

オープンハウス当日の昼食時には、ドレスはできあがっていた――くすんだ青色のシンプルなシースドレスだ。ゾゾは仕立て屋の小柄な女性が最後の仮縫いをしているあいだ、じっと眺めていた。「一番きらめくネックレスをしなさいね、ダーリン。そうすれば、お腹の膨らみから視線を逸らせるから。外に出るときに羽織る、素敵なショールを持っていたわよね？」

そういうわけで、わたしは華麗とは言えないまでも、それなりの装いをすることができた。ラピスラズリと真珠のネックレスをつけ、銀糸を使ったショールを羽織った。ダーシーはわたしを見て、満足そうにうなずいた。

「素敵だ」

「あなたも」イブニングスーツ姿の彼はうっとりするほどハンサムだった。

祖父も褒めてくれたので、サー・ヒューバートの運転する車でブラックハート邸へと向かうわたしは、わくわくして期待に満ちていた。

12

七月二五日
ブラックハート邸

今夜ピエールが素晴らしい仕事をすることはわかっていた（キッチンにはクイーニーもいると思うと、心の隅にいくらかの不安はあった）。けれど、あの暗くて不気味な食堂でのディナーが楽しみなのかどうかは、自分でもわからなかった。

ゲートを抜けて進んでいくと、ブラックハート邸は活気がみなぎっているのが感じられた。今日のゲートは大きく開かれていて、そのまわりには万国旗が飾られ、〝本日オープンハウス。南アフリカの孤児への寄付　五シリング〟と記された大きな看板がかかっていた。徒歩で、または車で帰っていく人たちと、次々にすれ違った。このあとは特別な人たちの貸し切りにするので、一般の人々は追い出されているらしい。玄関の外にはすでに数台の車が止まっていた――ベントレーやダイムラーもあった。わたしたちを出迎えたのはエドウィンで、今日はフォーマルな装いだったが、その格好がどうも気に入らないようだ。

「また会えてうれしいですよ」彼は言った。「宴の準備はいいですか？　テラスに案内しますね。そこで始まることになっているんです」わたしはダーシーとゾゾとサー・ヒューバートを紹介した。

「あなたのことは知っています、サー」エドウィンは急に目を輝かせた。「つい最近K２に登ったのがあなたですよね？」

「そうだ」サー・ヒューバートは微笑んだ。

エドウィンは顔を紅潮させた。「ぼくはそういうことをやってみたいんです。世界が見たい。だれもやってないことをしたい。オックスフォードでくだらない勉強をするんじゃなくて」

「わたしもケンブリッジにいたんだよ。勉強したのは、やっぱりくだらないことだった。だが現実の世界に出ていく前には、それもしなくてはいけないことなんだ。きみのお父さんは、昔、南アフリカにいたんじゃなかったかい？　そこに行く手配をしてもらえれば、世界がどんなものかを見られるんじゃないのかな」

「頼んだんですけれど、あまり気乗りがしないみたいです。いまはもうだれも知り合いがいないらしくて。ボーア戦争にはいい思い出がないんですよ。それにもう少しで死ぬところだったから、あそこは好きじゃないみたいです」

「死ぬところだった？　戦争でっていうことか？」

「いいえ、戦後です。当時はこっちに好物もなかったんで、父はしばらくあの国にとどまって鉱物を探していたんです」エドウィンは自分のしゃれににやりと笑った。「ダイヤモンドを掘っていて、閉じこめられたんです。軟らかい砂に埋まった。一緒に掘っていた友人は亡くなりました」

「わたしも間一髪で助かったことは何度かあるよ」サー・ヒューバートが言った。「アルプスではひどい滑落をして、何ヵ月も入院した。だがそのせいでもうやりたくないと思うことはなかった」

家をぐるりと回ると、万国旗が吊るされ、庭の薔薇を飾ってある複数のテーブルが並べられたテラスが見えてきた。洒落た白いお仕着せに身を包んだ数人の若者がシャンパンとカナッペを給仕している。サー・モルドレッドが今夜のためにだれかを雇ったのか、あるいはわたしが見かけなかった使用人がいるのだろう。

そんなことを考えていると、エドウィンが近づいてきて言った。

「ベーリアル・カレッジの友人たちです。数ポンド稼ぎたいっていうんでね」彼は、そのうちのひとりにウィンクをした。見るからに上流階級の人間だとわかるハンサムな若者だ。

「シャンパンはいかがですか、マイ・レディ？」彼が声をかけてきた。

エドウィンがわたしをつついた。「ジ・オナラブル・スキューズ＝クラーク。肩書はたくさんだが、教会のネズミのように貧乏だ。今日はずいぶんと雑多な客の集まりですよ。超一流と呼べるような人たちじゃないですね」

ゾゾがわたしの腕に触れた。「いやだ、あのとんでもない女性じゃないの」

「どの人？」わたしは人込みに目を凝らした。

「あなたのディナーパーティーで、かたっぱしから文句をつけていた人よ。彼女って、かなりの反サー・モルドレッドだと思っていたわ。彼の本は反キリスト教で、ディナーのテーブルには彼と一緒に悪魔が座るだろうって言っていなかった？」

バンクロフト大佐夫妻を見つけた。夫人はすでにカナッペをつまんでいる。

「好奇心は主義に勝るってことなんだろうな」ダーシーが言った。

「そのとおり。だれもがこの家のなかを見たくてたまらないんだよ」サー・ヒューバートがうなずいた。「おや、ロブソン＝クラフじゃないか。挨拶をしないと」

彼の示した先に目をやると、人込みから少し離れて立つ年配の男性がいた。わたしのディナーパーティーにも来ていた人だとわかった。サイズの合わない着古したディナージャケットを着て、見るからに居心地が悪そうだ。

わたしたちは、ミスター・ロブソン＝クラフのほうへと歩いていくサー・ヒューバートのあとを追った。

「彼がこの手のイベントを好むとは思わなかったわ」わたしはゾゾに言った。

「彼だって、ほかの人みたいに興味があるのよ。それに彼は、植物が持つ治癒力についてはとても詳しいの。それについての本を書いているくらい。僻地にいたときは、ありとあらゆる恐ろしい病気を治してきたって言っていたわよ」

ミスター・ロブソン＝クラフのところに行き着くより先に、サー・モルドレッドがわたしたちに気づいて、両手を大きく広げながら近づいてきた。

「レディ・ジョージアナ」その声はやや大きすぎた。「光栄ですよ。そしてミスター・オマーラ。サー・ヒューバート。殿下。ようこそ、ようこそ。さあ、みなさんと会ってください」

彼に連れられて人が集まっているほうへと歩いていきながら、彼がわたしたちを招待したのは社会階級が理由だったのかもしれないと、わたしは改めて考えていた。彼は上昇志向があるのかもしれない。肩書のない家に生まれて、いまもまだそのことに不満を抱いているのだろう。

「ほらね、エセル、言っただろう？　王家の人たちが来ている」すぐうしろから、明らかな北部なまりの声が聞こえた。「来てよかっただろう？」

「でも、マリナ王女もヨーク公爵夫人もいないことは確かよね」同じくらい強い北部なまりの女性が応じた。そちらに目を向けると、中年の夫婦がわたしたちを眺めていた。女性が着ているのは見るからに高価そうなドレスだが、太目の体形にあまり合っていない。

「あなた方のうちのどなたかが王家の方だと聞いたのですが？」男性が言った。

「彼女はザマンスカ王女です」サー・ヒューバートが紹介した。

「ああ、外国の王家ね」彼女にとっては意味のないことだと、その表情が語っていた。

だがサー・ヒューバートはさらに言った。「それからこちらはレディ・ジョージアナ、国王の親戚です」ふたりは興味津々のまなざしをわたしに向けた。「本当に？　それはそれは。我らの新しい国王をご存じなんですね。素晴らしい人ですよね。一度、わたしの工場を視察に来られたことがあるんですよ」彼はぽってりした手をわたしに差し出した。「パーシー・クランプです。車を作っています。こちらは妻のエセル」

「主人は外国の自動車と互角以上に張り合っているんです」妻が言った。「爵位の話もあるんですよ、そうよね、パーシー？」

「その話はしてはいけないことになっているだろう」彼は頬をピンク色に染めた。「だが、わたしが国の役に立っているということなら、否定はしません。お会いできて光栄です、マイ・レディ。殿下も」彼はゾゾに軽く会釈をした。「ロンドンに行くつもりだったんですが新聞でこの広告を見かけたもので、妻には楽しんでもらえるだろうと思いましてね――パリで買った新しいドレスを着る機会ができる」

「とてもお洒落ですね」わたしは礼儀正しく言った。

今度は妻が顔を染めた「ドレスにそれだけのお金を使うのは贅沢だってわたしは言ったんですけれど、あるんだから使えばいいって彼が言うんです。ようやく着る機会ができたわ。あなたもとても素敵ですね、殿下」彼女は、ゾゾのいつものごとく見事な濃紺のドレスを示した。

「ゾゾと呼んでくださいな。みなさんにそう呼ばれていますから」ゾゾは会う人すべてをとりこにするあの魅力を振りまいた。

ミセス・クランプの顔はさらに濃いピンク色になった。

「ゾゾ。まあ。ええ、わかりました、殿下」

サー・モルドレッドが手を叩いたので、わたしたちはそちらに顔を向けた。

「みなさん、わたしのささやかな家にようこそ。今夜は特別な夜になることをお約束します。まだお会いしたことのない方々のために、自己紹介させてください。わたしはモルドレッド・モーティマー。こちらは息子のエドウィン。そしてあそこにいるのが娘のシルヴィアと夫のスタンレーです」

彼が示した先には、ひと組の夫婦が並んで立っていた。どちらも落ち着かない様子だ。女性のほうは不満そうな表情を浮かべていたし、男性はきょろきょろとあたりを見回している。それでもふたりはかろうじて笑みらしきものを浮かべた。

「わたしの隣人たちを紹介しましょう」サー・モルドレッドは言葉を継いだ。「マウントジョイ卿夫妻、サー・ヒューバート・アンストルーサーとザマンスカ王女、レディ・ジョージアナとミスター・オマーラ」彼はここで一度言葉を切った。「わたしがいかに人脈の豊富な地に住んでいるかがおわかりでしょう」

「わたしたちを抜かしていますよ」ミセス・バンクロフトが口をはさんだ。

「おっと、それは失礼。バンクロフト大佐夫妻も近隣にお住まいです。以前はインドにいらしたそうですが、わたしの両親とは別の地域でした」

「インドは広いからね」大佐が言った。

「わたしの出版者も来ることになっていて、著名な人たちを連れてくるんですよ。エドウィン、玄関で彼らを待っていてくれ。ほら、早く行くんだ」

エドウィンはその言葉に従った。やがて新たな客が到着したので、わたしたちはシャンパンを飲みながら、礼儀正しく言葉を交わした。

「ああ、着いたか。彼らだろう」サー・モルドレッドはそう言ったあとで、そちらに目を向けた。「あれはいったいだれだ？」

農夫のような赤ら顔の大柄な男と内気そうな小柄な女性が近づいてきた。サー・モルドレッドがふたりに声をかけた。「ようこそ。あなたは……」そう言いながら手を差し出す。

「おれがわからないのか？」男は太い声で言い、大きな笑い声をあげた。「まあ、かれこれ四〇年も昔だし、おれもおまえだとはわからないよ」彼はサー・モルドレッドの肩を叩いた。

「タビーだよ、タビー・ハリデイ。ハロウ校で一緒にラグビーをしたのは、もうずいぶん昔だからな。おまえはとんでもなく優秀なスタンドオフだった」

「なんてこった。タビー・ハリデイか」サー・モルドレッドが信じられないというように首を振ると、銀色の髪はそれ自体に命があるように揺れた。

「思い出したか。そいつはよかった！〈デイリー・エクスプレス〉紙でおまえの記事を読んだあと、手紙を書いたんだぞ。〝この男はハロウ校に通っていたと書いてあるし、おれと同じくらいの年らしいから、きっとシュリンピー・モーティマーだ。ドルーリー寮で一緒だったんだよ〟ってミルドレッドに言ったんだ」

「タビー・ハリデイ」サー・モルドレッドはもう一度つぶやいた。「ドルーリー寮。そうだった、思い出したよ。その腹がなければ、おまえだとはわからなかっただろうな」

タビーは自分の太鼓腹を叩いて、笑った。「彼女に時々ダイエットをやらされるんだが、なんの効果もないな。食べるものには気をつけないと老いた心臓に悪いとやぶ医者は言うんだが、食べることが好きすぎるんでね。人生は一度きりじゃないか」彼はもう一度大声で笑い、非難がましく顔をしかめた妻をちらりと見た。

「おまえは中年太りしていないんだな。昔から痩せていたものな。あのころよりは背が伸びたし、それにその髪。昔の黒いもじゃもじゃは見る影もないじゃないか。早くに白髪になったんだな。まさか染めているんじゃあるまい？」彼はまた笑った。「作家はそれらしく見えなきゃいけないってことか？」

サー・モルドレッドが答えなかったので、彼はさらに言った。

「手紙の返事が来なかったんで、おれはミルドレッドに言ったんだ。〝手紙がどこかでなくなったんだろう。近ごろの郵便局はまったくもって役立たずだからな〟。そういうわけで、本当におまえが寮で一緒だったモーティマーかどうかを確かめるために、このイベントに来ることにしたんだ。そうしたら、そのとおりだった！」

サー・モルドレッドはうなずき、どこかぎこちない笑みを浮かべた。

「だがモルドレッドは本当の名前じゃないはずだ。ごくありきたりの名前だった。ビリーみたいな」

「ロバートだ」サー・モルドレッドは白状した。「学校に行くようになってすぐに、シュリンピーという名前を頂戴したがね。かつて親戚にモルドレッドという人間がいたことがわかったんで、ペンネームにふさわしいと思ったんだ」

「なるほど」タビーは首を振った。「おれたちはシュリンピーとしてしかおまえを知らない。こうしてまた会えて、ものすごくうれしいよ。ここからそれほど遠くないところに住んでいるんだ。ハンプシャーとの州境を越えたところだ。数百エーカーの農場をやっている。自分が農夫になるなんて思ったこともなかったが、地所を受け継いだし、だれかがやらなきゃならないからな。それに治安判事でもあるんだ。忙しくしているよ。ミルドレッドには迷惑をかけている」彼はそう言って、妻の細い肩に手を回した。

「シャンパンを飲んでくれ」サー・モルドレッドは堅苦しい口調で言った。「料理もおいしいぞ。今日のためにフランス人シェフを呼んであるんだ」

「おれたちは、それほど外国の料理が好きなわけじゃないんだ」タビーが言った。「シンプルな英国の料理で充分なのさ、そうだろう、ミルドレッド?」

彼女はひとことも発していないけれど、声をかけられるたびにうなずいていることにわたしは気づいていた。シャンパンがふたりに手渡された。

「卒業以来、まったく連絡を取っていなかったな」タビーはあっという間にグラスを空にし、二杯目はないかとあたりを見回した。「おまえはどこにいるんだろうと思っていたよ。外国に行ったと聞いたがそうなのか？　インドに戻った？　確かおまえはインドにいたんだったよな？」

「そうだ。だが結局わたしは、なにも受け継ぐもののない分家の息子がすることをした。学校を卒業したあとすぐに軍隊に入って、ボーア戦争の最中に南アフリカに送られたよ」

「そいつは楽しかっただろう。槍を持って突進してくるズールー人を、銃でなぎ倒したわけか」

「彼らはとても勇敢だった」サー・モルドレッドの口調は険しかった。「恐れ知らずだったよ。優れた戦士だったし、数は彼らのほうがはるかに多かったから、条件としては同じようなものだった」

「アフリカーナはどうだ？　奴らとも戦ったんだろう？　難しい戦いじゃなかったはずだ。大方が熊手を振り回しているだけの小作人だったんだから。訓練を受けた戦士はいなかった」

「正直なところ、嫌な気分だった」サー・モルドレッドが言った。「あそこは彼らの国だったんだ。先にいたんだから」

「だが、おれたちは勝った。それが重要だ」

「戦争は決していいものじゃない。わたしはすっかり幻滅したよ。戦争が終わったあと、連隊と一緒に英国に戻る気にはなれなかった。軍生活はもううんざりだった」

「脱走したわけじゃないだろうな？」

「まさか。正式に除隊したよ。それまで七年、軍にいたんだ」

「それで、どこに行ったんだ？」

「しばらくは南アフリカに残った」サー・モルドレッドが答えた。「広々としているのが気に入っていたんだ。だがやがて、肩書とそれに伴う地所を受け継いだことがわかったんで、戻ってきたというわけだ」

「運がよかったな。おまえの家に肩書があったなんて知らなかったよ」

「わたしも知らなかった。会ったこともない、親戚だってことだった。弁護士から手紙をもらったときは、本当に驚いた」

「本はいつ書き始めたんだ？　荘園領主になってからか？　ミルドレッドはおまえの本が大好きなんだ、そうだろう？　怖ければ怖いほどいいそうだ」

ミルドレッドはまたうなずいた。

「昔から作家を夢見ていた。卒業後は楽しみのために書いていたよ。実を言えば、それ以前にも詩は書いていたんだ」

「ずるい奴め」タビーはまた大声で笑った。「おまえが学校で詩を書いているのを見たことはないぞ」

「仲間に吹聴するようなことじゃないだろう？」

「確かにそうだ」

「昔から恐ろしい事柄に興味があったのかしら、サー・モルドレッド？」わたしたちを会話に参加させようとして、ゾゾが訊いた。

「そうではなかったですね。戦争で、呪術医や霊の世界を信じている男たちを見たからだと思います。それで、そういったことを調べるようになったんです。それに、採掘していたときの砂漠――太陽、風、砂、あたりにはだれもいない。そういう場所では想像力が羽ばたくんですよ。最初の本のアイディアは、英国に戻ってくる道中で思いついたんです。その後はご存じのとおりです」

「そしてひと財産築いたわけだ」タビーはあたりを見回しながらうなずいた。「いいところじゃないか。だがここはおまえが相続した家じゃないんだろう?」

「もちろん違うさ。家はノーサンバーランドにある。いまは貸しているよ。ロンドンと出版者に近いところに住むほうが都合がいいんだ」

「こうしてまた会えたんだから、ラグビーチームの連中とも集まらなきゃいけないな」タビーが言った。「次のハロウ卒業生の会には来るだろう? シットウェル゠スミスもトムリンソンも、おまえに会ったら大喜びするぞ。バッファー・ベンソンを覚えているか? 懐かしいバッファー。いまや下院議員だ。サー・ヘンリー・ベンソン。もったいぶった男だが、このあいだ会ったときにはおまえのことを訊かれたよ。楽しい学校生活だったな?」

「わたしはそうでもなかった」サー・モルドレッドが答えた。「家と家族から遠く離れていたからね。実のところ、途方に暮れていたよ」

「そんな素振りは見せなかったじゃないか。スポーツが得意だった。ラグビー。クリケット。

真夜中の盗み食い」

「父さん」エドウィンの呼びかけに、タビーの思い出話が中断した。「邪魔をしてすみません。出版者が来られました」

数人のグループが建物の脇から現れた。先頭にいるのは頭の禿げた生真面目そうな男性で、べっ甲縁の眼鏡をかけ、心配そうな表情を浮かべている。そのうしろには、とてもあでやかで美しい男女がいた。わたしはあまり劇場には行ったことがないけれど、どちらも雑誌で見たことがあると思った。さらにそのうしろには、戸外で過ごすことが多いのか、健康そうな外観をした年配のごく平凡な男女がいた。

「モルドレッド、久しぶりだな」出版者であろう先頭の男性が言った。

「フィリップ、よく来てくれた。乗合バスを満車にしてきてくれたようだな」

「きみの要求どおりにね。ローレンス・オリヴィエ夫妻を紹介するよ」

黒髪の魅力的な男性が前に出た。「初めまして」その声は彼の外見にふさわしかった。

「妻のジルです」

同じくらい魅力的な女性がにこやかな笑顔でサー・モルドレッドと握手を交わした。

「お会いできてうれしいわ。わたしたち、あなたの本が大好きなんです。そうでしょう、ラリー？」

「覚えなくてはいけない台本以外のものを読む時間があればいいんですがね」ローレンスが言った。「ですが、あなたの本を映画にするのなら、ヴァンパイア役にはとても興味がありますよ」

「あなたなら完璧です」サー・モルドレッドが応じた。「食事をしながらその話をしましょう。いまはほかの方々に挨拶をしなくてはいけないので、シャンパンを召しあがっていてください。カナッペもとてもおいしいですよ」そう言って出版者に向き直ると、彼はうしろの男女の腕を取って前へといざなった。

「映画スターはもういないのかい、フィル？」

「そうなんだ。だが、別の著名人夫婦をお連れしたよ。彼は世界的に有名な考古学者マックス・マローワンだ。彼の妻もわたしの顧客なんだよ。きみたちに面識はあったかな。アガサ・クリスティだ。アガサ、同業者に挨拶をするといい」

簡素な装いの女性が歩み出た。「初めまして」深くて豊かな声だった。

13

七月二五日
ブラックハート邸

　これまでのところ、すべては順調だけれど、サー・モルドレッドはなんだか機嫌が悪いようだ。出版者が作家を連れてきたのが気に入らないのかもしれない。彼女の名前はアガサ・クリスティといって、招待客のほとんどは彼女の本を読んでいるらしい。彼女の夫もとても興味深い。メソポタミアじゅうで発掘をしてきたそうだ。


　サー・モルドレッドは改まった会釈をしてから、ミセス・マローワンと握手を交わした。

「お噂は伺っていますよ。お会いできて光栄です。どんなものを書いていらっしゃるのか、お尋ねしてもいいですか？」

「犯罪小説だよ。きみと同じだ」出版者が答えた。

「でもわたしの殺人は、それほど邪悪でも暴力的でもないんです」アガサ・クリスティは穏やかな口調で言った。「悪魔に取りつかれてはいないし、悩める連続殺人犯も出てきません。幽霊屋敷も」

「でもあなたは、犯罪の話を書くには素敵すぎますよ」サー・モルドレッドは紳士らしく言った。

彼女は小さく笑った。「いかにも罪のなさそうな人ほど、巧妙な犯罪ができるものだとわたしは思っているんです。違いますか？　だからわたしたちが書くような小説が重要になるんです。現実の世界では、殺人を犯した人たちはたいていの場合逃げおおせてしまう。でも、わたしたちは正義を行うことができますから」

「まさにそのことですよ、わたしがずっと言ってきているのは」サー・モルドレッドは手近にあったトレイからシャンパンのグラスを取って、彼女に差し出した。「現実社会では、いたってありふれた物で人を殺すことができるのに、だれもそれを疑わない」

「だからこそ、聡明な探偵が必要なんです」アガサが言った。「無口な観察者が」

「わたしは華やかな探偵が好きですね。ヴァンパイアならもっといい」

「そうですね」アガサは愛想よくうなずいたが、彼に身の程を思い知らせる結果になったとわたしは思った。サー・モルドレッドが彼女の出席を喜んでいないことは明らかだった。彼女たちがその場を離れると、サー・モルドレッドは出版者にそっと近づいて言った。「なんだって彼女を連れてきたんだ？　この集まりに犯罪小説作家はひとりでいいじゃないか。わたしを出し抜くつもりか？」

「とんでもない」出版者が反論した。「たまたま彼女たちがオフィスを訪ねてきて、ここの隣の村に住む友人を訪ねる予定だという話をしていたんだ。それでわたしもきみに会いにいくと言ったら、彼女がきみの毒草園にえらく興味を示してね。とても断れなかった」

「わたしなら断ったね」サー・モルドレッドはそう言って、彼に背を向けた。あたりを見回した。「全員が集まったようだ。庭のツアーを始めようじゃないか。エドウィン、シルヴィア？　わたしのツアーガイドはどこにいる？」

彼の視線が、こっそり家に逃げこもうとしていたらしい娘の上で止まった。

「いったいどこへ逃げ出すつもりだ？　ほら、さっさとしろ」

「わたしたちはいなくてもいいはずよ、パパ。今日は、注目の的はひとりでいいんじゃないの？」

サー・モルドレッドが娘を見つめるまなざしは冷ややかだった。

「おまえはここの女主人役なんだ。ぼやぼやしていないで、みなさんを家庭菜園にご案内しろ」彼はシルヴィアに近づいて、腕を取った。「おまえはわたしの娘だ。それらしく振る舞え」低い声で言った。

シルヴィアはその手を振り払った。

「こんなときじゃなきゃ、わたしのことなんて思い出しもしないくせに。わたしを娘として扱ってくれたことなんてないじゃないの。なのに今日は、わたしがこの醜悪な家で暮らしていて、わたしたちは幸せな家族だっていうふりをさせようっていうのね」

サー・モルドレッドは眉間にしわを寄せた。「それがおまえの感謝の言葉か。最高の教育。お披露目パーティー。その結果がこれか」凍りつくような沈黙があった。「それなら、好きにすればいい。だがおまえの情けない夫がまた事業に失敗しても、今度は泣きついてこないことだ」

「このあいだだって、助けてくれなかったじゃないの。今度は違うなんて期待していないわよ」

彼女はそう言うとその場を離れ、足音も荒々しく家のほうへと歩きだした。

「若い娘というのは、どうにも感情的だ」サー・モルドレッドは気まずそうな笑みを浮かべた。「彼女の夫のせいだ。ふさわしい男じゃない。平凡すぎるんだ。娘には警告したんだがね。いずれ、後悔するだろう」彼は両手を打ち鳴らした。「よろしい。エドウィン、案内してくれ。おまえはいくつかのグループを先に家庭菜園に連れていくんだ。そうすれば、一ヵ所に大勢が集まらずにすむ」

不愉快な場面のあとだったから、エドウィンはとても気まずい様子だった。わたしはダーシーに向かってうなずいた。

「行きましょう、エドウィン。わたしたちのツアーガイドをお願いするわ」

ダーシー、マローワン夫妻、ゾゾ、サー・ヒューバート、彼の友人の探検家がわたしたちのグループだった。サー・ヒューバートと彼の友人はあれこれと話しこんでいたせいで遅れがちで、わたしたちはしばしばふたりを待たなくてはならなかった。

「ほら、急いで、ヒュービー・ダーリン」ゾゾが声をかけた。

彼はもう〝ヒュービー・ダーリン〟なの？ ゾゾは速い進展が好みらしい。

わたしは気がつけばエドウィンと並んで先頭を歩いていた。

「シルヴィアはこれから大変だろうな」サー・モルドレッドのグループが違う方向に歩きだしたのを見て、エドウィンが言った。「父は自分に盾突く人間には厳しいんですよ。だが残念なことに、彼女がもらっている手当を止めることはできない。母が遺してくれたものですからね。母が金持ちだったんです」

「それじゃあ、きみもお母さんからの手当をもらっているんだね？」ダーシーが訊いた。

「ぼくたちはどちらも少額の手当をもらっていますが、二五歳になるまでほとんどの遺産を相続することができないんです。シルヴィアも。遺言のばかげた条項です。おそらく父の差し金でしょうね。待ちきれませんよ。金がない立場は楽しいものじゃない」

「きみのお母さんはアメリカ人だったんだね」

「そうです。アメリカの著名な女性遺産相続人が、金と引き換えに肩書を手に入れたというわけです。ふたりのあいだに愛があったとは思えませんね。それどころかぼくは以前から……」彼は言葉を切り、父親の背中を見つめた。サー・モルドレッドは毒草園のゲートを開けているところだった。

「母の死は突然でした」エドウィンは言葉を継いだ。「ショックでしたよ」彼はグループの人々を振り返った。「みなさん、こちらに来てください。スグリの木をお見せしますね。それから興味がおありなら、アーティチョークも」

彼は前方へと歩いていき、残されたわたしは彼の言葉の意味を考えた。彼は、自分の父親が母親の死に関わっているとほのめかしたの？　ダーシーを振り返ったが、考古学者のミスター・マローワンと言葉を交わしていた彼は気づかなかったようだ。

「昔からメソポタミアには行ってみたいと思っていたんですよ」ダーシーが言った。

「これまでいろいろなところに行かれたんですか？」ミスター・マローワンが訊いた。

「それなりに行きましたが、中東には行ったことがないんです。ケニアに向かう途中でエジプトとスーダンには寄りましたが、あれでは見たことにはなりませんからね」

「それならきみはわたしより一歩先を行っていますよ。ケニアにはぜひ行ってみたいですね」

「考古学的な発見はあまりなさそうですが」

わたしはアガサ・クリスティに近づいて声をかけた。

「ご主人と一緒に旅をなさっているんですか？」

彼女はうなずいた。「ええ。何度か一緒に素晴らしい旅をしたわ。砂漠にいたときは、これ以上ないくらい幸せだった。だれもいないところで、陶器のかけらをわくわくしながら探したの」彼女はわたしの足元を、それから自分の足元を見た。「この靴で庭を何マイルも歩けるのかどうか、心配なのよ。今日はなにを着ればいいのか、悩んだわ。あなたも？　実を言うと、フィリップの顔を立てるために来ただけなの。有名な映画スターふたりをエスコートするのは気まずいっていうから、彼の近くにいるようにしているのよ。あなたはフィンレー夫妻をご存じ？」

「会ったことがあると思います」わたしは答えた。

「マックスの古い友人なの。帰ってきたら、ぜひ話を聞かせてって言われているのよ。昔からサー・モルドレッドに興味があったんですって。ばかげた名前よね？」彼女は秘密めかした笑みを浮かべた。「あなたもこの近くに住んでいるの？」

「はい、反対方向に五マイルほど離れたところです」

「きれいなところよね？　でもデボンほどじゃないわ。あそこはわたしの心の場所、わたしが育ったところなの」

「わたしはスコットランドのうら寂しいところで育ったんですけれど、戻らずにすんでほっとしています」わたしは笑いながら言った。

彼女はわたしに顔を寄せた。「あの有名な毒草園はもう見たの？」

「ほんの少しだけ。サー・モルドレッドはゲートのなかをのぞかせてくれただけで、まだ案内してもらってはいません」

「心惹かれるわよね」彼女は満足そうにうなずいた。「わたしは毒に興味があるの」

「本のなかで人を殺しているからなんでしょうね」わたしは言った。

それを聞いて彼女は笑った。「実を言えば、それより前から興味があったのよ。わたしは戦時中、病院で薬剤師の助手として働いていたの。そのときに毒のことをたくさん学んだ。

与える量によって、薬にもなれば毒にもなる物がたくさんある。だから、ものすごく気をつけなくてはいけないの。でもその知識が、本を書くときにとても役に立っているのは確かよ」

「人を殺すのは楽しいですか？　本のなかでっていうことですけれど」

彼女は笑顔で答えた。「不愉快な人を消すのは楽しいわね。でもいい人が死ななくてはならなくなると、とても心が痛む。わたしは、自分の本のなかの探偵ミス・マープルに似ているんだと思う。あなたは読んでいないかしら、村に住む老婦人で犯罪を解決するのよ。どこかの無情な探偵とは違って、彼女は人間をとても気遣うの。あのひどいシャーロック・ホームズとは違う」

わたしたちは、イチゴ、ラズベリー、アカフサスグリ、クロスグリ、サヤマメ、トマト、その他様々な野菜のあいだを進んだ。壁沿いの背の高い茂みは、実をいっぱいつけていた。

「どれも見事ね」アガサが言った。「彼は見た目は痩せているけれど、食べることが好きなのがよくわかる。」

「そう思います。今夜の食事は素晴らしいものになるでしょうね」今夜のためにわたしの料理人を貸したんですが、彼はとても腕がいいんです。フランス人なんです」

「彼らはみんな腕がいいわね」彼女はうなずいた。

「さてと」エドウィンの声にわたしたちは口をつぐんだ。「ここまでは健康にいいものでしたが、この先にあるものはみなさんを殺せます」彼はそう言って笑った。

それから三〇分間、わたしたちは毒草園で驚くべき時間を過ごした。エドウィンはとても知識が豊富で、それぞれの植物の名や、なんの毒があるのか、人間にどんな効果があるのかを語った。どれも気持ちのいいものではなかった。だがサー・モルドレッドが言っていたとおり、どこの庭にもその多くがあることを知ってわたしは驚いた。

「わたしたちの家の壁にアメリカヅタがからまっているわ」わたしはエドウィンに言った。「ペットや子供が実を食べないように気をつけてくださいね」

子育てのそんな面について考えたことはなかった――子供の安全を気にかけなくてはいけないのだ。わお。わたしはこれまでそんな責任を負ったことはない。経験豊富な子守を雇うことが急にいい考えに思えてきた。

14

七月二五日
ブラックハート邸

なにもかもが問題なく、順調に進んだ。信じられない。クイーニーですら惨事を起こさなかったし、ディナーは申し分なかった。あとは、サー・モルドレッドにわたしの料理人を盗まれないようにするだけだ！

毒草園のあとは薬草園を案内してもらい、家へと戻り始めたときには、わたしはおおいにほっとした。ハイヒールや爪先の尖った靴を履いていた人たちは、相当疲れていたと思う。もちろんわたしも疲れていたし、暑さがこたえていた。夜七時だというのに、まだかなり気温が高い。英国とは思えない！　お手洗いに逃げ出したかったけれど、サー・モルドレッドはその前に家を案内すると言い張った。わたしたちは陰鬱な部屋から部屋へと移動した——二度と本なんて読まないと思わせるくらい、寒くて、じっとりしていて、物悲しい図書室。

だれも弾けないけれど、飾りとして買ったとサー・モルドレッドが打ち明けた巨大なハープが置かれている音楽室。たったいま見学してきた庭を見渡せるモーニングルームには、夕方の最後の光が射しこみ、まだいくらかはましだった。その後わたしたちは二階へとあがり、四柱式ベッドが置かれ、どっしりしたベルベットのカーテンがかかっている寝室へと連れていかれた。

「寝室は一〇部屋あります」サー・モルドレッドは言った。「ですから、このあと家まで運転したくないと思う方は、どうぞ泊まっていってください。ただ、我が家の年老いた料理人は早起きではないので、朝食を出せるかどうかはお約束できません」全員が、今日は家に帰ると言った。たとえ家が遠くても、ここで夜を過ごしたいとは思わないだろう。寝室には、幽霊がひとりかふたりは住んでいそうな、冷たい雰囲気が漂っていた。

ほとんどの客は近くの村にいる友人たちの家に滞在しているようで、ローレンス・オリヴィエと妻だけが、駅まで出版者のフィリップ・グロスマンに車で迎えに来てもらっていた。わたしたちが最後に案内されたのは、サー・モルドレッドが実験室として使っている家の裏側の小さな部屋だった。

「ここにある様々な植物について研究し、実験しているんです。なにか病気の治療法が見つかればいいと思ったんですよ。いまのところ、まだ結果は出ていませんが、暇つぶしにはなりますからね」彼は笑いながら言った。

ようやく化粧室に連れていかれたときにはおおいにほっとして、わたしは用を足し、身だしなみを整えた。この家に女性の気配がないことは明らかだ。家具の多くは古くて重たくてほこりをはらう必要があった。化粧室は暗くて古びていて、チェーンは何度か引っ張らなくてはならなかった。彼の妻が死んでどれくらいになるのだろうとわたしは考えた。この家で暮らしたことはあったんだろうか？

わたしは、夜だというのにモーニングルームに集まっている人たちのところに戻った。

「ここじゃなきゃだめなんです」サー・モルドレッドが言った。「一日のこの時間は、ここからの景色が最高だ。素晴らしいでしょう？」

そのとおりだった。エドウィンの友人だという若い男性たちが、今度はここでシェリーとチーズストローを給仕していた。エドウィンが近づいてきて、グラスを差し出した。

「遠慮しておくわ」わたしは言った。「シャンパンと暑さのせいで、少し朦朧《もうろう》としているの」

「座ったらどうですか？」

「ほかのだれも座っていないもの。失礼だわ」

「ほかのだれも妊娠していませんよ。水を持ってきましょうか？」

わたしは礼を言い、彼は水を持って戻ってきた。

「世界一不気味な家のツアーは楽しかったですか？　でも、ノーサンバーランドの家もここと大差なかったんですよ。そのうえ、向こうのほうが寒い。でも母は見違えるような家にしましたよ。たくさんのカーテンやクッションや花。母は花が大好きだった」

「お母さまはこの家で暮らしたことはなかったの？」

「いえ、あります。ここに越してきたときに、ほんの数ヵ月ですが。この家を買ったのは、もちろん父の考えです。母に無断で買ったんですよ。町に近いところで暮らせるのは母も喜んだとは思いますが、この家を自分の好みにしつらえるだけの時間はなかった。急死したんです。前日までは元気で明るかったのに、気がつけば死んだと教えられた。八歳の子供にはとてもショックでした」

「わたしの夫も幼いころに母親を亡くしているの。インフルエンザの大流行で亡くなったのよ。弟ふたりも。悲劇よね」

「でも、感染症の流行っていう理由がある。ぼくはずっと、なんで母は死んだんだろうって思っていました。だれも八歳の子供に説明してくれなかった」

なんて奇妙な話だろう。

サー・モルドレッドが彼を呼び寄せ、食堂の準備は整っているかどうかを確認してくるように告げた。わたしはほかの人たちからひとり離れて座り、彼らの様子を眺めていた。クランプ夫妻はとても感心した様子で機嫌を取ろうとしているし、ミセス・バンクロフトはまだ文句を言っている……「信じられます？　あの人たちったらずうずうしくもわたしたちの土地を横断したんですよ。いいえ、わたしはその手の本は読みません。というより、あまり本は読まないんです。ボランティア活動に忙しくて。婦人会にガールガイドに教区会。どれもわたしを頼りにしているんですよ。ええ、わたしは人生をほかの人たちに捧げているんです」

マローワン夫妻がこの独白の聞き手だった。ミスター・マローワンは退屈そうな顔をしないようにしているが、アガサ・クリスティはあたりにいる人々を熱心に観察していた。ローレンス・オリヴィエと妻は洗練された様子で、わたしたちの隣人であるマウントジョイ大佐夫妻と機知に富んだ会話を交わしている。サー・ヒューバートは探検家の友人とわたしがこれまで気づいていなかった年配の女性と一緒に、部屋の片側にいた。彼女は黒いシルクのハイネックのドレスに黒玉の長いネックレスをつけ、アップにした髪を二本のべっ甲の櫛で留めていた。過去の時代の人だとわたしは思い、ここでなにをしているのだろうといぶかった。親戚の年配女性？

わたしはすでに疲れを感じていた。家に帰れたら、晩餐会での堅苦しい会話をしなくてすむならどんなにいいだろう。けれどももちろん、そんなことはできない。わたしは、自分の義務を果たすように育てられたのだから。ロバート・ブルース・ラノクは誇りに思ってくれるだろう！

「そろそろ用意ができていなきゃいけないんだが」サー・モルドレッドがいらだたしげにつぶやいた。「八時と言ったのに、時計の音が聞こえているぞ」彼はわたしたちを残して部屋を出ていき、まもなく満足そうな顔で戻ってきた。

「すべて順調だ。この栄誉は執事に任せよう。でないと彼は無視されているように感じるだろうからね」

それが合図だったかのように、彼には大きすぎて重すぎるように見える銅鑼《どら》を持って、老いた執事が入ってきた。ゴーン。その音は長く反響した。音が消えるのを待って、執事は声をあげた。「ディナーの用意ができました、サー」

正式なやり方で並ぶようにと言われたが、わたしたちはまるで学校の遊び時間から戻ってきた子供のようだった。こんなばかげた習慣に従ったことがない人たちが何人かいたから、誘導する必要があった。サー・モルドレッドはわたしの腕を取り、ダーシーと共に列の先頭に立たせたので、わたしは当惑した。

「一番地位が上ですからね」サー・モルドレッドは言った。「あなたの家系の代表だ」

当然ながら拒否はできなかった。わたしたちは暗い廊下を進み、ギャラリーを抜けて食堂に入った。サー・モルドレッドの言葉は、ある意味正しかった。クリスタルや銀器に揺れる蠟燭の光がいくらか明るく見せてはいたが、それでもこの部屋の陰鬱さを完全に消すことはできていない。日はすでに沈み、細長い窓から射し込む赤い光は小さな枠にはめられたガラスのせいでひずんでいた。

「それぞれの席に名前が書いてあります」サー・モルドレッドが告げた。「自分の席を見つけて、座ってください」

それはまるで椅子取りゲームのようだった。わたしの席は上座近くだったので、少し嬉しくなった。サー・モルドレッドが上座で、隣には女優のジル・エズモンドが座った。わたしの両隣は彼女の夫であるローレンス・オリヴィエと考古学者のマックス・マローワン。その隣がわたしが見かけた老婦人で、ミス・オーモロッドといった。ダーシーとゾゾとサー・ヒユーバートは向かい側のどこかにいる。アガサとエドウィンはそのもう少し先で、バンクロフト大佐夫妻とクランプ夫妻は見えないくらい遠くに座っていた。シルヴィアと彼女の夫、そしてシャンパンを給仕していたエドウィンの友人が何人かテーブルの端に腰をおろしていることに気づいた。おそらくは数合わせだろう。サー・モルドレッドは三〇人呼びたがっていたが、その数には届かなかったようだ。

腰をおろそうとしたとき、料理が運ばれてくるアルコーブのカーテンが数インチ開いたことに気づいた。そこに立っていたのがクイーニーだったので、ぞっとした。わたしはテーブルの向こう側に回り、クイーニーをつかんだ。「ここでなにをしているの？」

クイーニーは肩をすくめた。「彼にここに来るように言われたんですよ」

「彼？」

「じいさんですよ。怒りっぽいじいさん。ここにいて、全部きちんと皿に並んでいることを確認しろってシェフがじいさんに言ったんですけど、じいさんはまだ具合が悪いし、自分はだれかの小間使いじゃないし、階段をあがるのはごめんだって言うんです。なんで代わりにやれって、ピエールに言われたんです。でもドジは踏むなよ、でないとえらいことになるかならなって」

わお。この晩餐会が失敗に終わることがあるとしたら、それはクイーニーを皿の近くで自由の身にしたときだ。皿からこぼれるグレービーソース、床に落ちる野菜が目に浮かんだ……。

「クイーニー」わたしはとっておきのいかめしい声で言った。「あなたが期待を裏切らないと信じているわ。我が家の名誉はあなたにかかっているのよ。ムッシュー・ピエールの、ミスター・オマーラの、そしてわたしの評判を落とさないでちょうだい」

わたしがこれほど厳しい口調になるのは滅多にないことだったから、クイーニーはあんぐりと口を開けた。やがてもう一度肩をすくめて言った。

「合点です《ボブズ・ユア・アンクル》、奥さん。心配はいりませんよ。いいからとびきりおいしいディナーを食べてください」

わたしは冷静で落ち着いているふりをしながら、席に戻った。どうしてカーテンの向こうに行ったのだろうと、いぶかるようにダーシーがこちらを見たが、びくびくしながら食事をするのはひとりだけでいい。サー・モルドレッドが短い歓迎のスピーチをした。改めて主賓、つまり上座にいるわたしたちを紹介し、共にこの場にいられることが光栄だと語った。彼の新しい本が近々出版されることになっているので、これはその先駆けとしての素晴らしいパーティーだと言った。さらに、ミス・オーモロッドの出席に感謝をし、集まった資金を南アフリカの孤児たちに役立てるために使いたいということだった。サー・モルドレッドはグラスを持ちあげ、乾杯の音頭を取った。わたしたちのグラスにはあらかじめ、中身が注がれていたことに気づいた。

「乾杯の前に申しあげておきますが、中世風の晩餐会に合わせて本物の蜂蜜酒を入手しました。サセックスの女子修道院の修道女に造ってもらったものです。お口に合わない方もいらっしゃるかもしれませんが、このあとは上等のワインを用意してありますのでどうぞご心配なく」

わたしたちは乾杯をして、グラスを口に運んだ。わたしはほんのひと口だけ飲んだ。かなり甘かったし、すでにいくらか気分が悪かったからだ。長い食事のあいだ、充分に気をつける必要がありそうだった。

エドウィンのオックスフォードの友人ではなく、プロに違いないふたりの従僕が蟹のムースを手際よく給仕していく。まわりに新鮮なレタスを敷いて、キャビアをのせたそのムースは軽くて、ふわふわしていて、言葉にできないくらいおいしかった。クイーニーがテーブルから逃げ出した蟹を捕まえることができてよかったと、わたしは心のなかで感謝した。次にアスパラガスのクリームスープが運ばれてきて、マリネしたアーティチョークがのせられた正体不明の葉物のサラダが続いた。

「これは素晴らしいのひとことだ」ローレンス・オリヴィエがわたしに向かって言った最初の言葉がこれだった。サー・モルドレッドはひたすら彼と話をしていて、その多くがヴァンパイアについてだったが、ディナーの席にはあまりふさわしい話題とは思えなかった。

「この家の地下牢をぜひご覧いただきたかった」サー・モルドレッドが言った。「足場があまりよくないので今日は案内しませんでしたが、驚かされますよ。あそこでいったいなにが行われていたのだろうと、つい想像してしまいます。当時は拷問をしていたんでしょうね。拷問道具のラックや鉄の処女（女性の形をした中世の拷問具）の名残があればいいと思っていたんですがね」

ディナーを拷問手段で味つけされたくはなかったので、わたしは顔をそむけた。マックス・マローワンはミス・オーモロッドと話をしている。「わたしの次の冒険は中東だと彼女に話したところですよ」

「とても興味深いですね」老婦人は言った。「わたくしは一度も旅をしたことはありませんけれど、わたくしの慈善活動は世界中で行われていますから、自分でもあらゆるところに行った気分になれるんです」

「あなたの慈善活動のためにサー・モルドレッドがこのイベントを計画してくださって、よかったですね」わたしは言った。

ミス・オーモロッドは妙な表情になった。「ええ、とてもよかったです」彼女は取り澄ました口調で応じ、実は少しもよくなかったらしいとわたしは感じた。

蜂蜜酒のグラスがさげられ、ワイングラスにきりっとした白ワインが注がれた。運ばれてきたのは小海老を詰めたカレイのクネルに濃厚なソースをかけた料理だった。そのあとは、口をさっぱりさせるためのレモンシャーベット。次に赤ワインと共に鴨が運ばれてきた。わたしは罵り言葉や叫び声が聞こえてくるのではないかと、食事のあいだじゅうカーテンのほうをちらちらと眺めていたが、なにも聞こえることはなかった。ちょうどいい量のオレンジソースがかかった鴨は、小さな新ジャガと新鮮な豆を添えて、きれいに皿に並べられていた。

「言葉にならないくらいおいしいわ」向かい側のゾゾの言葉は、わたしの思いを表していた。ただあいにく、とても濃厚だった。すでにカナッペとシャンパン、こってりした料理をたくさんいただいていたから、もうこれ以上ひと口も入りそうになかった。鴨がさげられ、デザートワインが注がれ、デザートが運ばれてきた。フルーツタルトが目の前に置かれた。ペストリーにカスタードクリームを敷き、いろいろな種類のベリーをのせて、軽いメレンゲかもしくは濃厚なクリームで仕上げてある。そのどちらなのか見分けはつかなかったが、どちらにせよわたしの胃はひと目見て、〝もうたくさん〟と言った。

「申し訳ないけれど、もう食べられないわ」わたしは言った。「いまは、食べるものに気をつけなくてはいけないの」

「承知しました」従僕はわたしの皿をさげ、代わりにマックス・マローワンの前に置いた。

「こいつはすごくおいしそうだ」タビー・ハリデイがミス・オーモロッドの向こうで声をあげた。「余っている分があるなら、ここに運んでくれ」彼は身を乗り出して、サー・モルドレッドに言った。「素晴らしい料理だよ、モーティマー。サヴォイで食べるものよりおいしい。きみの料理人によろしく伝えてくれ」

「ありがとう、タビー」

「我がラグビーチームのハロウ卒業生はあそこに集まるんですよ」タビーの声は朗々と響いた。ワイングラスを空にし、お代わりを入れるように身振りで示した。「おれたちの年のチームはすごかったな。イートンを打ち負かした。ラグビー・スクールもだ！　おまえも指を折るまでは素晴らしい活躍だった。もうプレイはできないかと思ったが、固定して最後までやり抜いたんだからな」

「ああ、あれは残念だった」サー・モルドレッドが言った。「ひどい骨折だったな。いま本を書くのに、差し支えはないのか？　タイプライターを使っているのか？」

「もう済んだことだ」サー・モルドレッドはさらりと応じた。「わたしは手書きだよ。殴り書きだが、それを読んでタイプしてくれる素晴らしい女性がいるんでね」

「本当にありがたいですよ」出版者が言った。「彼の字はほぼ解読不可能なので」

タビー・ハリデイは妙な顔をしてなにかを言いかけたが、デザートに意識を戻した。そのあとはチーズボードとフルーツの盛り合わせだった。わたしはかろうじてスティルトンのスライスとアンズをひと切れずつつまんだ。

「さて、ここは礼儀を守って、わたしたちがポートワインと葉巻を楽しむあいだ、女性の方々には別室に移動していただきましょう」サー・モルドレッドが明るい調子で言った。「シルヴィア、女性たちをギャラリーにお連れしてくれ。コーヒーが用意してあるから」

「わたしたちもポートワインと葉巻を楽しみたかったらどうするの？」シルヴィアは応じたが、それが冗談なのかそうでないのか、わたしには判別がつかなかった。

「ばかなことを言うんじゃない。さあ、行くんだ」

マナーにこだわるレディ・マウントジョイが立ちあがった。「さあ、行きましょう、みなさん。男の人たちは悪い習慣にふけらせておきましょう」

わたしたちはあとに続いた。わたしはクイーニーに会って、よくやったと言っておきたかったのだけれど、正式な晩餐会では使用人とは言葉を交わさないことになっている。とはいえ、これといった失敗がなかったことにわたしは言葉にならないほど安堵していた。

わたしはまずほかの女性たちと共に階下の洗面所に行き、口紅とおしろいを塗り直してから、若い男性たちがコーヒーの用意をして待っているギャラリーに向かった。暖かい日だったにもかかわらず、すきま風の入るこの部屋はひんやりしていて、もっと厚手のショールを持ってくればよかったとわたしは後悔した。アガサと年配女性の隣に腰をおろし、コーヒーを受け取った。

「わたくしは遠慮しておきます」ミス・オーモロッドが言った。「どのお料理もわたくしには少し重すぎました。普段シンプルな暮らしをしている人間にとっては、ああいったお料理は胃に負担がかかりますね」

「ええ、わたしにも少し多すぎました」わたしは応じた。

「あのタルトも食べるべきではなかったんでしょうけれど、でもおいしかったわ。ですが、コーヒーを飲んでしまうと、今夜は一睡もできないでしょうからね。わたくしは隣の村に住むミス・ベリル・パーソンズの家に泊まっているんです。子供のころからの友人なんですよ。このディナーには彼女も招待するべきだったんでしょうけれど、二〇ギニーを払うのはとても無理でしたから」

「本当に素晴らしい食事だったわ」ゾゾが言った。「それに、わたしたちが来たときに、あれだけの人が帰っていったのよ。今日一日で、かなりの額が集まったでしょうね」

「ええ、確かに」ミス・オーモロッドが応じた。「幸運でしたね、もし……」彼女はそこで口をつぐんだ。「幸運でした」

「父が慈善活動をしたなんて、聞いたことがないわ」話が聞こえたのか、シルヴィアが割って入った。「というよりも、他人のためになにかをするなんて。わたしの学費を出してもらうのさえ、大変だったんです。スピーチデーに呼んで、演説することを認めなきゃいけなかった。でも南アフリカのことはよく懐かしそうに話しています。あそこで過ごした時間は、本当に楽しかったんだと思います。荘園領主には向いていないんでしょうね」

「教えてもらえるかしら」ミセス・バンクロフトが訊いた。「南アフリカには、それほど多くの孤児がいるの？」

「ほかの貧しい国と同じくらいじゃないでしょうか」

「貧しい？　あれだけの自然資源があるのに？　金やダイヤモンド。豊かだとばかり思っていたわ」

「白人にとっては」ミス・オーモロッドが静かに言った。

レディ・マウントジョイは唇を引き結んだ。その言葉で会話が途切れたので、男性陣がやってきたときにはほっとした。失礼にならないところで帰りたいとわたしはダーシーに小声で告げた。いかにも女性らしく、わたしが疲れていることにゾゾが気づいた。

「かわいそうに。いまにも倒れそうよ。大切な日の直前に、こんな大変な目に遭わせるべきじゃなかったんだわ。ヒューバート、ダーリン、ジョージアナを連れて帰らなくちゃ」彼女はサー・モルドレッドに歩み寄った。「失礼させていただいてもいいかしら？　レディ・ジョージアナがとても疲れているようなの」

サー・モルドレッドはとても気を遣ってくれた。わたしの手にキスをし、負担が大きすぎたのでなければいいがと言って、車まで直々に送ってくれた。サー・ヒューバートの友人の探検家もついてきていることに気づいた。

「こんな遅い時間ではロンドン行きの列車には乗れないと彼には言ったんだ」サー・ヒューバートが言った。「彼が泊まれる部屋はあるだろう？」

「ええ、もちろん」わたしは答えた。

そういうわけで、後部座席はいくらか窮屈ではあったけれどわたしたちは車に乗りこみ、出発した。ゲートを出たときには、わたしは小さく安堵のため息をついた。今夜はすべてが順調に進んだ。ピエールは素晴らしい料理を作ったし、クイーニーがわたしを落胆させることもなかった。全体として見れば、おおいに満足できる夜だった。

15

七月二六日
アインスレー

ゆうべの評価は、いささか早まったかもしれない。

窓を打つ雨と雷の音で目を覚ました。昨日のじっとりした暑さは嵐の前兆だったらしい。ダーシーのほうに寝返りを打ったが、彼はすでに起き出していていなかった。もう遅い時間のようだ。頭痛がすることに気づいた――こってりした食事とアルコールをとりすぎたのだろう。朝の紅茶はどうしたのだろうと思った。ダーシーがわたしを起こさないようにとメイジーに告げたのかもしれない。わたしはベッドから手を伸ばして呼び紐を引いた。驚くほどすぐにメイジーがトレイを持って現れた。

「すみません、マイ・レディ。起こさないようにってミスター・オマーラに言われていたので」彼女は言った。「朝食はベッドでとるかもしれないとも言われていたのですが、今朝はクイーニーの具合が悪いので簡単なものしか用意できません」

「まあ、どうしたの？」

「わかりません、マイ・レディ。彼女が朝食の支度に起きてこなかったので、ミセス・ホルブルックが見に行ったんです。それで戻ってきたら、わたしたちでなんとかするしかないって言われて」メイジーは訳知り顔で言った。

控えの間にいたクイーニーが、テーブルから戻ってきた残り物をつまんでいる姿が目に浮かんだ。わたしは笑顔で言った。「わかったわ。彼女は寝させてあげて。わたしは、ゆで卵があればいいから」

卵が運ばれてきた。わたしはそれを食べ、着替えて階下におりていくと、ゾゾ、サー・ヒューバート、探検家、そして祖父がモーニングルームに顔をそろえていた。

「きみに地所を見せようと思っていたんだ」サー・ヒューバートが言った。「自慢のアジシカの見事な群れがいるんだよ。だがこの天気ではね」

「これが昨日じゃなくてよかったわ」ゾゾが言った。「モルドレッドの見世物が台無しになるところだった」

「でもそうだったら、庭を何マイルも歩かなくてすんだのよ」わたしは彼女と並んでソファに座った。

「それで、おまえは楽しんだのかい、ジョージー？」祖父が訊いた。

「どう答えればいいのかわからないわ。とても興味深かったのは確かよ――いろいろな庭があって、彼の息子は植物にとても詳しかった」

「本当に詳しかった」ミスター・ロブソン＝クラフが言った。「いくつか質問したが、彼はよく知っていたよ。聡明な若者だ」

「でも父親の前ではばかなふりをしていたわ。どうしてかしら」わたしは言った。「学校ではどうしようもなかったって言っていた」

「父親をいらだたせたかったんだろう」サー・ヒューバートが言った。「ふたりはあまりうまくいっていないようだったからね」

「娘とも」ゾゾが口をはさんだ。「でもあの夫は確かにお粗末よね？　ゆうべはひとことも喋らなかったわ。社交性というものがないわね」

「楽しんだのかって訊いたわよね、おじいちゃん。お料理は素晴らしかった。ピエールは最高だった。でもわたしは、なにか起きるんじゃないかってずっと息を詰めていたの。だってクイーニーが給仕の手伝いをしていたんだもの」

「妙なことに、わたしもずっと落ち着かない気分だった」サー・ヒューバートはわたしを見た。「あまり気持ちのいい家とは言えないね。ぬくもりもなければ、心地よくもない」

「すごく不気味だったわ」ゾゾがうなずいた。「下の階のトイレときたら。天井から蝙蝠がぶらさがっているんじゃないかって思ったくらい。あまりにぞっとしたから、家に帰るまで我慢しようかと思ったほどよ。それとも、外の茂みに行こうかって。そうすれば、毒草園の肥料になったかしら」彼女は楽しそうに笑った。

「不安を感じたときは無視してはいけないと、わたしは長年のあいだに学んだ」ミスター・ロブソン＝クラフは用心深い口調で言った。「我々の潜在意識は、自分では気づいていない危険の兆候を感じているんだよ。昔コンゴにいたとき、丸木舟に乗らなかったことがある。なぜか、安定が悪いかもしれないという気がしたんだ。それで、仲間たちはわたしを置いて丸木舟に乗った」彼は険しい顔になった。年の割には驚くほどその目は鮮やかな色をしている。「舟にはなんの問題もなかったが、岸から地元の人間に襲われて全員が殺された」

一日を始めるのにふさわしい話ではない！

「ダーシーはどこにいるのか知っている？」わたしは尋ねた。

「書斎で電話をしているんじゃないかな」祖父が答えた。小声で「ずいぶん早く起きたようだが、コーヒーの用意ができていないことが不満そうだった。小声で文句を言っていたぞ」

「まあ。クイーニーに話をしてくるわ。ただの仮病じゃないといいんだけれど」

わたしは息を切らしながらふたつの階段をあがって、使用人たちの階へとたどり着いた。わお、子供部屋はこの階になるのに。この大きなお腹がなくなったら、また以前のように機敏に動けるようになるのだろうか。

クイーニーはひどく青い顔でベッドに横になっていた。傍らにはバケツが置いてある。わたしはそれを見ないようにした。

「すみません、奥さん」彼女は言った。「めちゃくちゃ気分が悪いんです。とてもじゃないけど、起きて朝食の支度なんてできなくて。食べ物のことを考えただけで吐きそうです」

「なんてこと。かわいそうに。いいのよ、寝ていてちょうだい。こっちはなんとかするから。ランチはピエールに簡単なものを作ってもらうわ。なにか食べたもののせいかしら？」

「だと思います。ゆうべ、車で帰ってきたときはぴんぴんしてたんです。ディナーはうまくいったからピエールはご機嫌で、車のなかでは一緒に歌ってたくらいです。だけど夜中にものすごいさしこみが来て目が覚めて、トイレに駆けこまなきゃならなくて、そのあとはずっとこんなです」

「食べすぎたのかもしれないわね」わたしはさらりと言った。「残ったものを食べたんじゃない？　普段は食べないような、こってりしたものを？　わたしも昨日の最後のほうは、少し気分が悪くなったくらいよ」

「だと思います。あの鴨をちょっとばかしつまんだんですけど、すごくおいしかったです。それからタルトも。ふたつばかり残ってたんで、そのままキッチンに戻すのはもったいないって思ったんです。キッチンにはもっとあるのがわかってたんで。ペストリーが崩れるといけないからって、ピエールは余分に作ってたんです」

「上にクリームのようなものがのっていたあのタルトは、それほどしつこくはなさそうだったけれど。あれはメレンゲだったの？」

考えるだけでも耐えられないかのように、クイーニーは首を振った。「いいえ、甘くて濃いなんかのクリームです。すごくおいしいんですけど……いまは考えるのもいやです。胃が裏返っちまいそうです」

わたしは気の毒に思いながら、笑顔で言った。「今日はゆっくりするといいわ。ピエールにトーストとボヴリル（ビーフと酵母でできたエキス。スープにすることが多い）を作ってもらうわね。わたしが子供のころ、具合が悪かったときには、それがよく効いたの」

「優しいんですね、奥さん。あたしは昨日、ちゃんとやりましたよね？　なにも落とさなかったし、あのばかみたいなエレベーターで皿をあげたりおろしたりしたんです」

「あなたはとてもよくやったわ、クイーニー。わたしたちの誇りよ」

「せいいっぱいやったんです。本当に」

目を閉じたクイーニーをそのままにして、わたしはそっと部屋を出た。かわいそうに。でも彼女は牛みたいに頑健じゃなかった？　心配するまいとした。まったく彼女らしくない。階段をおりていると、玄関ホールで電話が鳴るのが聞こえた。だれかが出たようだったが、玄関ホールにはだれもいなかったから、書斎でダーシーが内線を取ったのだろう。一、二分後、ダーシーが姿を見せた。

「サー・モルドレッドだった」彼が言った。「ぼくたちはなんともないかって訊かれたよ。彼はひどい食あたりらしいんだ。ぼくたちはみんな元気だと言っておいた。なにを出したのかを確かめたいから、ピエールを連れてきてくれないかと言われた」

「わかった。具合が悪いなんてお気の毒ね。でも、わたしたちみんなが元気というわけじゃないのよ。クイーニーがひどく具合が悪いみたいで、寝ているわ」

「クイーニー？　彼女はあの料理を食べていないだろう？」

笑わずにはいられなかった。「ダーシー、あのクイーニーよ。残り物をつまんだに決まっているじゃないの。それにタルトをふたつ食べたって白状したわ」

「おやおや」彼は軽く笑ったが、すぐに真面目な顔になった。「いったいどういうことなんだろう？　同じものを食べているのに、ぼくたちはなんともないなんて？」

「クイーニーの場合は、慣れないものを食べすぎたからだろうって思ったんだけれど、サー・モルドレッドも具合が悪いとなると……」

ダーシーはそっとわたしの腕に触れた。「できるだけ早く、ピエールを連れてサー・モルドレッドのところに行ったほうがいい。どうしてこんなことになったのか、ぼくもさっぱりわからない」


ピエールは起きたばかりで、わたしたちから話を聞くといきり立った。

「ぼくの料理に問題があったって？　いいや、絶対にありえない。信じませんよ、そんなこと。ぼくが作ったものはどれも新鮮だったし、清潔だったし、入念に調理したんだ。ぼくを侮辱したって、サー・モルドレッドに言ってやりますよ」

「わお。お願いだから、彼に決闘を申しこんだりしないでね」

ダーシーはくすりと笑った。

わたしたちは家にいた人たちになにがあったかを伝え、ピエールをブラックハート邸に連れていくと言った。

「ずうずうしい人ね」ゾゾが言った。「ピエールの料理のせいだってほのめかすなんて。ゆうべ飲みすぎたに決まっているじゃないの？　延々と飲んでいたでしょう？　違う？」

「なにが原因なのかを判断するのは難しいわ」わたしは言った。「わたしたちはみんななんともないけれど、ゆうべはまったく同じものを食べたのに」

ミスター・ロブソン＝クラフが咳払いをした。

「実を言うと、夜中に少々具合が悪くて目を覚ました。腹痛があって、トイレに……」女性たちの前で言いにくい言葉を言う代わりに、彼はもう一度咳払いをした。「だがわたしは頑健ですからね。ネズミや蛇、焼いたコオロギだって食べる。だからわたしがちょっと具合が悪いと感じた程度でも、ほかの人たちはもっとひどくなるかもしれない」

「なにかわたしたちとは違うものを食べなかったか？」サー・ヒューバートが訊いた。「違うカナッペとか？」

探検家は首を振った。「スモークサーモンをのせたトースト、小さくて丸いペストリー……問題になるようなものは食べていない」

「わたしもカナッペはいろいろ食べたけれど、お腹はどうもないわ」わたしは言った。「ミスター・ロブソン＝クラフの言うとおり、あのカナッペが原因じゃなさそうね。いまは具合はどうですか？　なにかお持ちしましょうか？」

探検家は笑って応じた。「ぴんぴんしてますよ。心配してくれてありがとう。夜中に腹を壊したあとでも、二〇マイル歩かなくてはならなかったことがありますからね。早く治さなきゃいけないことを、体がわかっているんですよ！」

「すぐに行ったほうがいい」ダーシーがわたしの手を取った。「ピエールの汚名をそそがなきゃいけない。そうだろう？」

「そうね。すぐに戻って、結果を報告するわ」

希望的観測かもしれない。

16

七月二六日
ブラックハート邸

わお。思っていたよりも状況は悪そうだ。かわいそうなピエール。まずいことにならないといいのだけれど。

わたしたちはダーシーの運転で、土砂降りのなかをブラックハート邸に向かった。ハンドルを握らせるとフィップスは緊張しがちだし、道は恐ろしく狭いから、こんな天候のなかで運転させるつもりはなかった。わたしはダーシーの隣に座り、ピエールは後部座席で前かがみになって、怖い顔をしていた。

「彼はなんだってぼくと話をしたがるんです？　ぼくは彼のためにできるかぎりのことをした。最高の料理を作ったのに、今度はぼくを侮辱するなんて」

「ちゃんと説明がつくはずよ、ピエール」わたしは彼をなだめた。「サー・モルドレッドはお腹が弱いのに、食べすぎたのかもしれない。クイーニーだってきっとそうよ」

車でその下を走っているあいだも木の天蓋は風に揺れ、恐ろしげな頭上の枝はわたしたちをつかもうとするみたいに伸びていて、ブラックハート邸はまさにその名にふさわしかった。木のトンネルを抜けたそのとき、家の上に稲光が走り、大きな雷鳴が轟いた。暗い空を背景にブラックハート邸が恐ろしげに浮かびあがった。わたしはダーシーににじり寄った。嵐は苦手だ。

玄関には大きな傘を持ったエドウィンが待っていて、わたしたちを招き入れた。

「来てくれてありがとうございます」彼は言った。「ひどい天気ですね。気をつけてください。父は機嫌が悪いんです。それにまた雨漏りもしている。ひとことで言えば、最悪だってことです。もしぼくが車を持っていたら、どこか遠いところに逃げ出していますよ」

「お父さんは寝室？」わたしは訊いた。

「いいえ、暖炉に火を入れたモーニングルームにいます。狭い部屋なので、それで暖まりますから」

老いた執事が、執事独特のあの謎めいた登場の仕方をした。

「モーニングルームにコーヒーをお持ちしますか、サー？」

「いまはなにも持っていかないほうがいいよ、オグデン」エドウィンが応じた。「父さんの胃があんな状態のときは」

わたしたちは彼のあとについていつも以上に暗くて陰鬱な細くて長い廊下を進んだ。エドウィンはノックをしてから、モーニングルームのドアを開けた。そのとたん、再び稲妻が光り、直後に雷が鳴った。わたしは不安を覚えながら歩きだした。ピエールもそうだったと思う。雷雨のようなささいなことには怯えないダーシーだけは、自信に満ちた足取りで部屋に入った。

「お加減がよくないそうですね」ダーシーはサー・モルドレッドに言った。

彼は顔に冷たい布を当ててソファに横たわり、アイダーダウンの羽根布団にくるまっていた。その布をはずし、冷たいまなざしをわたしたちに向けた。

「悪党を連れてきたというわけか」彼は体を起こそうとした。「それでおまえは、なんと弁明するつもりだ?」

ピエールはぴんと胸を張った。「ぼくの料理は——この国で一番新鮮で、一番おいしい」

「だがおまえの料理を食べたわたしは、この有様だ」

「お医者さまには診てもらったんですか?」わたしは尋ねた。

「いま向かっているはずなんですがね。この嵐のせいで道がふさがっているのかもしれない。だがどちらにしろ、医者になにができるというんです? やぶ医者ですよ、みんな。わたしをつつきまわして、合わないものを食べたんだろうっていうのがおちですよ。しばらくはクラッカーとトニックウォーター以外は口にしないようにと言って、診察代として一ギニー要求するんだ」

「サー・モルドレッド、不可解なのはわたしたち全員が同じものを食べたということです。

わたしの家の者はみんななんともないんです」わたしはそう言いながらも、探検家は夜中に具合が悪くなったけれど、いまは元気になっていることを思い出した。それにクイーニーのこともある。「わたしもあのお料理を食べましたし、いまは体がこういう状態ですけれど、なんともなかった。どうしてあなただけ具合が悪くなったんでしょう？」

「奴が出したなにかが悪かったに決まっている」

「それじゃあ、メニューを順番に確かめてみましょう。蟹はとても新鮮でした。ディナーの数時間前、わたしの家のキッチンで走りまわっていたのを見ましたから。キャビアはどう？」わたしはピエールに訊いた。

「ロンドンの最高級の店で買って、氷で冷やしてあった」彼は挑むようにフランス語で言い、わたしはそれを通訳した。「魚は、昨日の朝釣ったばかりのものを海沿いの漁師に送ってもらったんだ。海老もそうだ。鴨はあんたが用意したもので、あんたのキッチンで調理したが、じっくり確かめたし、どれも上等の鳥だった。それ以外は、あんたの庭で採れた野菜と果物、それから地元の農家のクリームだ。調理前に悪くなるようなものはなにもなかった。それにあんたも知ってのとおり、あのキッチンはかなり涼しいからな」ピエールは言葉を切り、考えこんだ。「ぼくが作ったんじゃないあのカナッペはどうなんだ？　あんたの料理人が作ったんだろう？　日光が当たる暑いところにあった。ひょっとしたらあれが……」

わたしはそのとおりに訳した。

「ミスター・ヘンマンとはもう話をした」サー・モルドレッドが言った。「出される直前までカナッペはキッチンに置かれていたし、新鮮な材料で作ったと言っていた」

「つまりはそういうことだ」ピエールは芝居がかった仕草で両手を広げ、肩をすくめた。

「出された食べ物のなかに、なにか合わないものがあったとしか説明がつかないよ。貝を食べられない人がいれば、クリームがだめな人も……」

「わたしはいたって頑健だ。そんな問題などない」

「ぼくたちがお役に立てるとよかったんですが」ダーシーが口をはさんだ。「今回の件で、ぼくたちの料理人に咎《とが》はないようだ」彼は確かめるようにわたしを見た。「これ以上ぼくたちにできることがないようなら、ピエールを連れて帰ってランチの支度をしてもらいますよ」

家の反対側で電話が鳴る音がした。わたしたちが話をやめると、張り詰めた沈黙のなかで雨が窓を激しく叩き、煙突を駆けおりてきた風が暖炉に火花を散らした。近づいてくる足音が聞こえた。顔を曇らせたエドウィンが現れた。

「ミス・オーモロッドでした、父さん。彼女も夜中に具合が悪くなったそうです」

サー・モルドレッドはいきりたった。「ほら見ろ！　わたしはなんと言った？　そこのフランス男が出したなにかが悪かったんだ。蟹のなにかに毒が含まれていたんじゃないのか？殻をむくときに、捨てなきゃいけない部分があるのは知っている。自分でしたことはないがね」

ピエールは理解していなかったから、わたしが通訳した。彼は大げさに腕を振った。

「ぼくが蟹の処理の仕方を知らないとでも？」フランス語で言い返す。「これまで何百匹も処理してきたんだ。おいしい身は知っている。おいしい蟹みそはわかる。ぼくは熟練した料理人なんだ」

わたしは彼の言葉を訳した。サー・モルドレッドは納得していないようだ。

「蟹じゃないなら、それじゃあなんだ？　なにかがわたしとわたしの客の具合を悪くしたんだ」彼はもう一度体を起こそうとして、エドウィンに向かって指を振った。「ほかの客たちに電話をするんだ。ほかに具合が悪くなった人間がいないかを確かめよう」

座るように勧められていなかったから、わたしたちは立ったまま待った。わたしは不安を覚えながらダーシーを、それから依然として挑戦的な顔つきのピエールを見た。不愉快な考えが脳裏をよぎった。ピエールは、自分は共産主義者だと主張していた。料理人としての地位をあげるためにこの仕事を引き受けたと言っていたけれど、実はひそかにわたしたちのような人間を軽蔑していて、報復しようとしたのだとしたら？　彼は自由に庭に出入りできた。新鮮な果物や野菜をとりにいくふりをして、こっそり毒草園に行き、料理のどれかに毒のあるものを紛れ込ませることはできただろうか？

わたしはちらりと彼を盗み見た。やはり傲岸《ごうがん》そうで、そして少し怯えているように見える。共産主義者が有閑階級に一矢報いることに成功したのなら、どこか勝ち誇ったような雰囲気になるものじゃない？

ようやくのことで、戻ってくる足音が聞こえてきた。エドウィンが入ってきた。

「残念ながら、いい知らせではないです」彼が言った。「ミスター・マローワンも夜中に具合が悪くなったようですが、今朝はもうずいぶんいいそうです。あの感じの悪いミセス・バンクロフトは夜中に吐き気がして、いまもまだよくなっていないとか。死にそうだったと彼女は言っていましたが、外国の料理人を雇うとろくなことにならないのはわかっていたとも言っていましたよ」笑うまいとしているのがわかった。「映画スターは見つけられませんでした。ミスター・グロスマンが連絡を取ってくれるということです。彼は元気でした。マウントジョイ卿夫妻は元気で、素晴らしいディナーだったとお礼を言っていました。クランプ夫妻はどうやって見つければいいのかわからなかったし、ハリデイ夫妻は電話に応答がなかったので、どこか外にいるんだと思います。彼は農夫でしたよね？　乳しぼりでもしているのかな」

「ほらみろ」サー・モルドレッドはピエールに指をつきつけた。「夜中にさらにふたりの具合が悪くなったんだ。どちらも回復したのが幸いだ。だがわたしはこの件を調べるからな。ゆうべの料理で残っているものがあるはずだ。それをわたしの実験室に持っていって、悪くなっていないかどうかを調べる」彼は言葉を切り、しばし考えた。「それとも、毒を入れたのか？　この男は共産主義者だと言っていなかったか？　なるほど、これでわかったぞ。こいつは恨みを抱いているんだ。わたしたちを消すのがこいつの任務なんだ。そうでなきゃ、どうしてこの仕事を引き受ける？　こいつは世界中の貴族を根絶させたがっているんだ」

彼がまくしたてた長い非難の言葉をピエールは理解できていなかったので、いまは訳さないほうがいいだろうとわたしは考えた。

「いや、そうやって結論に飛びついたり、外国人だからといって彼を非難するのはやめましょう」ダーシーがなだめるように言った。

「ふむ、じきにわかることだ」サー・モルドレッドはしっかりと体を起こし、羽根布団を払いのけた。「この家に実験室があるとは、こいつは思ってもいなかったんだろう。いままで食べ物を調べたことはなかったが、やってみようじゃないか。エドウィン。立つのに手を貸してくれ。キッチンに行って、じっくり見てみよう」彼はわざとらしいうめき声をあげながら、エドウィンの手を借りて立ちあがった。「わたしが本のなかで、もっとも有能な探偵を作りあげたことをこいつは忘れている。こんなささいな犯罪なんて、彼にとってどうということはない」

そして彼はモーニングルームを歩きだした。

17

七月二六日
ブラックハート邸

事態はピエールにとってあまり芳しくない。わたしに理解できないのは、どうして具合が悪くなった人とそうでない人がいるのかということだ。できるだけ早く解決できるといいのだけれど。わたしはピエールがとても気に入っている。それに彼の料理は素晴らしい！　彼にいなくなってほしくないし、またクイーニーの料理に戻るのもごめんだ。


キッチンにたどり着いたときには、サー・モルドレッドの顔色はさらに青白くなっていた。

「椅子を持ってきてくれ、エドウィン」彼が言った。エドウィンより先に、ダーシーが椅子を運んだ。サー・モルドレッドはどさりと座りこみ、ハンカチで眉の上の汗をぬぐった。

「さてと、ゆうべの残ったものを持ってくるんだ」

「お望みどおりに」ピエールが言った。「なにも問題はないことがわかるさ」

彼は、怯えたキッチンメイドが隅に隠れようとしていることに気づいて言った。

「きみ、蟹を探して《シェルシェ》」知らない言葉を素振りで補っている。「メニューにあった全部の食べ物を持ってくるんだ。きみの主人がもう一度食べたがっている」

ピエールは自分でも取りに行くことにして、乱暴な足取りでキッチンを出ていった。

エドウィンは父親のうしろに立ち、心配そうにわたしを見ている。

「こんなことをしないといけませんか？」わたしは訊いた。「あなたはとても具合が悪いのに。無理をしすぎるのはよくありません」

「鉄は熱いうちに打たなくてはいけないんだよ」彼は言った。「明日になれば、食べ物は全部捨てられてしまう」

考えてみた。「もしピエールがわざと食べ物になにか悪いものを入れたのなら、あとで調べられてしまうのに、証拠をそのままにしておくと思いますか？　処分する時間はゆうべたっぷりとあったんです。そうすれば証拠はなくなっていた」

サー・モルドレッドの顔に疑念の色が浮かんだのがわかった。「ふむ、少々やりすぎたかもしれない。いまはひどく気分が悪いから、短気を起こしたかもしれない」

「短気を起こしていないときでも、父さんは短気じゃないか」エドウィンが皮肉っぽく言った。

「確かにそうだ。だが、これは突き止めなくてはいけない。わたしには守るべき評判というものがある。わたしのパーティーで病人が出たなどという噂を流されるわけにはいかないんだ」

「父さんの評判にとってはいいことなのかもしれませんよ」食卓の縁に腰かけているエドウィンは、まるで楽しんでいるように見える。「どうしてみんなの具合が悪くなったのかを突き止められたら、今度演説をするときにその話が使える」

「これは面白がるようなことじゃない」サー・モルドレッドが言った。「ゆうべわたしがどれほどひどい状態だったのか、おまえは知らないんだ。ひたすら吐き続けた。体が丈夫でなかったら、一巻の終わりだったかもしれない。それにあの老婦人、ミス・オーモロッド。彼女は死んでいたかもしれない。まだその危険はある。どういうことかわかるか？　ここで殺人が起きたことになるんだ。警察に捜査されるんだぞ」

ピエールが蓋をした深皿をいくつか持って戻ってきた。そのうしろから、ボウルを手にしたメイドがついてくる。ピエールはサー・モルドレッドの前のテーブルに、いささか乱暴に皿を置いた。「ほら。ぼくの料理だ。蟹のムース。鴨。スープ。魚。そしてデザート」

サー・モルドレッドは蟹のムースが入った深皿を手に取った。においを嗅ぎ、味を確かめてから、わたしたちに差し出した。なにも問題はないとわたしたちも納得した。それから彼は小さな陶器の容器を持ってこさせ、ムースを少しそれに入れた。

「未知の物質が検出できないか調べてみる。上の実験室に道具があるから、それでわかるはずだ」

「でも、それでは筋が通らないわ」無礼だと気づくより先に、言葉が出ていた。「わたししたちみんながこの同じムースを食べたのに、ほとんどはなんともないんだから」

「それでも、わたしはできることをする」彼は次にスープ、魚のクネル、海老のソースを少しずつ容器に取り、それから鴨を調べたいと言った。

「鴨の肉のほとんどはなんの悪さもしなかったんだから、なにも見つからないと思いますけれどね」食卓に座ったままのエドウィンが言った。

「残るのはデザートだ」サー・モルドレッドが言った。「あのタルトはまだあるのか？」

「もちろん。給仕しているあいだにペストリーが崩れたときのことを考えて、いつも余分に作っているんだ。見た目が完璧でなくてはいけないからね」

ピエールはフルーツのタルトをふたつ、食卓にのせた。いまもまだとてもおいしそうに見えたし、濃厚なクリームがのっていなければ、ゆうべわたしもきっと食べていただろう。

「クリームも」サー・モルドレッドが指示した。

クリームの入ったボウルが彼の前に置かれた。わたしたちは恐る恐る味見をした。おいしい。だが彼は調べるために少量を容器に取った。

「実のところ、わたしは戸惑っている。どれも問題はなさそうだ。だが……四人がひどく体調を崩したことは確かだ。それなのに、全員が同じものを食べている。筋が通らない」彼はそう言いながらタルトを見つめた。いきなり前かがみになると、タルトに指をつっこんでなにかをつまみ出した。「これはなんだ？」

小さな黒いベリーのようだ。サー・モルドレッドはしげしげと眺め、鼻に近づけてにおいを嗅いだ。「これがなにか知っているか？　ニワトコの実だ。彼はタルトにニワトコの実を入れたんだ。具合が悪くなったのも当然だ」

「でもニワトコは食べられますよね？」ダーシーが訊いた。「どこの家にもニワトコ酒はありますよ」

「もちろん食べられる」サー・モルドレッドは勝ち誇ったように言った。「調理をすればね。毒があるから、生のまま食べるとひどい腹痛を起こす」

「わお」わたしはつぶやいた。

「これはとんでもない事故だったわけだ。家庭菜園から好きなものを使えばいいと料理人には言った。壁沿いにニワトコの大きな茂みがある。ミスター・ヘンマンはとてもおいしいニワトコのシロップを作るんだ。だがこの男はフランス人だ。ニワトコのことをよく知らなかったんだろう。だからタルトに入れて……」

もしもクイーニーがここにいたなら、〝ってことです《ボブズ・ユア・アンクル》〟と言っただろう。

「彼はなにを言っているんです？」ピエールは話についてきていなかった。

わたしが説明すると、ピエールは感情を爆発させた。

「違う！　それは違う。ぼくはタルトにあの得体の知れない黒いベリーなんて使っていない。ぼくが使ったのはイチゴとラズベリーとあの黒い……」

「ローガンベリーね」わたしが補った。

「それからカシス」訳してほしいというように彼がわたしを見た。

「スグリ」

「そう。ぼくが使ったのはそれで全部です。あの小さくて醜い黒いベリーは使ってない。違う」彼はわたしたちをにらんだ。「だれかがやったんだ。ぼくを陥れるために。だれなのかはわかっている。あのじいさんだ。この家の料理人の。彼はぼくにここにいてほしくなかった。ぼくの評判を落としたかったんだ」

「いいだろう」サー・モルドレッドが言った。「ミスター・ヘンマンはどこだ？　彼の言い分を聞こうじゃないか」彼はキッチンを見回した。

「彼は庭師と話をしに行ったと思います」キッチンメイドは、自分に火の粉が振りかかってきたらどうしようと思っているのか、恐怖に目を見開いたまま言った。

「それならいますぐ彼を連れてくるんだ。わたしが話をしたがっていると伝えろ」

彼女は食器洗い場とおそらくは裏口があると思われる方向へと走りだした。わたしたちは待った。サー・モルドレッドは残った三つのタルトを調べ、そのうちのひとつにニワトコの実がふたつ入っているのを発見した。彼は得意満面でそれを振ってみせた。ちょうどそのとき、急いできたのか顔を赤くしたミスター・ヘンマンがやってきた。

「すみません、サー。庭師と話をしていたもので。マロウ（ズッキーニに似たウリ科の植物）はいつ熟すのかを聞いていたんです。詰め物をしたマロウがお好きでしたよね？」彼は言葉を切り、疑わしそうな目でわたしたち三人を見つめてから訊いた。「なんのご用です？」

「ミスター・ヘンマン」サー・モルドレッドはニワトコの実のひとつを見せた。「これはなつついた。

「ゆうべのディナーでこのフランスの料理人が用意したタルトのなかだ。これまでに四人が、ニワトコの実のせいで体調を崩した」

「ニワトコの実ですね、サー」

ミスター・ヘンマンはその実を受け取り、においを嗅ぎ、んだと思う？」

「そのとおり。どこで見つかったと思う？

ミスター・ヘンマンはピエールをにらみつけた。「やっぱりね。だから言ったじゃないですか。高級な料理を作らせるのに外国人を雇うのは間違いだって、言いましたよね？　奴はそのお返しとして、みなさんに毒を盛ろうとしたんだ」

「ピエールはニワトコの実は摘んでいないと言っている。だがだれかがしたことなんだ。だれかが悪意を持って、ベリーにニワトコの実を混ぜた。だれにも気づかれずにしなくてはならなかったはずだ。となると、ヘンマン――」サー・モルドレッドはわざとらしく言葉を切った。「おまえはこのフランス人に思い知らせよう、目に物見せようとしたんじゃないのか？」

ミスター・ヘンマンの顔は不気味な暗赤色に染まった「わたしがそんなさもしいことをするとでも？　心外です。なにがあろうと、そんなことはしませんよ。それに、奴が連れてきたあの娘はどうなんです？　あの大柄でがさつな娘。タルトの仕上げをして、エレベーターにのせたのは彼女ですよね。彼女に訊いてみてください」

サー・モルドレッドはわたしに向き直った。「なるほど、その娘はどこです？　どうして連れてきていないんです？」

「それは、彼女もあなたと同じ症状でベッドに横になっているからです。ゆうべはひどく吐いたようです。タルトを含めて、残り物を食べたことを認めています」わたしは答えた。

「なるほど。わたしが尋ねたときには、あなたたちはだれも具合が悪くなっていないとおっしゃったと思いましたがね。ともあれ、その娘が自分で自分に毒を盛ったとは考えにくいですね」

「そのとおりです」ダーシーが応じた。「彼女はあまり聡明とは言えません。なにかの実を使って、だれかを病気にしようなどとは考えもつかないでしょうね」

「となると、振り出しに戻ることになる」サー・モルドレッドはキッチンを出ようとして立ちあがった。「だれかが嘘をついていないかぎり」

ドア口に現れた老いた執事は、階段をおりてきたせいで苦しそうにあえいでいた。

「サー・モルドレッド、お医者さまが診察にお見えになりました」

サー・モルドレッドはわたしたちに向き直った。「真相を突き止めるまで、調べは続けますよ」彼は言った。「エドウィン、寝室に戻るのに手を貸してくれ。これ以上、お手間は取らせませんよ、ミスター・オマーラ、レディ・ジョージアナ。朝からすみませんでしたね。ですがとりあえず、なにが原因で具合が悪くなったのかはわかった。あとは、だれが、なんのためにそんなことをしたのかを突き止めるだけだ」

彼はエドウィンにもたれながら、玄関ホールへとゆっくり階段をあがっていった。

医師は玄関のドアのすぐ内側に立っていた。わたしたちのかかりつけ医でもあるドクター・ファーンズワースであることがすぐにわかった。挨拶をしようと思ったが、その暇はなかった。彼はかなり動揺している様子で、即座にサー・モルドレッドに近づいた。

「ああ、大丈夫でしたか、モーティマー。電話で聞いた話ではひどい状態だということでしたが、こうして歩けているんですね」

「ひどい状態だったんだ。夜中じゅう、腹痛と下痢に苦しんだ」

「食あたりだったんですかね？　それとも単なる食べ過ぎ？　あなたは暴飲暴食をしがちですからね」

「食べすぎだって？」一瞬、サー・モルドレッドが彼を殴るのではないかとわたしは思った。「わたしたちは毒を盛られたんだと言っておこう。わたしだけではなく、わたしの客数人もだ。その原因となったものも突き止めた。ゆうべの食事の最後に出されたデザートはいろいろなベリーをのせたタルトだったんだが、イチゴやラズベリーといったごく当たり前のベリーに交じって、ニワトコの実が入っていた」

「ニワトコの実？　生で？」医師は顔をしかめた。「なんてばかなことを。あれは調理しなければ毒ですよ。料理人はいったいなにを考えていたんです？」

「料理人はふたりとも、そんなものは知らないと言っている。彼らの言っていることが本当なら、何者かが悪意を持って入れたことになる」

「なんということを。なにか心当たりはありますか？　恨みを持っている使用人がいるとか？」

「我が家の使用人はみんな、わたしを敬愛している。充分以上に支払っているんだ。料理人は何年もここで働いているし、執事は引退目前の古くからの使用人だ。あとはメイドがふたりばかりいるが、それ以外に家にいたのは客だけだ。料理が給仕される前に、客がキッチンに行く機会があったとは思えない」

「お料理はあの控えの間に運ばれていました」わたしは指摘した。

医師はそこで初めてわたしたちに気づいたらしかった。笑顔になって言った。

「レディ・ジョージアナ。こんなところでお会いするとは驚きましたよ。その日に備えて、家で休んでいなくてはいけないのではありませんか？」

「ダーシーとわたしはゆうべ招待されていたんです。それに、料理を作ったのはわたしたちの料理人でした。今朝は、訊きたいことがあるというので彼を連れてきたんですが、ニワトコの実など使っていないと彼は断言しています」

「なんとも妙な話だ」医師がつぶやいた。「あなたは具合が悪くなったりはしなかったんですか？」

わたしは首を振った。「大丈夫でした」不意に、思い出したことがあった。「わたしはあのタルトは食べなかったんです。わたしに出されるはずだったタルトは、隣に座っていた人の前に置かれたんだわ」

「そしてその人は具合が悪くなった？」

「はい。彼も被害を受けた人のひとりです。でも今朝はずいぶんよくなっているそうです」

「だとすると、あなたは運がよかった。こんな時期に体調を崩すと、陣痛が早く始まっていたかもしれない」

わたしは〝わお〟と言いたくなるのをこらえた。

医師は言葉を切り、考えこんだ。「深刻な被害を与えるためには、かなりの数のニワトコの実を食べる必要があります。ひとつ、ふたつ食べたくらいなら、軽い腹痛と下痢くらいのものでしょう。タルトにはそんなにたくさん入っていたんですか？　だとしたら、タルトが運ばれてきたときにどうして気づかなかったんですかね？　意外なものが入っていたら、わたしなら気づきますよ」

「いま調べたタルトには、ニワトコの実がいくつか入っているだけだった」サー・モルドレッドが答えた。

「それなら、最悪の場合でも軽い体調不良になるくらいのはずなんですが。ひとつやふたつでそんな症状が出たのが驚きですね」

「実際に食べたタルトには、もっとたくさん入っていたんだろう」サー・モルドレッドが指摘した。「タルトを食べたにもかかわらず、ぴんぴんしている人もいる。まったくの無作為だ」

「話を聞くかぎり、だれかが悪意のあるいたずらをしたようですね」医師が言った。

わたしは即座に、エドウィンと彼のオックスフォードの友人を思い浮かべた。晩餐会に大金を払った退屈な老人たちを困らせようとして、笑いながら食べ物になにかを入れる若者たちを想像するのは簡単だった。わたしは口を開きかけて、思い直した。エドウィンと直接話をするまでは、彼がこれ以上父親に嫌われるようなことをするべきではない。

「とにかく、ここまで来たわけですから、診察しましょう」ドクター・ファーンズワースが言った。「上にしよう。「ここでしますか？　それともあなたの寝室で？」

「上にしよう。しっかり診てもらいたい。なにか長引くような症状があるといけないのでね」

医師の顔にかすかに笑みらしきものが浮かんだ気がして、サー・モルドレッドは自分の健康について神経質なところがあるのかもしれないと思った。

「わかりました」医師は言った。

「では、ごきげんよう、レディ・ジョージアナ、ミスター・オマーラ。あなたたちになんの被害もなくて本当によかった」

彼らが階段に向かおうとしたところで、再び電話が鳴った。サー・モルドレッドは使用人の姿を探したが、結局自分で受話器を取った。その顔に次第に恐怖の色が広がっていく。

「そうですか、わかりました。なんて恐ろしい話だ」

彼はゆっくりと受話器を置くと、呆然とした顔でこちらに向き直った。

「郡の病院からだった。タビー・ハリデイが真夜中に運ばれたそうだ。彼は亡くなった」

18

七月二六日
ブラックハート邸

事態は突如としてはるかに深刻なものになった。これはもはやいたずらではない。

圧倒的な沈黙が広がって、ギャラリーに置かれている柱時計が時を刻む重々しい音だけが響いていた。

「死因はなんと言っていました？」医師が訊いた。

サー・モルドレッドは首を振った。ありえないことだったけれど、さらに顔色が悪くなったように見える。

「ひどい話だ。自分の家に客を招待したら、そのうちのひとりが死んだ。いったいだれがこんなことを？」

「彼は食べるのも飲むのも好きそうでしたよね？」エドウィンが口をはさんだ。「延々と酒を飲んでいたし、がつがつと食べていた」

「それに心臓に問題を抱えていると言っていなかったかな？」ダーシーが思い出したように言った。「その暮らしぶりは心臓に悪いと日ごろからやぶ医者に注意されているというようなことを口にしていた」

「そのふたつが重なったのかもしれませんな」医者が言った。「アルコールの飲みすぎは心臓によくないし、そこに胃の不調が重なるのは負担が大きすぎる」彼はさっと顔をあげた。

「その男性は大柄な人でしたか？　体重はかなりありましたか？」

「学生時代から〝ふとっちょ《タビー》〟と呼ばれていた」サー・モルドレッドが答えた。「そのころとあまり変わっていなかった」

「なるほど、そういうことですね。患者の身になにかが起こりそうなときはわかるんです。心臓の問題、体重過多、アルコール、そして毒のあるベリー」医師は首を振った。「もっと詳しいことがわかるまで待つほかはないですね。なにか取り調べが行われるようなことにならないといいんですが。そうでないと、モーティマー、あなたには不愉快な事態になるかもしれない」

「わたしが？　いったいわたしがなにをしたというんだ？　客をもてなしただけだ。失敗と言えるのは、酒を気前よく出しすぎたくらいのものだ。何者かが悪意を持って毒のあるベリーをデザートに入れたこととわたしは無関係だ」

ふたりが話しているあいだ、わたしは頭に浮かんだ不穏な考えを追いかけていた。タルトを断ったことは覚えている。ウェイターはわたしのタルトを隣に座っていたミスター・マローワンの前に置き、彼の分はミス・オーモロッドが食べることになって、ふたりとも体調を崩した。けれど彼女の隣にはミスター・ハリデイが座っていて、彼は余っているタルトがあれば食べると言っていた。ミス・オーモロッドが食べるはずだった、その余分のタルトにニワトコの実が入っていたとしたら、彼はふたり分の実を食べたことになる。

そのあたりで、わたしは考え直した。〝食べるはずだった〟という言葉を使ったけれど、それはばかげている。タルトに決まった順序はなく、トレイにのせられて小型エレベーターで運ばれてきただけだ。つまり、ミスター・マローワンとミス・オーモロッドとおそらくはミスター・ハリデイが、毒のあるベリーの入ったタルトを食べたのは、たまたま運が悪かったのだ。無作為に決まっている。だって、もしも順序が決まっていたのだとしたら、だれかがわたしに毒を盛ろうとしたことになる！

「どうしたんだい、ジョージアナ？」ダーシーがわたしの不安そうな様子に気づいて訊いた。

「ゆうべ、タルトを断ったことを思い出したの。こってりしたお料理を食べすぎたから、少し気分が悪くなっていたのよ。だからミスター・マローワンがわたしの分を、ミス・オーモロッドが彼の分を食べた。ミスター・ハリデイは余ったものがあれば食べるって言っていたわ。だから彼はふたり分のベリーを食べたんだと思うの」

「なるほど、それで説明がつく」サー・モルドレッドが言った。

けれど医師は首を振った。「わたしの経験からすると、人を殺すには相当な量のニワトコの実が必要だ。たらふく食べた子供の治療をしたことがありますが、ひどい腹痛を起こしたが、死ぬことはなかった。その男性の場合、心臓と大量のアルコールが原因のような気がしますね」

「気の毒に」サー・モルドレッドがつぶやいた。

「学生時代の友人が亡くなって残念です、父さん。恐ろしいことですよね、久しぶりに会ったばかりだっていうのに」

サー・モルドレッドは息子に向き直った。「エドウィン、彼がわたしの友人だったことなどない。数週間前に届いた彼からの手紙に、わたしが返事を書かなかったのはなぜだと思う？　知りたければ教えてやるが、彼は人をいじめるような奴だった。彼が名前をあげたほかの男たちもそうだ。わたしがハロウ校に入ったときは、小柄な痩せっぽちだった。だから〝小海老《シュリンピー》のような〟というあだ名をつけられたんだ。わたしはインドから来たばかりで、英国でどう振る舞えばいいのかも知らなかった。彼らは嬉々としてわたしをいじめたよ。格好の餌食だった」彼はうなずいてほしいのか、わたしたちを順に眺めながら言った。「彼らは実にずる賢かった。わたしの運動靴を片方隠したんだ。靴をなくしたことでわたしは叩かれた。そのあとで、奇跡的にその靴が現れるという寸法だ。体がいくらか大きくなってラグビーで活躍できるようになると、ようやく彼らは自分たちの一員としてわたしを受け入れた。だがわたしは一度たりとも彼らを親友だと思ったことはないね。だから英国に戻ってきたときも、連絡を取ろうとはしなかったんだ」

気まずい沈黙があった。

「さてと、ぼくたちはおいとましたほうがよさそうだ」ダーシーが言った。「これ以上、お役には立てないようですから」

「ええ、もちろんです。来てくれてありがとう」

「わたしたちの料理人を連れて帰ってもかまいませんか、サー・モルドレッド?」

「彼は無実だと明言しましたからね」サー・モルドレッドの口調はいらついていた。「それでもわたしは真相を突き止めるつもりでいますが、いまじゃない。今日じゃない」彼は医師に顔を向けた。「心臓を診てもらえますか、ドクター。あの気の毒で間抜けなハリデイみたいに、突然倒れるのはごめんですからね。エドウィン、彼の妻にお悔みの手紙を書いてくれ」

「シルヴィアに頼めばいいですよ。そういうときにはなんて言えばいいのか、女性のほうがよくわかっていますからね」

「あのできそこないの娘はどこだ? こんな時間なのに、まだ寝ているわけじゃないだろうな。不精な娘だ。役立たずの夫はそれよりひどい。いつだってなにかを恵んでもらおうと手を出すだけだ。一日たりともまともに働いたことがない。わたしはそんなふうには育てられて……」彼は言葉を切り、首を振った。「まあいい。あの男と結婚したのはシルヴィアなんだから、あと始末も自分ですることだ。エドウィン、彼女たちをお送りしてくれ。ドクター、階段をあがるのを手伝ってください」

彼がそちらへ歩きだしたところで、だれかが階段をおりてきた。乗馬ズボンと開襟シャツ姿のシルヴィアだ。唇を赤く彩った彼女は、生き生きとしてあでやかだつた。

「おはよう、いったいなにごと？　なにかあったの？　朝食が終わっていないといいんだけれど」

「こんな遅い時間に起き出してきた人間に、朝食をとる資格はない」サー・モルドレッドが冷ややかに告げた。

「言ってくれるわね」シルヴィアは腹立たしげに顎をくいっとあげた。「ゆうべはうるさすぎて、ほとんど眠れなかったのよ。嵐のせいで窓は狂ったみたいにがたがた揺れるし、暖炉から風が吹きおりてくるし、そのうえ雷には何度も起こされた。かわいそうなスタンレーはいつもの頭痛で横になっているわ。嵐のときは必ず頭痛がするのよ。彼はとても繊細なの。でもわたしはすごくお腹がすいている」

「おまえが元気旺盛でいられるのは、とんでもなく運がいいんだぞ」サー・モルドレッドの口調は皮肉めいていた。

「それってどういう意味？」シルヴィアは階段の下までおりてきたので、ドクターがいることに気づいた。「あら、こんにちは、ドクター。具合の悪い人がいるわけじゃないですよね？」

「わたしの具合が悪かったんだ、シルヴィア」サー・モルドレッドは大げさに手を振った。「おまえの父親はゆうべ毒を盛られた。何人かの客もだ」

「なんてこと」うわべだけのあか抜けた雰囲気が消えると、彼女は若くて怯えているように見えた。「毒？　食あたりっていうこと？　でもわたしたちみんな、同じものを食べたのに」

「何者かがわたしたちを使って悪ふざけをしたらしいんだ、シルヴィア。ベリーのタルトにニワトコの実を入れた人間がいる。生のニワトコの実は腹痛を起こすんだ」

「なんてひどい」彼女は順にわたしたちの顔を見た。「だれがそんなことをしたのか、わかったの？」

「いや、まだだ。だが見つけ出す」サー・モルドレッドは険しい目つきで、長々と彼女を見つめていたが、やがて言った。「ドクター、貴重な時間を無駄にするのはやめにしよう。でないと、請求書が倍になる」彼は口先だけで笑い、階段をあがり始めた。

「わたしは朝食をとってくる」シルヴィアが言った。「毒が入っていないといいけれど」

「ぼくがあなたたちをお送りしますよ」エドウィンは気まずそうに言った。わたしたちは彼について玄関に向かった。雨は小降りになっていて、雲の隙間から青空がところどころ見えていた。

「まったく困った事態だ」ポーチに出たところでエドウィンが言った。「父は明らかに動揺していますよ。こんな目に遭わせてしまってすみません」彼は手を差し出した。「すぐに来てくださって、ありがとうございます、レディ・ジョージアナ、ミスター・オマーラ」それから彼はピエールに向かってうなずいた。「きみがこのおかしな事態に巻きこまれなくてよかったよ、相棒《オールド・チャップ》」

「彼はどうしてぼくが年寄《オールド》りだと思ったんです？」車に乗りこんだところで、ピエールが尋ねた。

「モン・ヴューと同じ意味だよ」ダーシーが答えた。「ただの言葉のあやだ」

帰りの車でもわたしは前の座席にダーシーと並んで座り、ピエールがうしろに座った。

「やっぱりわたしはなにかのいたずらだと思うの。ほら、エドウィンはオックスフォードの友人を呼んで、給仕を手伝ってもらっていたでしょう？　どういうことになるかを知ったうえで、彼らがタルトにニワトコの実を入れるのは簡単だわ」

「どうしてその話をエドウィンにしなかったんだ？」

「いまするべきだと思えなかったの。彼はお父さんとうまくいっていないでしょう？　彼とふたりきりで話をするまでは、こんなことを持ち出すべきじゃないって思った。それに、いたずらがとんでもない結果になってしまったわけだから、彼は認めようとはしないでしょうし」

「きみは危ういところで難を逃れたみたいだね。タルトを食べなかったから」

「そうなの。そう気づいたときは、ぞっとしたわ」わたしは彼の顔を見た。「毒のベリーが入ったタルトは、まったくの無作為だったのよね？　だって、そうでなければだれかがわたしに毒を盛ろうとしたっていうことだもの」

「それはばかげているよ」ダーシーはぴしゃりと言った。「だれがきみを傷つけようなんて思うんだ？　そういう意味では、あのディナーでだれかを傷つけたかった人間なんているんだろうか？　ぼくたちのほとんどが初対面だった。いや、あれは間違いなく悪意のある無作為の行為だ。そして人が死んだ。だれがやったにせよ、このままにしておいてはいけない。きみとぼくとで調べるべきだ、ジョージー」

19

七月二六日
アインスレーに戻る

どう考えればいいのかわからない。いったいだれが、これといった理由もなく毒を盛ったりするんだろう？

わたしたちで調べるべきだとダーシーが言いだしたとき、わたしはひそかに喜んだ。それはつまり彼が、わたしの捜査能力を評価するようになったということだ。それに、もうすぐ出産を控えているから家でおとなしくしていたほうがいいとも言わなかった。わたしは対等に扱われるのが好きだ。けれど一方で、こんなことをした人間をどうやって突き止めればいいのかは、さっぱりわからなかった。

「警察が介入してくるんじゃない？」わたしは訊いた。「ミスター・ハリデイの死には疑念があるって判断されるはずよね？」

「おそらくは。だがたとえば死因が心臓発作であれば、胃の内容物までは調べないだろう」

彼は後部座席で黙って座っているピエールを振り返った。

「ピエール、きみがどれくらい理解しているかは知らないが」彼はその先をフランス語で言った（彼もわたしと同じくらい流暢《りゅうちょう》だ）。「客のひとりが、ゆうべ具合が悪くなって亡くなった。事態は深刻だ」

「その人の死にぼくが関係していると思うんですか？　ぼくの料理がその人を殺したと？」彼は座席から立ちあがるほどの勢いで、大げさに手を振った。「ぼくにとってはとんでもない話だ。噂が広がれば、ぼくのキャリアは台無しになる。ずっとぼくについてまわるんだ。どこへ行っても、みんながぼくを指さして〝あれが料理で人を殺した料理人だ〟って言うんだ」

「落ち着いて。もちろんあなたの料理のせいじゃない」わたしはあわててなだめた。「だれかがタルトにニワトコの実を入れたことはわかっているの。死んだ人はタルトをふたつ食べたから、倍の量を食べたことになる。でもまずは話を聞かせてほしいのよ。あのタルトをどうやって作ったのか、詳しく聞かせてちょうだい」

「朝のうちにタルト生地《パート・シュクレ》を作りました」ピエールが言った。「テーブルの上でそれを冷ましているあいだに、さっき話したように庭に行ってベリーを摘んだんです。キッチンメイドがそれを洗ってへたを取り、午後にタルトを仕上げるまではザルに入れてありました。カスタ《クレーム・》ードクリーム《パティシエール》を作ってタルトに敷き、ベリーを飾って仕上げたんです。それをクイーニーに見せて、残ったものも同じように作るように言いました」

「彼女はちゃんとやったかしら？」

「ええ、今回は」

「だれか彼女を手伝った？　ミスター・ヘンマンは？」

「あの男は病気だって言っていましたからね。一日中、ぼくには近づいてこなかった。ぶつぶつ文句を言いながら自分の前菜を作っただけで、出ていきました。まったくの役立たずでした」

「それじゃあ、キッチンにはだれがいたんだ、ピエール？」ダーシーが尋ねた。

「ぼくとクイーニーとあの娘だけです。あの娘もたいして役に立ちませんでしたよ。訓練を受けていないから、なにをしていいのかわかってなかった」

「あなたは一日中キッチンにいたの？　ほかにだれか入ってきた人はいた？」

「あのじいさんが何度か来ましたけど、ぼくたちの近くには寄ってこなかった」

「ザルに入っていたベリーだけれど、どこにあったの？」

「シンクのそばのカウンターです」

「開いた窓のそば？」

「かなり近くでしたね」彼は不安そうにわたしを見た。「外からだれかが手を伸ばして、問題のベリーを入れたんでしょうか？」

「ありうるわね」わたしは言った。「だれもキッチンに入っていないのなら、ほかに方法はなさそうだわ」

「でもあのクイーニーという娘は、ベリーに妙なものが交じっていても気づかないほど間抜けじゃないでしょう？」

「気づいていても、あなたが選んだベリーだと思って、わざわざ訊こうとはしなかったのかもしれない」

「モン・デュー、いや、やっぱりそれはないと思います。窓から手を伸ばしてきた人間がいたら、ぼくたちのだれかが気づいたはずです。かなり身を乗り出さなきゃならないんですから。それにあの窓はけっこう高いですよね？　その上に立つ台が必要だったはずだ」

「ずっと機会をうかがっていて、あなたたち全員が忙しくなるのを待っていたのかもしれない。たとえば、あなたがクイーニーとキッチンメイドになにかを見せようとしていたとしたら、ふたりの視線はあなたに集まっていた」

「確かに」彼はうなずいた。「そのとおりだ。その可能性はあります。だが、違う。クイーニーが仕上げをして、ぼくがその上にクリームをのせる前、ぼくはちゃんとタルトを確認している。妙なベリーがあったら気づいていたはずだ」

「そうとも限らないんじゃないかしら。ひとつのタルトにニワトコの実がほんのひとつかふたつしかのっていなかったら、隠れて見えなかった可能性はあるわ。そうしたら気づかなかったかもしれない」

ピエールは前部座席に身を乗り出し、使用人には禁じられていることではあったけれど、わたしの肩に触れた。「助けてください、マイ・レディ。こんなひどいことをした人を見つけてください。でないとぼくのキャリアは台無しだ」

これほど深刻な状況でなかったら、彼の大げさな台詞に笑っていたかもしれない。けれどこれは深刻な状況だったし、彼の言葉が正しいことはわかっていた。


家に戻ってきた。ホリーとジョリーは、あたかもわたしたちが数ヵ月も留守にしていて、待っているその一秒一秒は拷問だったとでも言わんばかりに、跳びはねながら出迎えてくれた。あまり犬が好きではないピエールは、するりと二匹を避け、無言のままキッチンへとおりていった。無理もない。今朝は精神的にとても疲れただろう。わたしはホリーの金色の毛の頭を上の空で撫でながら、彼のうしろ姿を見つめていた。彼が言ったことはすべて本当だと思う。非難されて怒っているようだったし、タルトにだれかが毒のあるものを入れたと知って動揺していた。けれど、彼が優れた役者だったとしたら？　共産主義に対する思い入れが高まって、貴族に一杯食わしてやろうと思ったのかもしれない。それとももっと悪いことに、わたしたちのうちのだれかを殺そうとしたのかもしれない。

ピエールが姿を消したドアを見つめたまま、わたしは顔をしかめた。少なくとも彼は、わたしを傷つけようとはしないはずだ。そうでしょう？　本当にわたしを気に入ってくれているように見える。フランス革命でギロチン台に送られた貴族の人たちのことを思った。そのなかにはいい人も、親切な地主もいたはずだ。それでも、彼らは首を落とされた。

「どうした？」ダーシーは興奮して跳びはねるジョリーを押さえつけている。

「伏せ、ジョリー。座れ。ああ、おまえはどうしようもないな！」

「どうしたって？」わたしの神経は限界すれすれだったので、思わず険しい口調で訊き返した。「なんでもない。わたしの料理人が毒を盛ったって疑われている以外は。わたしが食べるはずだったタルトを食べた人が死んだこと以外は。それまではとても楽しい一日だったこと以外は」

ダーシーはわたしの肩に腕を回した。自分たちをのけ者にして仲良くしていることに嫉妬した犬たちが、わたしたちのあいだに鼻をつっこもうとした。「こんなことになって残念だよ。確かに、大変な朝だった。しばらく横になったらどうだい？　コーヒーを持っていかせるよ。それとも紅茶のほうがいいかな？」

「横になる気分じゃないわ、ダーシー。神経が張り詰めていて、とても眠れない。あなたの言うとおりだと思う。だれかが真相を突き止めなきゃいけないのよ。まずは内輪の人間調べから始めるべきよね。いまは彼らが第一容疑者だもの」

「第一容疑者とは言えないだろう。ピエールは一切関わっていないと、断言していた」

「でもわからないでしょう？　彼はとても優れた役者なのかもしれない。彼は共産主義者なのよ」

「そう言っているだけじゃないのかな。その手の主張は聞こえがいいからね。実際に、飢えた農民を救うために彼がロシアに向かうとは思えない」

「だから、昨日ピエールは間の悪いときに間の悪いところにいたんだと考えよう。あの騒ぎを起こさなくてはならない人間がほかにいたんだ。ぼくたちはそれを突き止めるんだよ」

「それはそうね」

うなずいた。

「もう一度、クイーニーと話をするわ」わたしは言った。「なにがあったのか、手がかりになることがあるかもしれない」

「いい考えだ。だがあの娘はひどく鈍いから、殺人者かもしれない人間が窓から忍びこんで、すべてのタルトに毒のあるベリーを入れてから出ていっても、まばたきひとつしないかもしれないぞ」

「驚くくらい洞察力が鋭いときもあるのよ」わたしは弁明した。「とにかく、彼女の話を聞きましょう」

「聞きましょうというが、女性が臥せっている部屋に一緒に行こうと言っているわけじゃないだろうね？　ぼくはこの家のいかした主かもしれないが、そういったことは苦手だ」

わたしは笑った。「おむつを替えられるように、あなたをしつけなきゃいけないみたいね」

ダーシーはわたしに顔を寄せた。「ひとつアドバイスがある。子守だ」

「わたしたちに雇えると思う？　お金が余っているわけじゃないのよ」

「それなら、妥協するしかないな。メイジーは、幼い弟や妹の面倒を見るのが上手だってきみは言ったよね。訓練を受けた子守じゃなくて、子供の世話もするメイドにしよう」

「そのほうがいいと思う。訓練を受けた子守は怖いんだもの。実の親を子供に近づかせない子守だっているのよ。わたしの子守は優しくて、穏やかだったからよかった。あなたは？」

「ちゃんとした子守はいなかったよ。母がぼくたちの世話をしていた。子供は自分で育てるべきだと信じている、現代的な女性だったんだ。手伝ってくれるメイドはいたが、本を読んだり、遊んでくれたり、子守歌を歌ったりしてくれたのはたいていが母だった」

「お母さんが亡くなって辛かったでしょうね」

彼の目が潤むのがわかった。「ぼくの人生で最悪だったのは、校長室に呼ばれて、母がインフルエンザで死んだと告げられたときだ。母だけじゃない。弟たちもだ。同時に。姉たちとぼくは学校にいたから助かった。父はぼくを許さなかったよ。死ぬべきなのは母じゃなくて、ぼくだったとでもいうみたいに」

「なにもかも過ぎたことよ。いまはお父さまといい関係じゃない」

「ああ、ようやくね」

ダーシーの視線はわたしを通り過ぎ、玄関ホールに向けられていたが、やがて彼はわたしを見つめた。その目に浮かぶ痛みを見て、わたしはそっと彼に触れた。

「赤ちゃんが生まれたら、お父さまを招待しましょう。孫に会ってもらわないと」

「もちろんだ」彼はわたしの肩を撫でた。「本当に横にならなくていいのかい？」

「ええ。それどころか、なにかしたくてたまらない」

「それならクイーニーと話をしておいで。それから犬の散歩に行こう。そのときにわかったことを話し合おう」

「いい考えね」わたしは階段に向かった。

20

七月二六日
アインスレー

今回のことについては、さっぱり見当もつかないと認めるほかはないだろう。犯人がだれであれ、どうすれば白状させられる？　だれかがばかないたずらをしたのだとしたら、死人が出たいま、絶対に白状することはないだろう。

クイーニーがベッドに横になっている様子は、まるで食べすぎで息を引き取ろうとしている〈椿姫〉のようだった。わたしが部屋のなかをのぞくと、どんよりしたまなざしをこちらに向け、「どうも、お嬢さん」と言った（いまは奥さんであることを忘れたらしい）。

「少しはよくなった？」部屋のなかはいいにおいとは言えなかったので、わたしはドア口から優しく尋ねた。

「まだひどい気分です、奥さん」クイーニーが答えた。

わたしは不安に震えた。客のひとりはふたつ以上のタルトを食べて、死んでいるのだ。「お医者さまを呼んだほうがいいと思うわ、クイーニー」わたしは言った。「念のために」

「心配ないです、奥さん。すぐによくなりますから」

「ピエールに大麦湯を作ってもらうわね。それともビーフ・ブロスのほうがいい？」

「いまはなにも欲しくないです。二度となにかを食べられる気がしません」

これはかなり重症だ。

「お医者さまを呼ぶわ。でも、いくつか質問に答えられるくらいの元気はあるかしら？」

彼女は怯えたような目でわたしを見た。「どんな質問です？　あたしは残ってたものを食べただけです。なにかをくすねたりなんかしてませんよ。本当です」

「わかっているわ、クイーニー。でも恐ろしいことが起きたの。食事のあと、具合が悪くなったお客さまがほかにもいるのよ。お客さまだけじゃなくて、サー・モルドレッドもなの。ベリーのタルトにだれかが毒のあるベリーを入れたみたいなの」

「毒のあるベリー？」クイーニーは体を起こそうとした。「あたしじゃないです、奥さん。神さまに誓って、違います」

「わかっているわ。だれだって、毒を入れたタルトを自分で食べたりはしないものね」

「そのとおりです。そんなことしませんよね？」

「水くらいは飲まなきゃだめよ」わたしは部屋に入ってドアを閉め、窓を開けた。「空気を入れ替えましょうね。ほら、雨はあがったのよ」

クイーニーはなにも答えなかった。わたしはベッドの縁に腰をおろした。

「昨日のことを思い出してくれたら、なにか手がかりになることがつかめるかもしれないの。だれかがわざとあのベリーのタルトにニワトコの実を入れたのよ」

「ニワトコ？　あれは大丈夫ですよね？　うちにニワトコ酒がありましたよ。おいしかったです」

「ええ、でもあれは調理しなくてはいけないのよ。生で食べると、いまのあなたのように腹痛を起こすの」

クイーニーは眉間にしわを寄せて、いま聞かされたことを考えているようだった。

「だれかがタルトにそのベリーを入れたってことですか？　でもどうやって？　いつそんなことができたんです？　わけがわからない」

「そうなの。だれがそんな恐ろしいことをしたのか、突き止めなくてはいけないのよ。昨日のことを全部話してほしいの。ピエールはベリーを摘みに行ったたって言ったわ」

「そうです」クイーニーの返事に熱意がこもり始めた。「摘んできたものを洗って、へたを取るようにってあの娘に言ったんです」クイーニーはわたしを見あげた。「あの娘っことときたら、本当に鈍いんですよ。父さんはわたしをばかだって言ってましたけど、あの子を見たらなんて言ったやら。イチゴのヘタの取り方を三回教えなきゃならなかったんですよ。それでもあの子ときたらうまくできなかったんで、シェフがそれを見てカンカンに怒る前に、あたしが替わってやらなきゃならなかったんです」

「そしてあなたがベリーの準備をしたのね？」

「ペストリーにあたしがのせました。どうやって並べるのかをシェフが見せてくれて、あたしはそのとおりに真似したんです」クイーニーは弱々しく微笑んだ。「上出来だって言われましたよ。ほらね？　彼はあたしを好きになるって言ったでしょう？」

最後の台詞は無視した。「それじゃあ、どんなベリーが使われていたのか、あなたは知っているのね？」

「はい。フルーツタルトにのせるような、当たり前のベリーでした」

「そのなかに小さな黒いベリーはなかった？　小さくて黒いスグリみたいな実よ」

クイーニーはしばし考えた。「ブラックベリーみたいな大きなものはありましたけど、小さいのはなかったです。あったら、気がつきましたよ」

「ベリーをのせたあとのタルトはどうしたの？」

「シェフがシロップをかけて、しばらくたってからクリームで飾ったんです」

「できあがったタルトは、そのあとどうなったの？」

「あとでエレベーターで食堂に運べるように、トレイにのせました」

「それじゃあ、しばらくキッチンに置いたままだったのね」

クイーニーはうなずいたが、この話がどうつながっていくのかはわかっていないようだ。

「思い出してみて、クイーニー。あの日、どこかの段階でキッチンに入ってきた人はいなかった？」

「あのじいさんだけです。あの家の料理人の。それから、あのメイヴィスという娘。彼女はほとんどずっとあそこにいました。じいさんはあたしたちにすごく腹を立ててましたから、あたしたちには近づかないようにしてましたね。なんで、カナッペを仕上げるために来たときも、ずっとキッチンの反対側にいました」

「彼がフルーツタルトのそばに来ることはなかったの？」

「ありましたよ。あたしがベリーをのせているときにそばを通りかかって、〝外国のものなんて〟ってつぶやいてました」

「彼がベリーにニワトコの実を混ぜる時間はあったと思う？」

クイーニーはぞっとした顔になった。「まさかそんなことしていないですよね？　自分の雇い主を病気にする？　自分がクビになるだけじゃないですか」

彼女の言うとおりだ。彼がピエールに恥をかかせたいのなら、サー・モルドレッドがそのタルトを食べないようにする必要がある。

「とにかくさっきも言いましたけど、彼はあたしたちには近づかなかったし、トレイはエレベーター近くのサイドテーブルに置いてあったんで、彼がそばにいくことはなかったです」

「それじゃあ、ほかにキッチンに来た人はいなかった？　従僕は？　使用人は？」

「あの家には、ここみたいなちゃんとした使用人はいないんじゃないですかね。年寄りの執事がいて、お茶の時間には紅茶を飲みに来ましたし、メイドもいましたけど、それだけです」

窓の外で一羽の鳩が声高に鳴き始めた。次の質問でなにを確かめたいのか、わたしは自分でもよくわかっていなかった。

「こんなことを訊くのは気まずいんだけれど、ピエールがタルトになにかを入れるところを見たりはしていないわよね？」

「なにかを入れる？」クイーニーは戸惑ったようだ。

「最後にニワトコの実を入れなかったかっていうこと。彼がタルトに余計なものを入れるのを見ていないわよね？」

「うちの料理人が？」クイーニーはおののいて答えた。「彼はそんなことしませんよ。立派な人なんだから。素晴らしい人ですよ。彼がのせたのはクリームだけです。あたしはちゃんと見てました。彼はいい出来だって言って、満足そうでした。タルトはそのあと、上に運べるようにトレイにのせたんです」

「いつ上に運ばれたの？」

クイーニーは考えこんだ。「冷たいものは、先に運んだんです。みんなが食堂に入ってくる前に。あたしは同時に上に行って、あの小さな部屋でエレベーターから皿を出して、テーブルに並べるようにって言われました。蟹のムースとアーティチョークです。そのあとがサラダで、それはシェフが直前になって作ったんだと思います」

「それじゃああなたは、食べ物が運ばれてきたときは、ずっとあの小さな部屋にいたのね？」

「そうです。あたしたちが、エレベーターにトレイをのせたんです。エレベーターには小さな棚がついているんで、たくさんの料理をいっぺんにのせられるんです。そうしたら今度は、上に行ってトレイをおろせってシェフに言われました。ずっとそこにいて料理を取り出し、代わりに汚れた皿をのせるようにって。しくじるな、なにも落とすなって言われましたよ。奥さんたちに恥をかかせることになるんだって。だからあたしはものすごく気をつけたんです」

「そのあとはどうだったの？　給仕人はふたりいたわよね。あの人たちはこの家の従僕じゃないでしょう？」

「はい、違います。ひとりはすごく上品ぶった話し方でしたよ。面白いことでもしているみたいな態度でしたけど、ふたりともとても手早くて優秀でした」

「お皿を運ぶ順番はあったのかしら？」

「順番？」クイーニーは怪訝そうな顔になった。

「そう、給仕人がお皿を受け取るわけだけれど、お皿を出す順番は決められていた？」

「ああ、はい。ドアに近いほうに蟹を、その手前にアーティチョークを置くことになってました」

「でも、お皿の順番は決まっていなかったのね？」

「どういうことです？」

「あなたはただお皿をエレベーターから出して、テーブルに適当に置いただけなのね？」

「はい、そうです」

「それじゃあ、特定の人に出す特定のお皿はなかったのね？」

クイーニーは再び難しい顔をして、首を振った。「そんなことは言われていません」いまー度考えこんだ。「言っておきますけど、あのいまいましいエレベーターを使うのは、すごく大変だったんですよ。運ばれてくるもののなかには、熱々のものもあったんです。指を火傷するところでしたよ。一度は小さく叫んだくらいですからね。聞こえなかったならいいんですけど。料理を全部出して、そこに汚れた皿を入れておろして、そうしたら次のがあがってくるんです」

「タルトはお料理の最後に運ばれてきたのよね。ということは、あなたは上で作業をしていたんだから、タルトから目を離していた時間があったということになるわね」

「そうですね」クイーニーはそう言ってから、体を起こそうとした。「いや、ちょっと待ってください。そうじゃない。タルトは冷たいものと一緒に、最初に運んだんです。あたしはそれを、向こう側のテーブルに置きました。邪魔にならないところに」

「食事のあいだじゅう、タルトはずっとそこにあったっていうこと？」

「はい、そうです」とがめられると思っているのか、クイーニーは身構えるような表情になった。

わたしは慎重に言葉を選んで訊いた。「クイーニー、給仕人以外にあなたがいた小さな部屋に入ってきた人はいた？」

「あの妙な男だけですよ。サーなんとかっていう、あの家の持ち主の。食事のちょっと前に入ってきて、なにも問題はないかって訊いてきました。執事に客を呼ばせてもいいかって」

クイーニーは言葉を切り、にやりと笑った。「部屋を見回して、あたしたちはよくやってる、どれもこれもすごくいい感じだって言ったんです」

そういうことだ。結局、これだけ訊いてもなにもわからなかった。クイーニーは決して注意深いほうではないし、もしも隙を見て残り物を食べていたのだとしたら、だれかが控えの間に入ってきても気づかなかったかもしれないけれど、タルトにニワトコの実を入れるにはそれなりに時間がかかるはずだ。いくらクイーニーといえども気づいただろう。

わたしは彼女の手を軽く叩いた。「ありがとう。とても助かったわ。具合が悪いのは気の毒だけれど、よくなってきているみたいでほっとした。気の毒な男性は病院に運ばれて、亡くなったのよ」

「なんてこと《ブライミー》。母さんはいつも、あたしは悪運の持ち主だって言ってました」

わたしは部屋を出た。クイーニーの話を聞くかぎり、タルトの準備をしているあいだにニワトコの実を入れる時間はなさそうだ。まったく筋が通らない。

21

七月二六日
アインスレー

事態はますますひどくなっていくようだ。あんなディナーでピエールに料理を作らせなければよかった。


モーニングルームでは話が弾んでいるようだった。その部屋には、ダーシー、サー・ヒューバート、ゾゾ、ミスター・ロブソン＝クラフ、そして祖父がいた。低いテーブルにはコーヒーとビスケットが置かれている。わたしが入っていくと、彼らは話をやめて待ちかねたようにわたしを見た。

「それで？」ダーシーが訊いた。「クイーニーはどうだった？　よくなっていた？」

「ひどくなってはいなかったわ。あのクイーニーがなにも食べたくないって言っているくらいだから、相当深刻だけれど、でもとりあえず吐き気は収まっているみたい」

「彼女から話を聞いて、なにか手がかりはつかめたかね？」サー・ヒューバートが訊いた。

「全然。まったくわけがわからないわ。ピエールとサー・モルドレッドの料理人とキッチンメイド以外、キッチンに入ってきた人間はいなかったって彼女は言うの。タルトにベリーをのせたのはクイーニーで、そのなかに小さな黒い実はなかったんですって。あったら絶対に気づいていたって言っていた。そのあとタルトは小型エレベーターで小さな控えの間に運ばれて、彼女はそこでエレベーターから出してテーブルに置いたそうよ」

「残念だが、彼らのなかに犯人がいると考えるしかない」サー・ヒューバートが言った。「わたしたちは、その新しいフランスの料理人のことをよく知らない。フランス人は英国人に対して根深い恨みを抱いていることで知られているからね。彼の推薦状にはなんて書いてあったんだ？」

わたしは顔が赤らむのを感じた。「実は推薦状はもらっていないの。パリを訪れていたときに、カフェでウェイターとして働いていた彼に会ったのよ」

「カフェのウェイター？」

「彼は経験を積んだ料理人だけれど、パリでは仕事が見つからないって言っていたの。だから、彼を試してみるのもいいかもしれないって思ったのよ。クイーニーよりおいしいものを食べられるだろうって」

「ジョージアナ」サー・ヒューバートはわたしを諌《いさ》めるように顔をしかめたが、すぐにいつもどおりの表情で言った。「結果的に見れば、彼は素晴らしい料理人だったわけだが、今後は必ず推薦状を確認しなくてはいけないよ。人はなんでもきみが聞きたがっていることを言えるんだ。気づかないうちに、逃亡中の殺人犯を雇っているかもしれないんだよ」

「でもピエールは逃亡中の悪人なんかじゃないと思うわ」赤くなった顔を見られないように、わたしは急いで自分のカップにコーヒーを注いだ。「彼はカフェでとても目立っていたし、気さくだったし、みんな彼のことが好きだったの」わたしはそう言いながらも、あのカフェにいた親しみやすくて人好きのする別の人間が、実は殺人犯だったことを思い出していた。けれどそれとこれとは話が違う。追いつめられて逃げ道がなくなったら、人はだれでも殺人を犯す可能性があるのだとわたしは考えるようになっていた。だがピエールには、わたしたちのだれかを殺したいと思うような動機がない。それにもし本当に殺す気があるのなら、自由に使える毒草園があったのだ。彼はわたしたち全員を簡単に殺すことができた。けれど、いま問題になっているのは、人を殺すのではなく腹痛を起こすニワトコの実だ。

コーヒーを手にして腰をおろすと、サー・ヒューバートがわたしを見つめているのが感じられた。おそらく同じことを考えているのだろう。「とにかく、フランス警察と連絡を取って、彼について調べてもらうことにするよ。騒ぎを起こすために送られてきた、過激な共産主義者のグループの一員なのかもしれない」

「彼は非難されるのをとても怖がっていたわ。それに、家に戻るときはほとんど泣きそうだった。この件で評判に傷がついて、キャリアが台無しになるかもしれないって」

「わしは、素晴らしく演技のうまい殺人犯を何人も見てき来たよ」祖父が椅子の傍らのテーブルにコーヒーカップを置いた。「そういう奴らは、まっすぐに目を見て自分は無実だと主張する。母親の墓に誓うことすらする」

「そうだったわ、あなたはかつて警察官だったんですよね？」ゾゾはまばゆいほどの笑顔を祖父に向けた。すべての男性がそうであるように、とたんに祖父も顔をピンク色に染めた。

「若いころにはきっと、興味深い人たちと渡り合ってきたんでしょうね、アルバート」

「ふむ」祖父は照れながらも、嬉しそうに応じた。「そういう人間も何人かはいたが、現実社会でのたいていの犯罪はいたってシンプルで、浅ましいもんだ。酔っ払って人の頭を殴るとか、金を盗むとか。解決するのに頭はいらん」全員が自分の言葉に耳を傾けている状況を楽しむように、祖父は一拍の間をおいた。「だがこれだけは言える。たいていの殺人犯はどこかの時点でぼろを出すもんだ。相手をうまくだましたと思ったとき、だれにも見られていないと思ったとき、それは顔に出る。うっすらと笑ったり、だましおおせたと考えて興奮した顔になるんだ」

「わたしも見たことがあるわ」わたしは言った。

「おまえは殺人なんかと関わりを持つべきじゃないんだよ、ジョージー。おまえときたら近寄るべきじゃないのに、首を突っ込むんだから」

「あら、自分から首を突っ込んでいるわけじゃないわ。たまたま、間の悪いときに間の悪い場所にいるだけよ。自ら災難を招いているわけじゃない」

探検家が興味深そうな顔でわたしを見ていることに気づいた。わたしが関わった殺人事件について尋ねてこないことを祈った。

「今回はあなたも危ないところだったんですってね」ゾゾが口をはさんだ。「腹痛の原因となったタルトを、あなたも食べていたかもしれないってダーシーから聞いたわ」

「そうなの。幸いなことに、あのときはすでにちょっと気分が悪くなっていたから、わたしの分は隣の人に回してもらったのよ」

「それじゃあ、具合が悪くなった人間は全員が隣同士に座っていたのか？」祖父が訊いた。

わたしは席順を脳裏に思い浮かべた。「わたしのタルトは隣にいたミスター・マローワンが食べたの。彼のタルトはミス・オーモロッドという老婦人のところにいった。彼女の分はおそらくミスター・ハリデイが、自分の分と一緒に食べたんだと思う。亡くなったのは彼よ」

「つまり、毒が入っていたのは一部のタルトだけだったということか」祖父が指摘した。「隣同士だった人間だけだ」

「それは違うわ。だって、上座に座っていたサー・モルドレッドも具合が悪くなったから。それに、大佐の妻のミセス・バンクロフトも。彼女はテーブルの反対側に座っていたの。かなり遠いところに」

「その隣にわたしがいた」探検家が口をはさんだ。「そしてわたしも具合が悪くなった」

「そうでした」つい彼を忘れてしまいがちだったので、申し訳なくなった。「回復してよかったです」

「わたしは鉄の胃の持ち主だからね。わたしのような人生を送っていれば、すぐに回復するか、それとも一巻の終わりかのどちらかなんだ。わたしの症状は、それほどひどくはなかったね。ただこってりした料理を食べすぎたせいだったのかもしれない。普段はあっさりしたものを食べるようにしているからね。ゆうべはクリームソースがたっぷりだったし、蟹もあって、いろいろなワインも飲んだ。胃の具合が悪くなっても仕方がないよ」

「食事の最初に出たあの蜂蜜酒。あれも甘すぎなかった？　口に合わなかったわ」ゾゾが言った。「わたしは飲めなかった」

「わたしも好きじゃなかった」わたしもうなずいた。「食事が終わるころには、少し吐き気がしていたの。だからデザートは食べなかったのよ」

「そのタルトは給仕する順番が決まっていたのかな？」祖父が訊いた。

「わたしが最初に給仕された。一番地位が上の女性だったから。もうひとりの従僕は同時にサー・モルドレッドにタルトを運んだと思う。でも、ミセス・バンクロフトとミスター・ロブソン＝クラフの順番はずっとあとのほうだったんじゃないかしら」わたしは一拍置いた。「そもそも、エレベーターからタルトを出してテーブルに並べるのに、順番は決まっていなかったってクイーニーは言っていたの」

「つまり、すべては無作為だったということか」サー・ヒューバートが言った。「妙な話だ。悪意のあるいたずらと考えるほかはないだろうな。本当にだれかを傷つけたかったのなら、自由に使える毒草園があるんだから」

「わたしもそう思ったの」

「いたずらだとしても、いったいだれが？」ゾゾが訊いた。「それにどうやったっていうの？　キッチンで働いていた人以外、あのタルトにはだれも近づけなかったとしたら……」

わたしたちは黙りこんだ。

「ぼくたちのフランス人シェフがそんなことをしたとは思えない」ダーシーが窓の外を眺めながら口を開いた。「彼の言うとおりなんだ。今回の件は彼の評判を台無しにした。どこかほかのところで働こうとすれば、彼の作ったものが人を病気にしたという噂がついてまわるだろう。それにもし本当に毒を盛りたかったんだとすれば、ヒューバートの言うとおり、致死性の毒がある植物があの庭にはたくさん生えている」

「それに彼の仕業だったなら、できるだけ早くフランスに逃げ帰っていたはずだわ。そうじゃない？」ゾゾが言った。

頭がくらくらしてきた。これでは堂々巡りだ。

「だれかひとりを選ぶとしたら、わたしはサー・モルドレッドの料理人じゃないかと思う」わたしは言った。「新しい料理人が調理をすることになって、彼はひどく怒っていたわ。ピエールの評判を落とせるなら、喜んでそうしたと思う。でもその仮説にはひとつ問題があるのよ。彼の雇い主も毒入りタルトを食べているっていうこと。自分の主人には被害が及ばないようにするものじゃない？」

「目的が腹痛を起こさせることでなければの話だ——食あたりのように見せるのが目的だっ

たのかもしれない」ダーシーが言った。「サー・モルドレッドの医師は、ニワトコの実で人が死んだ話は聞いたことがないと言っていた。子供たちはよくあの実を食べるが、腹痛を起こす程度らしい」

「でも、ミスター・ハリデイは死んだのよ」わたしは反論した。

「死因はまだわかっていないんだ。彼は心臓に問題があったし、太りすぎだった。だから、彼の死はニワトコの実を食べたこととは無関係なのかもしれない。食べすぎたこととアルコールをとりすぎたこと、それから学生時代の友人に会って興奮したせいでひどい心臓発作を起こしたのかもしれない」

「でも学校ではあまり仲はよくなかったって、サー・モルドレッドは言っていたわよ」

「離れていると恋しくなるものだ」祖父がくすくす笑いながら言った。

「それにサー・モルドレッドは最近、有名だもの」ゾゾが言い添えた。「人間って、有名な人にはびっくりするくらい近づいてきたがるものなのよ」

「わたしも経験があるよ」サー・ヒューバートが応じた。「どこかの探検から帰ってきて、その記事が新聞に載ったりすると、ふたことくらいしか話したことのない人間が、わたしの親しい友人だとクラブで言いだすんだ」

「それで、これからどうなるんだろう？」ミスター・ロブソン＝クラフが尋ねた。

「サー・モルドレッドは納得しているんだろうか？」

「彼はとても怒っていたの」わたしは答えた。「ディナーで食べた物すべてを自分の実験室で調べるって言っていた。でもそれは、残ったタルトにニワトコの実を見つける前だったけれど」

「それこそが、すべては無作為だという証明だと思うね」探検家はコーヒーのお代わりを注いだ。「ディナーで毒の入っていないタルトを食べた人間がいるのに、どうして毒が入っているタルトを残しておいたりする？」

「彼が真相を突き止めたいと思うなら、警察に尋問させるべきだ」祖父が言った。「制服警官が現れるだけで、自白する人間がいるんだよ。おまえの料理人、不満を持っているという老いた料理人、それにキッチンメイドはどうだ？　だれも彼女の話はしないが、ずっとそこにいたんだろう？」

「彼女はすごく鈍いってクイーニーが言っていたの。クイーニーが言うくらいだから、さぞかしだと思うわ」

「見かけほど愚かじゃない人間もいる。彼女はなにか個人的な恨みを持っていたのかもしれない。サー・モルドレッドが厳しく当たったとか、彼女に言い寄ったとか……」

「それとも、自分には力があると感じるための行為だったのかもしれない」ゾゾだった。「社会の下層の人たちは、自分は無力だって感じることが多いわ。だとすると、無作為だったことにも説明がつく。彼女はただ、だれかを病気にしたかっただけ。だれでもよかったのよ」

「一番ありえそうな仮説だ」サー・ヒューバートが言った。「たいしたものだ、マイ・ディア」

ふたりは長々と見つめ合った。わお。ふたりは真剣になりつつある。わたしは、キッチンメイドがタルトにこっそりニワトコの実を入れるところを想像してみた。どうもぴんと来ない。

「彼女は、尋問を受ければ簡単に白状するタイプに見える」ダーシーが言った。「警察に通報したほうがいいかもしれない。死人も出ていることだし」

「それを決めるのはわたしたちではないよ」サー・ヒューバートが反対した。「ここは静観するべきだ。どうするかを決めるのはサー・モルドレットだ」

「なにかをするつもりなら、急いだほうがいいわ」わたしは言った。「ほとんどの人たちは週末に訪れているだけだもの。なかには、わたしたちが気づいていないなにかを見た人がいるかもしれない」ふと思いついて、わたしは指を立てた。「給仕をしていたふたり。彼らのことを数に入れていなかった。もちろん、彼らを調べなきゃいけないわ。料理を運んでいたのは彼らなんだから。タルトを運ぶときにニワトコの実を混ぜるチャンスが、ふたりのうちのどちらかにあったかもしれない」

「彼らはサー・モルドレッドの使用人じゃないの？」ゾゾが尋ねた。「とても魅力的な若者たちだったわよね」もちろん彼女なら見逃さないだろう。

「彼の息子のエドウィンの友だちだと思うわ。オックスフォードの学生よ。カナッペを配っていたのは彼の友だちだったから、そのうちのふたりがディナーも給仕したんじゃないかしら。ひとりは、上流階級っぽい話し方をしていたってクイーニーも言っていたし」

「学生は面白がってこういったことをするかもしれないな」探検家が言った。「わたしもケンブリッジにいたころは、ばかないたずらをしたものだ」

「あの人たち、まだいるかしら。帰る前に話を聞くべきだと思う」

「わたしたちはなにもするべきじゃないよ」サー・ヒューバートはきっぱりと告げた。「とりわけきみはそうだ、マイ・ディア。きみはいま大事なときなんだし、その日に備えて体力を蓄えておくべきだ。そう思うだろう、ダーシー？」

ダーシーとわたしの目が合った。「ぼくは、自分の妻にすべきことをさせられた試しがありませんよ」彼はにやりと笑いながら言った。

22

七月二六日
ブラックハート邸に戻る

容疑者も動機も見つからないと思っていたのに、いまはどちらも多すぎる！


わたしたちはコーヒーを飲み終えた。サー・ヒューバートは地所を案内しようとミスター・ロブソン＝クラフに声をかけた。朝の嵐は過ぎ去り、ふわふわした雲が西から勢いよく流れていく。ゾゾは同行を断った。

「わたしはロンドンに帰らなきゃいけないわ」つけているスカーフを所在なさげにいじりながら言った。

「どうしても帰らなくてはいけない？」サー・ヒューバートが尋ねた。「きみがいてくれると、とても楽しいんだが」

「あなたって優しいのね。でもしなくてはいけないことがあるのよ。ほかの友人たちとも会わなくてはいけないし、わたしの小型機はしばらく乗らずに放っておくとすねるんだもの。それに厩舎のこともある。もうずいぶん長いあいだ、可愛い馬たちに会っていないのよ……」

ゾゾの言葉の意味をわたしは正確に理解した。サー・ヒューバートとの関係が真剣なものになりつつあることに気づいた彼女は、自分の厩舎を管理しているダーシーの父親にも好意を抱いていることを思い出したのだろう。選択肢を残しておきたいのだ。賢い女性だ。ひとりの男性に縛られるのではなく、多くの人から崇拝されるのが好きなのかもしれないと思った。少しだけほっとした。わたしはいまだにサー・ヒューバートがいつか母とよりを戻してくれればいいと思っていた。その前に母をドイツから連れ出さなくてはいけないけれど。

「でも戻ってくるんだよね？」サー・ヒューバートが確認した。

「もちろんよ、ばかね」ゾゾは彼の手を軽く叩いた。「でもわたしはいつもなにかをしていたいの。なにもせずにのんびりしているのは苦手なのよ」彼女は立ちあがってわたしに近づいてくると、頰にキスをした。「それじゃあね、ダーリン。赤ちゃんが生まれたら、すぐに飛んでくるから。あなたにはいまゆっくりする時間が必要だわ――巣作りの時間が」

「巣作り？」ダーシーがくすりと笑った。「彼女は鴨じゃないんだぞ」

「どんな動物も、自分なりに出産の準備を整えたいものよ」ゾゾはたしなめるようなまなざしを彼に向けた。「あなたの素敵な運転手に、わたしを駅まで送ってくれるように頼んでもらえるかしら？」

「わたしたちが送っていくわ、そうよね、ダーシー?」わたしはだれかが口を開くより先に急いで言った。

ダーシーはいぶかしげにわたしを見たものの、うなずいた。「もちろんだ」

「荷物をまとめてくるわ。あなたのかわいらしいメイドのおかげで、荷造りはすんでいるのよ。すぐに戻るから」

「それじゃあ、わたしたちも地所の探索に行こうか」サー・ヒューバートが言った。「ではまた、ゾゾ。すぐに戻ってきてくれるとうれしいよ」

「そうじゃないと、あなたはまたどこかの山に行ってしまうものね」ゾゾは彼の頬に優しく手を当てるとそっとキスをし、しばらくその手を離そうとはしなかった。彼の顔が赤く染まった。とても微笑ましい。

「きみの言うとおりだろうな」サー・ヒューバートが言った。「きみと同じで、わたしもひとところにとどまってだらだらしているのは嫌いだ。フレディがずっとヌーリスターンの話をしていてね。わたしが行ったことのない場所なんだよ。とても興味深い人たちが暮らしているんだ」

「ヌーリスターンは、嬉々としてわたしを殺しそうな人々が暮らしているところなんだ」探検家がさらりと告げた。「よそ者を嫌うんだよ」

「それなら、あなたはそんなところに行ってはだめよ、ヒューバート。わたしが許さないから」ゾゾが言った。「これからは、おりてきたときにフォンデュとシュナップスを楽しめるアルプスのような文明的な山に登るのよ」

三人が部屋を出ていくと、ダーシーとわたしは顔を見合わせて笑った。

「あれはどういうことなんだい?」祖父と三人だけになったところで、ダーシーが尋ねた。

「なんのこと?」

「ゾゾを送っていくっていう話さ」

「わたしたち、エドウィンと給仕人たちがいなくなる前にブラックハート邸に戻って、話を聞かなきゃいけないと思うの」

「毒を入れただろうって非難するわけにはいかないよ」

「ただ話をするだけよ。ちょっと探りを入れるだけ」

「それくらいなら、構わないんじゃないかな。それにピエールの疑いは晴らしてやらないといけないからね。彼を巻きこんだのはぼくたちなんだから。それに彼は素晴らしい料理を作るし」

「気をつけるんだぞ、ジョージー」祖父が言った。「あの家には危険な人間がいることを忘れてはだめだ」

玄関ホールでゾゾを待っていると、ダーシーが近づいてきて言った。「ぼくたちは、客のだれかの仕業だという可能性を見落としているよ」

「そんな可能性があるかしら?」わたしは考えてみた。「ディナーに呼ばれるまで、わたしたちはみんな集まってシェリーを飲んでいたでしょう? それにだれも知り合いはいなかった。だれかを傷つける理由なんてなかったわ」

ダーシーはうなずいた。「それはそうだが、ディナーのあいだ彼らがなにをしていたのか、確かめておく必要があるんじゃないかな？」

「どういうこと？」

「彼らはどうしてあの場にいたんだろう？　妙な取り合わせだった。クランプ夫妻は金持ちだが平民階級で、貴族と関わりを持ちたくてやってきていた。それだけの金を持っていたからね。あの家と庭に興味を持っていた、マウントジョイ夫妻やバンクロフト夫妻のような地元の人間もいた。モルドレッドの出版者と、計画中の映画に出演したがっている俳優たち。出版者が同じ、もうひとりの作家と彼女の夫。そして、学生時代の友人と旧交を温めたかっただけの気の毒なハリデイ」

「それから老婦人がいたわ。彼女を忘れないで」

「そうだった。つい見過ごしてしまうな。彼女はどうして来ていたんだろう？」

「サー・モルドレッドが寄付している慈善事業の代表なんじゃないかしら。南アフリカの孤児たちへのチャリティよ」

「南アフリカで過ごした時間は彼に大きな影響を与えたんだね」

「そんなことを言っていたわ。英国の軍隊はオランダの入植者たちにひどい扱いをしたって」

「彼にも情け深い心はあるということか。資金集めのイベントを開いたり、孤児に寄付をし

たりするのは、彼らしくないような気がしていたんだ。自分の子供たちには辛く当たってい
ただろう？　彼は空想の世界のような妙な人物を演じる一方で、遠い国の孤児のことを心配
していた」
「兵士としてしたことのせいで、ずっと良心の呵責《かしゃく》を覚えていたんじゃないかしら？　親で
あった一般市民を殺さなきゃならなくて、その子供が孤児として残されたことに気づいたの
かもしれない」
「確かにその可能性はある」ちょうどそのとき、山ほどのスーツケースと帽子箱を抱えたフ
ィップスとメイジーを従えてゾゾが階段をおりてきた。
「お待たせ。この素晴らしい家を発つ準備ができたわ。ここで過ごしたことは忘れないか
ら」
「いつでも好きなときに戻ってきてくれていいのよ」わたしが言うと、彼女はわたしの頬に
キスをした。
「わかっているわ。わたしもここが大好きよ。ただわたしはなにもしないでいるのが苦手な
だけなの。貴族に生まれるべきじゃなかったのよね。医者になるか、それともなにかお店を
したほうがよかったのかもしれない」
「きみは女王になれたんだよ」待っている車に歩いていきながら、ダーシーが指摘した。
「その場合は、統治しなくてはいけなかったけれどね」
「ダーリン、それはお断りだわ」ゾゾはぞっとしたように首を振った。「わたしはだれのこ

とも統治なんてしたくない。気の毒な夫はポーランドのささやかな地域を統治しようとして、そしてどうなった？　共産主義の熱情にかられた怒れる農夫たちに八つ裂きにされたのよ」

ダーシーの手を借りて助手席に乗りこみ――このお腹では至難の業だった――わたしたちは出発した。

「この数日は、ずいぶん妙だったわね？」車が走りだすと、ゾゾが前に身を乗り出して言った。「ものすごく気味の悪い家、妙なディナー、ハエみたいに次々と倒れていく人たち。呪いがかかっているんだと思う？　あの家は取りつかれているって、彼は言っていなかった？」

「なんらかの理由でタルトを台無しにしようと決めたのは、ごく当たり前の人間だと思うよ」ダーシーが言った。

「わたしをおろしたあと、あなたたちはそれを突き止めるつもりなんでしょう？」ゾゾはいつも鋭い。「そうでなければ、フィップスに任せればよかったことだもの。まあ彼は、腕のいい運転手とは言えないけれど」

「きみは頭の回転がよすぎるな」ダーシーは苦笑いをした。

駅でポーターが荷物をおろしているあいだに、彼女はわたしたちにキスをした。「どういうことだったのか、全部わたしに報告してちょうだいね、いい？　奇妙なニワトコの実の話よ。それから、陣痛が始まったらすぐに電話をして。そう言えば訊いていなかったけれど、赤ちゃんは家で産むの？」

「いいえ、ヘイワーズ・ヒースの民間施設を予約してあるの。とてもいいらしいのよ。初めての子供は大事を取ったほうがいいって、お医者さまに言われたの」

「いい考えだわ。あなたを甘やかしてくれるところだといいわね。新しい母親は、二週間は指一本動かさないくらい甘やかしてもらうべきなのよ」

「そうね、甘やかしてもらうのを楽しみにしておくわ」

「そんな話を聞いたら、きみは普段、夜明けと共に畑で働いていると思われるだろうね」ポーターのあとをプラットホームに向かって歩いていくゾゾを見送りながら、ダーシーが言った。

「わたしたちの生活がとても恵まれているのはわかっているけれど、自分たちがしていることをよくわかっていて、赤ちゃんの世話の仕方を教えてくれる看護師たちがまわりにいてくれるのは、とても安心だわ」

わたしたちはブラックハート邸に向かった。空はまた、いまにも雨が落ちてきそうだ。ゲートは開いていたが、家の外に車は一台も止まっていない。呼び鈴を押すと、しばらくたってから年配の執事オグデンがようやく姿を見せた。

「申し訳ありませんが、旦那さまは具合がよくないんです、マイ・レディ」彼は言った。

「今日はだれともお会いになりません」

「わたしたちはミスター・エドウィンに会いに来たの。彼とは会えるかしら？」

「エドウィンさまは外出なさっています」

「どこに行ったのか心当たりはないか？　それともいつ戻るかは？」ダーシーが訊いた。

「近くに滞在中のご友人を訪ねておられると思います。昨日、何人かがいらしていたことにお気づきでしょう？　エドウィンさまのオックスフォード大学のクラスメートの方々です」

「ここに泊まっていたんじゃないのね？」

執事はうなずいた。「サー・モルドレッドはお客さまが好きではありません。普段は、人をもてなそうとはなさいません。ゆうべの晩餐会がとても珍しいことだったのです」

「あの若者たちがどこに滞在しているのか、知らないかしら？」

執事は仕えている家に関する情報を漏らすべきではないとわかっていたから、彼は躊躇《ちゅうちょ》した。「これは緊急事態なんでしょうか、マイ・レディ？　エドウィンさまは今日じゅうにはお戻りになりますが」

「緊急事態なのよ」毒入りタルトの謎を解こうとしているのだと、打ち明けるつもりはなかった。わたしたちが一家のことに干渉しようとするのを彼は好まないだろう。

「そういうことでしたら、隣村にあるホワイトハートというパブに滞在していると彼らのひとりが言っているのを耳にしました。宿屋としては悪くないところです。昔はわたしもよく行ったものですよ」

わたしたちは礼を言って、その場をあとにした。かわいそうなオグデン。使用人は休みの日にどこかに行きたくても、歩くか自転車に乗るほかはない。彼が最後に自転車に乗ったのは、もう何年も前のことだろうとわたしは思った。

23

まだ七月二十六日
ディッチリング村のホワイトハート

事態はさらに複雑になっていくように思える。ああ、こんな疑いを持ちたくはなかった。

ホワイトハートは、お手本とも言えるような田舎のパブだった。以前にも車で前を通りかかったことがあって、魅力的なところだと思ったことを思い出した。白しっくい塗りの背の低い建物で、窓の外にはゼラニウムが飾られ、その横に広がる芝地の斜面の先には小川があって、そこでは白鳥が泳いでいた。車を止めると、柳の木の下のピクニックテーブルにビールのピッチャーが置かれ、その前に若者たちのグループが陣取っているのが見えた。

「言葉にはくれぐれも気をつけるんだよ、ジョージー」車を降りるわたしに手を貸しながら、ダーシーが言った。「だれかを非難しているようには思われたくないからね」

「わかっている」

芝地を彼らのほうへと歩いていくあいだ、ダーシーはわたしの腕を支えていた。若者のひとりがなにか話をしていて、一同は騒々しい笑い声をあげたが、わたしたちに気づいて不意に口をつぐんだ。初めは戸惑っている様子だったが、じきにだれであるかがわかったようだ。一番奥に座っていたエドウィンが立ちあがり、近づいてきた。

「レディ・ジョージアナ。ミスター・オマーラ。嬉しい驚きですよ。というより、嬉しい驚きであることを願いますよ。一日に悪い知らせがあれだけあれば、充分だ」

「きみのお父さんに会いに行ったんだ」ダーシーが言った。「だが彼は具合が悪いから、だれとも会わないと執事に言われた。体調が悪化していないといいんだが」

エドウィンは笑いを噛み殺した。「その反対ですよ。まったく問題ないと医師は言っていました。なにか合わないものを食べたんだろうから、このあと口に入れるのは刺激の少ない物だけにするように言われていましたよ」エドウィンはにやりと笑った。「父は芝居がかったことが好きなんですよ。重症だって言われたかったから、むっとしてベッドに戻っていきました」

「回復してよかったわ」わたしは言った。「亡くなった気の毒な方のことはなにかわかった？」

「いえ、なにも。みなさんはなんともなかったんですよね？」

「ほとんどは大丈夫だったんだけれど、探検家のミスター・ロブソン＝クラフを覚えているかしら？　彼は夜中に気分が悪くなったの。それからわたしたちの料理人のクイーニーはかなりひどいわ。残り物のタルトを食べたらしいの」

「だとしたら、あんなことになったのは料理人のせいじゃないって証明できますね？」

「ぼくたちはそう考えている」ダーシーが応じた。

テーブルについている学生たちが、興味津々でこちらを見ていることに気づいた。

「きみの友人たちを紹介してくれるかい？」

「もちろんです。きみたち、こちらはミスター・オマーラと夫人だ。ふたりともゆうべ来ていたよ」

「覚えているとも」ひとりが声をあげた。眼鏡をかけた、真面目そうで神経質そうな若者だ。彼はわたしに軽く会釈をした。「あなたはデザートを食べませんでしたよね」

「ああ、給仕をしてくれたのがあなただったのね」給仕人を意識していなかったことが明らかになって、わたしは気まずさを覚えた。「こうなってみると、食べなくてよかったわ。あなたはわたしのタルトを隣の男性に渡したでしょう？　彼は夜のあいだに具合が悪くなったの」

「なんてこった」彼はエドウィンを見た。「今朝エドウィンが来て、大勢の具合が悪くなって、だれかがタルトに毒を盛ったみたいだと聞かされたときは、おれのほうが気分が悪くなりましたよ。ヘンリーとおれで問題のタルトを給仕したんですからね。ひどい気分だ」

「きみたちのせいじゃないさ」エドウィンが言った。

「もちろんぼくのせいじゃない」ほっそりとした弱々しい感じの若者が言った。「ぼくはニワトコとリンゴの区別もつかないよ。遊び人だからね」

「チェルシーに住んでいるからといって、遊び人ということにはならないさ」別の若者が言った。「そう呼ばれるにはそれなりのものがないとね」彼らはまたどっと笑い、雰囲気が明るくなった。

「それじゃあきみたちはみんな、エドウィンのオックスフォードの友だちなんだね？　ぼくもベーリアルを出ているんだ。哲学《P》・政治《P》・経済《E》を専攻した」

教授たちの実績や試験の記憶、オックスフォードのパブの思い出話に花が咲き、学校や大学の話題になったときにいつも感じるように、わたしはこの場にふさわしくないような、仲間外れにされたような気分になった。わたしが受けた教育のほとんどは女性家庭教師によるもので、とても充分とは言えなかった。スイスの花嫁学校で教わったのは、宮廷での振る舞い方や金持ちの夫の捕まえ方くらいのものだ。ああ、そうそう、ベリンダが夜中に抜け出す方法と煙草の吸い方を教えてくれた。

「エドウィンは、昨日のイベントになんて言ってあなたたちを誘いこんだの？」どうでもいい話が続いていることに、いささかいらだちを覚えながらわたしは切り出した。

「おれたちは困っている仲間には、いつだって喜んで手を差し伸べますからね」わたしに給仕をした若者が言った。

「おいおい、スミザース。おまえが来たのは、ぼくの父親が金を払うと言ったからだろう」

スミザースは笑った。「それもある。手持ちが少々寂しかったからね。カンヌまでの旅費を捻出できれば、八月にヨットでのパーティーに出られることになっているんだ」

「あなたの給仕はとても上手だったわ」効果があることがわかってきたので、わたしは背中を押すように微笑みかけた。「全然気づかなかった」

さらに笑い声があがった。

「そうなんだ、スミザースは忘れられがちなんだよ」ひとりが声をあげた。

「あら、そういう意味じゃないの。とても上手で、プロのようだったわ」

「彼には経験があるんです。だから彼を呼んだんですよ」エドウィンが説明した。「彼とヘンリーを」

スミザースは恥ずかしそうに笑った。「ほかの奴らとは違って、おれは銀のスプーンをくわえて生まれてきたわけじゃないんです。両親はどちらも教師で、おれは奨学金でオックスフォードに通っている。だから、休みの期間はいろんな仕事をしていますよ。高級クラブのウェイターとか」

「ぼくは演技ができるんですよ」ヘンリーが言った。「喜劇でウェイターを演じなきゃいけないことがあったんです。皿のジャグリングはなかなかのものなんですよ」

「残りのおれたちは気晴らしに来ただけです」若者たちのひとりが声をあげた。「モーティマーの話を聞いて、あの有名なブラックハート邸を見たくてたまらなかったんですよ」

「それで、ぼくになにかご用でしたか？」しばらく雑談が続いたところで、エドウィンはなにかに気づいたらしく尋ねた。

「ゆうべ起きたことの真相を突き止めるのに、きみのお父さんには手助けが必要かもしれないと思ってね」ダーシーが言った。「ぼくたちはどちらもその手の捜査にはいくらか経験があるんで、まずはきみたちに話を聞くことにしたんだ。部外者であり、かつ給仕をしていたわけだから、なにか気づいたことがあるんじゃないかと思ってね」

彼らの表情が真剣になった。

「気づいたことがあるとは言えないな」スミザースが答えた。「エドウィンに話を聞いたあと、話し合ったんですよ。ヘンリーとおれがタルトを配ったわけですからね」

「あなたたちふたりは控えの間を出たり入ったりしていたわよね。だれかをそこで見かけなかった？」

「そこにいた給仕の娘だけですよ」ヘンリーが答えた。「それとたくましい大柄の娘。ぼくたちふたりに色目を使おうとしていましたね」

「タルトを出す順番をだれかに指示されたりはしなかった？」

スミザースは眉間にしわを寄せた。「あなたが一番地位が高い女性だから、最初に出すようにとは言われました。ヘンリーは、エドウィンの父親に出すようにと」

「でも、テーブルに置いてあったタルトをどの順番で持っていくかは決まっていなかったのよね？」

スミザースは難しい顔のまま答えた。「はい。おれはタルトを四つ持って控えの間を出て、ひとつをあなたの前に置こうとして結局それを隣の男性のところに置き、ひとつは老婦人の前に置きました。そうしたら太った男性が、残りのふたつを食べると言ったんです」彼はあんぐりと口を開けた。「まさか。死んだのは彼じゃないですよね？」

「彼なんだ」ダーシーが答えた。

「なんてこった。ひどい気分だ」

「おまえのせいじゃないさ」別の若者が慰めた。「わかるはずがないじゃないか」

「わからないのはその理由だ」そばかすだらけの赤毛の若者が口を開いた。「目的はなんだったんだ？　本当にだれかを傷つけたかったとしても、毒入りデザートをその人間に出すのは不可能だったはずだ」

「ダーシーとわたしは、いたずらだったんじゃないかって考えたの」わたしは思い切って切り出した。

全員が理解したのがわかった。

「だからここに来たんですね」エドウィンが言った。「ぼくの友人のだれかが、タルトにニワトコの実を入れたんじゃないかって考えたわけだ」

「そう考えるしか辻褄が合わないんだ」ダーシーが説明した。「だれかに腹痛を起こさせる。大学生はそういういたずらはしないかい？」

「それはちょっとたちが悪いですよね」赤毛の若者が言った。「いたずらをしないとは言いませんよ。ぼくも警察官のヘルメットを叩き落としたり、奇妙な悪ふざけをしたりはしますが、食べ物に毒のあるものを入れるのは――話が違う。そのタルトをふたつ食べた男は、死んでいるんですからね」

「タルトのせいで死んだのかどうかは、まだわかっていない」ダーシーが言った。「彼の死はただの偶然かもしれない。かなりの量を食べたり飲んだりしていたし、心臓について医者から注意されていたと言っていたからね」

「とにかく、ぼくたちはだれもそんないたずらはしていませんよ」赤毛が言った。

「煩わせてすまなかった」ダーシーが謝った。「このあとも楽しい時間を過ごしてほしい。オックスフォードによろしく伝えてくれ」

「車まで送りますよ」エドウィンが言った。

わたしたちはエドウィンと並んで芝地を歩きだした。ぎこちない沈黙が続き、友人たちの話し声が遠ざかっていく。下手なことは言わないようにというダーシーの言葉を思い出したが、それでもわたしは切り出した。

「エドウィン、あなたの友だちのだれかがちょっとしたいたずらのつもりでこんなことをしたとは考えられない？　人が亡くなったいまとなっては、もうだれも認めないでしょうけれど、でも……」わたしはあえて最後まで言わずに、彼の顔を見た。

エドウィンはテーブルを振り返った。若者たちがまた笑い声をあげた。

「いったいどうやって？　ぼくたちが食堂に入る前、彼らはテーブルをしつらえたり、カナッペを配ったりしていた。ニワトコの実を摘んでいる暇はなかった。最初からポケットに入っていたと考えるのは――飛躍しすぎでしょう。メニューにフルーツタルトが入っているなんて、彼らが知っていたはずがないんだから」

もちろんそのとおりだ。なにが給仕されるのか、彼らは知る由もなかった。前もって知っていたのはサー・モルドレッド、エドウィン、ピエール、そしてわたしだけだ。それ以外は、準備が始まって初めて知ったのだ。

「そもそも、どうしてだれかを病気にしようなんて思うんです？　彼らはぼくの家族を知らないし、客のことも知らない。深刻な状態になるかもしれないし、病弱な年配の人がいたかもしれないというのに」

「ミス・オーモロッドという年配の女性がいて、具合が悪くなったわ。回復しているといいんだけれど。家に帰ったら、電話をかけたほうがいいかもしれない」

車まで戻り、別れの挨拶代わりの握手を交わそうとしたところで、わたしはエドウィンの表情に気づいた。なにかを考えている。思い出したことがあるようだ。

「いま気づいたことがあるんですが」彼は言った。

「ヘンリーの父親は作家なんです。あまり売れているとはいえない。彼もぼくと同じでいつも金欠で、生活のためにどんな仕事でも引き受けざるを得ないんです。成功しているぼくの父に嫉妬したっていうことは考えられますかね？　彼にはほかの人間よりも、あのタルトに近づくチャンスがあったのは確かでしょう？」

「それに彼はきみのお父さんにタルトを運んだ」ダーシーが言った。

「でも彼は、テーブルのこちら側の人間には給仕をしていないわ。スミザースやクイーニーに気づかれずに、わたしたちのタルトにニワトコの実を入れるチャンスはあったかしら？」

「まったく厄介だ」エドウィンはため息をついた。「父はまだ激怒していますよ。具合がよくなったらすぐにでも実験室に行って、ほかの食べ物に毒が入っていないかを確かめるでしょうね。いまでもあなたたちの料理人の仕業だって信じこんでいるんです」

「お父さまの料理人の可能性のほうが高いんじゃないかしら。彼は年を取っていて、ないがしろにされたように感じていた。今回、外国人に仕事を奪われて、このまま追い出されるのではないかと不安になったのかもしれない。大勢の人間の料理を作るとき、キッチンがどれほど忙しいか、知っているでしょう？　非難されるのはピエールだってわかっているから、テーブルにさりげなく近づいて、ベリーをいくつか入れるのはそれほど難しいことじゃなかったかもしれないわ」

「確かにそうですね。でも、それを証明したり、白状させたりすることができますか？　タルトに指紋なんて残っていないでしょうし」

「キッチンメイドがなにかを見ていて、でもその意味を理解していないのかもしれないわ。クイーニーによれば、彼女はあまりすることがなくて突っ立っていただけらしいから」

「そういうことなら、彼女と話をしてみますよ」エドウィンが応じた。「ただ、ぼくに探偵の素質はないんですよね。考えていることがすぐ顔に出てしまう」

ダーシーが車のドアを開けて、わたしを乗せてくれた。

「なにか進展があったら、連絡してくれるかい？」彼はエドウィンに頼んだ。「お父さんにはくれぐれもよろしく伝えてくれ。ゆうべは素晴らしい時間をありがとう」

エドウィンは悲しそうな笑みを浮かべた。「なんだか父が気の毒ですよ。自分がこんなことを言うとは夢にも思いませんでしたけれどね。いつもは父に対してあまり優しい感情はない。父もぼくに対してそうですしね。けれど、今回の件で父の一大イベントは台無しになってしまった。昼間、大勢の人が父の地所を訪れて父を褒めそやし、一緒に写真を撮りたがり、夜には大掛かりな晩餐会を開いた。それがこの結果だ。もしこの件が新聞に載れば、とんでもない悪評が広がりますよ」

ダーシーは車のドアを閉めると、運転席に乗り込み、発進させた。

「ぼくたちがこれまで考えていなかったことがひとつある」ダーシーはまっすぐ前を見つめ、細い道路に車を走らせながら言った。「エドウィンだ。彼はあまり父親が好きではないと言っている。自分の家でもあまり歓迎されていなかった。母親は彼に財産を遺しているが、いまは手元に金がない。ニワトコを摘んで、タルトに入れる機会があった。ほかの人間と共に、彼の父親も体調を崩した」

「その仮説に対する唯一の反論は、タルトは明らかに無作為に給仕されたっていうことね」

ダーシーは興奮した面持ちでわたしをちらりと見た。「友人と一緒になってやったんだよ。彼は自分の友人を雇うように父親を説得して、ヘンリーとスミザースに食べ物を給仕させ、どのタルトを先に運ぶのかを指示したんだ」

「でも彼の動機はなに？　父親を殺して遺産を自分のものにしたかったの？　それともただ

父親を苦しめたかっただけ？　もし前者だとしたら、毒草園のものを自由に使えたのに、どうしてニワトコの実なの？」

「その疑問には答えられない」

「もうひとつ気がかりなことがあるの。あなたはたったいま、どのタルトを先に運ぶかを彼が友人に指示したって言ったわ。スミザースが最初に給仕したのはわたし。つまり、彼はわたしを傷つけたかったっていうことになるのよ」

24

七月二六日
アインスレーとその後のブラックハート邸

あんな恐ろしい晩餐会になんて出なければよかった。赤ちゃんが生まれるまではゆっくり体を休めて、楽しいことだけを考えているべきなのに、いまは心配事で頭がいっぱい！これ以上、なにも起きないわよね？

家に戻ってみると、冷製のランチがわたしたちのために残してあった。あまり食欲はない。朝からのストレスで胃に重石《おもし》を入れられたようだったし、だれかがわたしに毒を盛ろうとしたのかもしれないという思いが頭にこびりついて離れなかった。そんなことをされる理由に心当たりはない。ディナーの席にいたのは知らない人ばかりだ。反王政主義者の人があの場にいたのだとしても、わたしより王座に近い人間は三四人もいるのだ。そう考えて、ピエールが反王政主義者であることを思い出した。けれど彼はその気になれば、この家でいつでも好きなときにわたしに毒を盛れる。そう考えても、少しも慰めにはならなかった。

ハムにピカリリー（野菜と香辛料の酢漬け）を塗っていると、ミセス・ホルブルックがやってきた。

「昼の便で手紙が届いています、マイ・レディ」そう言って手紙を差し出した。わたしは封蠟を見た。十字に重ねた大刀と牡鹿のラノク家の紋章だ。

「まあ、兄からだわ。うれしい」

わたしは封を切って、読み始めた。ダーシーはわたしの顔を見て訊いた。

「悪い知らせじゃないだろうね？」

「最悪よ。これ以上悪い知らせはないわ。フィグからだったの。ビンキーじゃなくて。聞いて」

わたしは手紙を読み始めた。

愛しい義理の妹へ

夏を迎えつつあるスコットランドから便りを送ります。ここ最近、出産を控えているあなたのことがよく話題にのぼります。初めての子供を産むのは、人生が変わる出来事なのよ、ジョージアナ。王位継承権がある子だとなればなおさらです。たとえ三六番目だとしても。

いろいろと話し合ったのですが、いまこそ家族が団結してひとつになるときだと思います。あなたにはこういうときこそ、経験を積んだ母親がそばにいるべきでしょう――あなたの実の母親には残念ながら、母親としての能力が欠けていますから。そういうわけで、まもなくだというあなたの出産に備えて、わたくしたちがそちらに行ってあげることにしました。この手紙が届くころには、わたくしたちはすでに南に向かう列車のなかです。ビンキーはハーレー・ストリートの足の専門家との約束があるので、数日はクラリッジに滞在します（わずかな期間のためにロンドンの家を開けるのは意味がないので）が、そのあとでアインスレーに向かいます。

スコットランドで新鮮な空気を味わい、戸外での活動ができる時期なので、子供たちは連れていきません。ポッジはポニーをとても上手に乗りこなせるようになり、アディも乗馬に興味を示し始めています。予算がなんとかなるようなら、二頭目を買わなくてはいけないようです。

そういうわけで、今回はビンキーとわたくしだけです。赤ちゃんが生まれても彼はまったくの役立たずだけれど、わたくしがあなたの手助けをしているあいだ、ダーシーとお喋りくらいはできるでしょう。数日後に行きます。ロンドンから電話をするので、駅まで車をよこしてください。

あなたの愛すべき義理の姉ヒルダ、ラノク公爵夫人

わたしは絶望のまなざしでダーシーを見た。「わお。フィグよ。とんでもないわ。どうす

か」

「来ないでほしいと電報を打てばいい」

「もう列車のなかだって書いてある」

「それなら、明日クラリッジに電話をすればいい。都合が悪いと言うんだ。きみは体調が思わしくなくて、いまは来客に対応できないって。医者から興奮しないように言われているのに、彼女が来たら興奮しすぎてしまうって。それともぼくたち全員がはしかにかかったとか」

わたしは首を振った。「無駄よ。彼女は耳を貸さない。フィグを知っているでしょう？一度こうと決めたら、絶対にあきらめないの。ああ、ダーシー、最悪だわ。赤ちゃんを産むときに一番いてほしくないのがフィグなのに。一、二時間後にはもっと痛くなるとか、その後数日間はどれほど辛かったかとか、そんなこと聞きたくないのに」

ダーシーは思わず笑った。「ごめんよ、笑うことじゃなかったね。出産のときにはきみは施設にいるわけだから、客は断るようにすればいい」

「早めに施設に入ってもいいわね。陣痛みたいな痛みがあるから、お医者さまの指示が必要だって言って」

「そしてぼくひとりで、ここで彼女をもてなせと？」

「あなたも施設にいてわたしの手を握っていなきゃだめなのよ」

「そうだね。彼女のお守りはヒューバートときみのおじいさんに任せよう」

「気の毒すぎるわ。ふたりがあなたを怒らせるようなことでもした？　ゾゾを呼び戻したらどうかしら。フィグに身の程を思い知らせることができるのは、ゾゾくらいのものよ。ただの公爵夫人より王女のほうが上だということは、彼女もわかっているもの。それも、驚くほど美しくて世慣れた王女なんだから」

「ゾゾもかわいそうに。だが心配いらないよ。なんとかなる。この家は大きいんだ」

わたしは半分だけ手をつけた皿を見つめ、それ以上食べることはあきらめた。その後の時間は、陰鬱な雲に包まれているようだった。ほんの一日前は、晩餐会とまもなくやってくる赤ちゃんが楽しみでわくわくしていたのに。いまは、わたしの料理人がフルーツタルトに毒を盛ったと疑われていて、そのうえ、優しい言葉も前向きな言葉も一度たりとも口にしたことのないうんざりする義理の姉が、わたしを惨めにするためにやってくるのだという。来訪を断る言い訳を考えてみた。ダーシーが提案したはしかはいい考えのように思えたけれど、はしかは赤ちゃんにも影響があるとフィグは考えて、わたしを診察させるためにハーレー・ストリートから専門医をよこすかもしれない。

ディナーは静かに進んだ。サー・ヒューバートはすでにゾゾが恋しくなっている。探検家はこれまでの冒険の話で会話を盛りあげようとしていた。だがそのほとんどはバッタを食べたとか、だれかの爪先が切断されたというような、危なかったりぞっとしたりする話ばかりだったので、雰囲気を明るくするには役に立たなかった。わたしがフィグが来ることを告げると、祖父の表情が変わった。

「それなら、わしは帰らねばならん」祖父が言った。

「どうして？」

「おまえの義理の姉はわしにここにいてほしくないだろうからな。彼女はいつも、わしが決まりに従っていないとか、身の程知らずだとか、使用人の区画にいるべきだというような態度を取るんだ」

「でもおじいちゃんはわたしのおじいちゃんで、ここはわたしの家なの。フィグがおじいちゃんに失礼なことをしたら、わたしがはっきり言うから」祖父の手を取った。「ここにいてほしいの、おじいちゃん。ひ孫を見てほしい。お願いだから帰らないで」

祖父の表情が和らいだ。「そうか、おまえのためならたいていのことは我慢しよう。それに、サー・ヒューバートの友人の探検家にはぜひいてもらいたいね。彼はとても興味深い男だろう？　面白い話が山ほど聞ける。それに彼はわしの話にも興味があるようなんだ。わしはあっと驚くような犯罪を解決したことはないが、それでもロンドン警視庁時代にはそれなりに興味深い経験をしてきているからな」

「それじゃあ、決まりね。老紳士おふたりは互いの話を楽しんで、フィグには近寄らないようにしてね」

わたしはなにか悪いことが起きそうな予感を振り払いながらベッドに入ったが、あまりよく眠れなかった。じっとりした暑い夜だったから、そもそもくつろぐこと自体が難しい。わたしはベッドに横になり、夜のささいな物音――ふくろうの鳴き声や狐が吠える声――を聞きながら、早く日がのぼってほしいと考えていた。夜明けと共に起き出して着替え、犬たちを早朝の散歩に連れ出した。彼らは素晴らしい考えだと思ったようで、朝露に濡れた草の上で跳ね回り、ウサギを追いかけ、このうえなく楽しい時間を過ごしている。食べることと楽しむことだけを考えて、なんの悩みもない犬として生きるのはどんな感じだろうと思いながら、わたしは彼らを眺めていた。けれど、家に戻ってきたときには、気分はぐっと上向いていて、しっかりした朝食を出してもらった。

ダーシーとサー・ヒューバートが朝食の席に加わった。ダーシーは朝に届いた郵便物を確かめた。「今週中にロンドンに行かなくちゃならないようだ」わたしの顔が険しくなったのを見て、言い添えた。「もちろん、きみのお兄さんたちが来るときにはここにいるようにするから」

「だれが変なベリーをタルトに入れたのか、調査は進んでいるんだろうか」サー・ヒューバートが言いだした。「そうは思えん。手違いが生じた悪ふざけとして、やり過ごすしかないのだろうな」

彼が言い終えないうちに、玄関の呼び鈴が鳴るのが聞こえた。しばらく待ったが、だれも現れない。

「配達だろう」サー・ヒューバートが言った。「間違えて玄関に持ってきてしまったんだ」

わたしたちはトーストにマーマレードを塗り始めた。すると食堂に近づいてくる足音が聞こえてきた。顔をこわばらせたミセス・ホルブルックが現れた。

「お邪魔をしてすみません、サー、マイ・レディ。警察官が来ています。ピエールを連れに来たんです。お知らせするべきだと思って」

「いったい……」ダーシーとサー・ヒューバートが立ちあがった。ダーシーはすでにドアのほうへと歩きだしていて、サー・ヒューバートがそのすぐあとをついていく。わたしも立ってふたりを追った。玄関ホールでは騒ぎが起きていた。ピエールは手錠をかけられて、若い警察官に連れ出されようとしている。その横に年配の警察官が立っていた。

「いったいこれはどういうことだね？」サー・ヒューバートが尋ねた。

「お騒がせしてすみません、サー。殺人容疑でこの男を逮捕するように命じられましたので」

「殺人？」わたしは訊き返した。「ニワトコの実で？　本当にだれかを病気にしようと思ったら、ものすごくたくさん食べる必要があるってお医者さまが言っていたわ。あの人は心臓が悪くて亡くなったのよ」

警察官は気まずそうに咳払いをした。「わたしたちは詳しい話は聞かされていません。ただ、このフランス人の男を連れてくるように言われただけです。また、あなた方にもサー・モルドレッドの家まで来ていただくようにとのことです。警部補が、あの夜現場にいた人たち全員に話を聞きたいと申していますので」

「よかろう」サー・ヒューバートが言った。「もちろん行くとも。我々の使用人が正しい扱いを受けていることを確かめる必要がある。彼の英語の知識は限られているのでね」彼は階段の脇にいるミセス・ホルブルックを振り返った。「ミセス・ホルブルック、フィップスに車を回すように言ってくれ。ダーシー、きみが運転するんだ。我々はあとをついていきますよ、警部補」

まもなくわたしたちは、パトカーのあとについて緑に覆われた道路を走っていた。幸いなことに前のパトカーはベルを鳴らすことも、時速四〇キロ以上出すこともなかった。

「すべて問題なく解決するさ」サー・ヒューバートがわたしの手を軽く叩いた。「あのモーティマーという男は、外国人だという理由でピエールが犯人だと決めつけたようだが、彼がタルトに毒のベリーを入れたところを何者かが実際に目撃していないかぎり、なにも証明することはできない」

「なにかを見たって、サー・モルドレッドの料理人なら言いだしかねないわ。ピエールが自分のキッチンに入ってきたのを怒っていたもの」

「ピエールのせいで、クビになるかもしれないと気づいただろうしね」ダーシーが言った。

「警察がこんな行動を起こしたからには、なにかわかったことがあるはずだ」サー・ヒューバートが言った。「昨日の段階では、すべてが漠然としていて推測にすぎなかった。おそらく死んだ男の解剖が終わって、死因が心臓発作以外のなにかだと判明したんだろう」

「わお」わたしは気分が悪くなった。

ブラックハート邸の外には数台の車が止まっていて、玄関には別の巡査が立っていた。だれの殺人容疑なのかを聞いていなかったことに、わたしは不意に気づいた。ミスター・ハリデイだとばかり思っていたけれど、サー・モルドレッドだとしたら？　もし彼の息子が……。わたしはそれ以上考えるのをやめた。恐ろしすぎる。

わたしたちが車を降りたときには、フランス語で抗っているピエールがパトカーから降ろされていた。〝ばかな英国人〟〝フランス大使〟といった単語が聞こえた。

玄関の警察官は続いて屋内に入ろうとするわたしたちを止めた。

「サー・ヒューバート・アンストルーサーだ」貴族が緊急時に使う、落ち着いているけれど威厳のある口調だった。「きみたちが逮捕したのはわたしの料理人で、彼が公平な扱いを受けていることを確かめたい。こちらはレディ・ジョージアナ・ラノクと彼の夫のミスター・オマーラだ。ふたりとも晩餐会に出席していた」

「ああ、そうでしたか、サー」巡査は軽く敬礼をした。「どうぞお入りください。警部補は左側にある大きな部屋にいます」

わたしたちは陰気な玄関ホールに入った。斧を持った甲冑は相変わらずそこにあって、動いているわけではないのに、いつにも増して恐ろしかった。左側から声がして、ピエールが抵抗して声を荒らげるのが聞こえた。わたしたちがそちらへ歩きだすより早く、サー・モルドレッドの娘と彼女の夫が階段をおりてきた。

「いったい全体なにごとなの？　この家には平穏な時間というものはないわけ？　もう家に帰りましょう、スタンレー。こんなぴりぴりした空気はあなたの体にさわるわ。それを言うなら、わたしだってうんざりよ」

「だがおれは……」彼は口を開いた。「そうか、わかった、それなら……」彼はやはり最後まで言おうとしなかった。彼が話すのを聞いたのは初めてだ。その口調には明らかな労働者階級の響きがあった。サー・モルドレッドの極端なまでの上流階級っぽい話し方を思えば、結婚に反対したのも無理はない。

玄関に立っていた巡査が前に出た。「申し訳ありませんが、マダム、どなたもここを出られません。警部補の命令です」

「なにを言うの！」夫とは対照的に、シルヴィアはいかにも上流階級らしい口調になった。わたしのような階級の人間は、いらつくお役人と対峙するときには本来の話し方に戻ってしまうものらしい。

「わたしがだれだか知っているの？　ここはわたしの父の家よ。わたしは好きなときに出入りできるの」

「いまはだめです、奥さん。これは殺人事件の捜査なんです」

「殺人？　でも……具合の悪くなった人がいるのは知っているけれど、殺人？　間違いないの？　だれが殺されたの？」

「申し訳ありませんが、わたしは詳しいことを知らされていません。ただ、だれもここから出してはいけないと言われただけです」

「庭を散歩するくらいはいいはずよ」シルヴィアは巡査をにらみつけている。「逃げ出したりはしないし、荷物は全部残っているんだから」

「いまはここにいていただきます」巡査はぐっと奥歯を嚙みしめたが、どこか落ち着きがないようにみえた。「警部補から質問がありますから」

「なにについて？」

「それは警部補にご自身で訊いてください、マダム。わたしは玄関を警備するという自分の仕事をしているだけです」

「わかったわよ、もうけっこう。自分の家で囚人のように扱われるとはね。生意気な警察官に偉そうに命令されるなんて。行きましょう、スタンレー。上に戻るわ。わたしたちに用があるなら、だれかをよこせばいいのよ」

わたしは、一歩ごとに怒りを露わにしながら階段を荒々しい足取りでのぼっていく彼女を見送った。シルヴィアは父に恨みを抱いていたはずだとわたしは考えた。二五歳になるまで遺産を受け取れないから、彼女と夫は貧しい。けれど父親は夫を嫌っているから、援助してくれない。ひょっとしたら彼女は、晩餐会でだれかの具合を悪くするといった下劣な方法で父親に報復しようとしたのかもしれない。

「入ってくださってけっこうですよ」警察官の言葉にわたしの思考は中断した。開いたままになっていた両開きのドアから、わたしたちはギャラリーに入った。天気がいいにもかかわらず、オーク材の化粧板が張られた長い部屋は相変わらず寒かったし、明らかに重苦しい空気に包まれていた。数人の人たちがあちらこちらに置かれたソファや椅子に座っていた。巡査に拘束されたままのピエールは、ブレザーとフランネルのズボンという粋な格好の比較的若い男性の前に立っている。その外見は、クリケットクラブから直接来たか、もしくはどこかの桟橋で遊んでいたかのようだ。普通の警察官とは明らかに違う。

「ぼくにはわからない」ピエールは大げさに両手を振り回しながら言っていた。「英語があまり話せない」

わたしは急いで歩み出た。「わたしに通訳させてください」

「あなたは？」その男性は冷たいまなざしをわたしに向けた。威圧しているつもりだろう。

「レディ・ジョージアナ・オマーラです。彼は我が家の料理人です。晩餐会のためにサー・モルドレッドにお貸ししました」自分の声を聞いて、シルヴィアとまったく同じことをしていると気づいた――いかにも上流階級らしい話し方をしている。

「なるほど。わたしはロンドン警視庁からこの地域に異動してきたばかりのスタージョン警部補です。最新の捜査方法の訓練を受けていますから、みなさんが協力してくだされば、この事件を早急に解決できるでしょう」

わたしは彼を観察した。数フィート離れたところに立つ彼は、わたしとそれほど身長は違わなかったし、体つきも細い。淡い色の髪を真ん中から分けて、撫でつけている。顔色は青白くて、色味が薄い。目が飛び出していて、淡い色のもじゃもじゃした口ひげを生やしていた。スタージョンって、チョウザメのことじゃなかった？　その目つきは確かに魚っぽかったけれど、口ひげのせいでセイウチに似て見えた。

「こちらはサー・ヒューバート・アンストルーサー、いまわたしたちが住んでいるここから五マイルほどのところにあるアインスレーの持ち主です」わたしは彼を紹介した。「それからわたしの夫のジ・オナラブル・ダーシー・オマーラ」

「みなさんも晩餐会にいらしたんですか？」

「ええ、いました」

警部補は部屋を見回した。「ではこれで招待客は全員ですね、サー・モルドレッド？」

警部補の視線をたどると、ひとつのソファにひどくいらだった様子のマウントジョイ夫妻とバンクロフト大佐夫妻、もうひとつのソファにエドウィンとサー・モルドレッドが座っているのが見えた。

「いや、これで半分といったところだ」サー・モルドレッドはぶっきらぼうに答えた。「最終的に二〇人ちょっとだったはずだ、そうだな、エドウィン？」

「ザマンスカ王女がわたしの客でした」サー・ヒューバートが言った。「彼女はすでに帰りましたが、最初から最後までわたしと一緒にいたと証言できます。世界的に有名な探検家のミスター・ロブソン＝クラフも同様です」

「わたしの出版者が数人連れてきたが、だれもが非常に有名な人たちばかりだ」サー・ヒューバートが説明した。「作家、考古学者、映画スターの夫婦。それから英国北部の実業家――残念ながら、こういった集まりには少々場違いだったがね。おそらくもう北に帰っただろう。全員の連絡先はわかるが、地元の農夫を殺したがるような人間がいるとは思えないね。彼とは会ったこともなかったんだ」

「わたしたちのだれも彼と会ったことはなかったんです」ミセス・バンクロフトが口をはさんだ。「それが重要だわ」

「きみは全員の時間を無駄にしているんだぞ」バンクロフト大佐の言葉には怒りが満ちていた。「権限を越えている。わかっているんだろうな、若いの。わたしたちの多くはこの郡の警察署長と親しい間柄なんだぞ」

「ご不便をおかけして申し訳ありませんが」スタージョン警部補が言った。「この事件をできるだけ早く解決したいんですよ。ですから、みなさん全員に犯罪現場にもう一度集まっていただけば、なにか思い出してもらえるんじゃないかと思いましてね。もう一度、そのときのことを再現すると、見ていたのに気づいていなかった重大なことを思い出すときがあるんです。ごくささいなことかもしれません。たとえばだれかが皿を渡すときにぎこちなかったとか」

「毒のベリーを入れたのが本当にその料理人なら、わたしたちが目撃できたはずがない」マウントジョイ卿はソファから静かに告げた。「彼はずっとキッチンにいたはずだ。料理人はそういうものだからね」

ピエールは再びフランス語でなにかを叫んだ。語られたことの一部を理解したのだろう。

「家庭菜園から自分でベリーを摘んだけれど、そこにニワトコの実はなかったとわたしの料理人は言っています。タルトの近くにいたのは料理助手だけで、実際にタルトにベリーをのせる作業をしたのは彼女です」

「それなら、その料理助手はなぜここにいないんです？」警部補が訊いた。「彼女にも話を聞かなければ」

「彼女はアインスレーの料理助手なんです。それにいま彼女は臥せっています。問題のタルトを食べたせいで、とても具合が悪いんです。自分で自分に毒を盛ったりはしないものですよね？」

「まあ、そうでしょう」警部補は顔をしかめた。「なにか気づいたことはなかったか、彼女に話を聞きましたか？」

「ええ。でもなにもわかったことはありませんでした。外からキッチンに入ってきた人は、あの日一日だれもいなかったというだけです」

「つまりそういうことですね。すべてはあなたに戻ってくるんですよ、モンスール」（ムッシューと言いたかったらしい）「あなたは共産主義者だとサー・モルドレッドから聞いています。上流階級の人間を軽蔑しているのに、そもそもどうして彼女たちの家での仕事を引き受けたんです？」

わたしは通訳した。

ピエールはフランス人らしく肩をすくめ、すらすらと答えた。

「心のなかは共産主義者だけれど、自分の仕事にも誇りを持っていると彼は言っています。パリでは料理人としての仕事を見つけられなかったので、わたしにアインスレーで働かないかと誘われたとき、履歴書にそう書くことができるし、名前を売るチャンスだと思ったそうです。わたしの人脈が役立つと考えたんだそうです。自分の政治観は料理とはまったく関係ないと言っています」

長い沈黙があった。やがて警部補は平然として暖炉のほうへと歩いていき、マントルピースに腕をのせた。その手にパイプか、長いホルダーに差した煙草を持っていれば、客間喜劇にぴったりだっただろう。「彼とはパリで会ったんですか？」

「ええ、そうです。パリのカフェで、彼は友人たちと一緒でした。友だちにとても好かれているようでしたし、わたしは料理人が必要だったので仕事をお願いしたんです。彼は、素晴らしく腕のいい料理人でした。わたしたちはとても満足しています」

再び長い沈黙。「これまでにも共産主義者と関わったことはありますが」警部補が切り出した。「だれもが皆、自分の主義には熱心でした。彼らはわたしたちの生活様式を壊したいんですよ。富裕層を引きずりおろして、大衆に平等を与えたいと思っている。だからこの男も、共産主義者の理想を追求する機会を利用したんだと思いますね。上流階級の人間を、ひとりずつ殺そうと考えていた。この晩餐会の料理を頼まれたのは、いわばその機会を差し出されたようなものですよ」彼は部屋を歩きまわり始めた。「わかりましたよ。彼は共産主義者で、あなた方はみな金持ちだ。だから、死ぬのがだれであっても構わなかったんです」

「ぼくは人殺しじゃない！」ピエールは絶望のまなざしをわたしに向けた。「ぼくは料理人だ、人殺しじゃない」

「よろしいでしょうか、警部補」わたしは声をかけた。「これが殺人だということに間違いはないんですか？　配られたタルトにだれかがニワトコの実を入れたことは突き止めました。でも、深刻なダメージを与えるには相当の量の実を食べる必要があるとお医者さまが言っていましたし、わたしたちが調べたタルトにはひとつかふたつしか入っていなかったんです」

警部補は飛び出た目でわたしを見つめた。

「死んだ男性はかなり体重がありましたし、たくさん食べたり飲んだりしていました」わたしはさらに言った。「大量のアルコールと脂っこい食事のせいで心臓発作を起こしたとは考えられませんか？」

「お教えしておきますが、死因はニワトコではありません。解剖の結果、彼の体内からアトロピンが検出されました。頻脈から昏睡に陥らせ、死亡させるのに充分な量でした」

「アトロピン？」サー・ヒューバートが訊いた。

「アトロピン。ベラドンナに含まれる成分で、トロパン・アルカロイドの一種です。彼はベラドンナを飲まされたのだと我々は考えています」

「なんということだ！」そう叫んだのは大佐だった。

ちょうどそのときドアが開いて、ミスター・マローワンと彼の妻が現れた。

25

七月二七日
ブラックハート邸

ああ、どうしよう。警部補はピエールの仕業だと決めつけている。彼ではないことを願っている。彼のことはとても好きだし、素晴らしい料理人なのだ。

「遅くなって申し訳ない」ミスター・マローワンが言った。「警察が殺人と思われる事件の捜査をしているので、わたしたち全員から話を聞きたがっているとフィリップ・グロスマンから電話をもらった。彼もロンドンからこちらに向かっているところだ。わたしのいまの体調で移動はどうだろうとアガサには心配されたが、これほど深刻な事態だからわたしたちも来るべきだろうと考えたんだ」彼は部屋を横切り、警部補に手を差し出した。「マックス・マローワンだ。こちらは妻のアガサ。作家のアガサ・クリスティとして知っているかもしれないね」

警部補の表情が変わったところを見ると、彼女を知っているのだろう。彼女の本を読んだことがあるのかもしれない。彼の新しい捜査方法というのは、エルキュール・ポワロのものなのかもしれない。

「あなたたちも晩餐会にいたということですね？」警部補が尋ねた。「そのあと、具合が悪くなりましたか？」

「ああ、かなりね」ミスター・マローワンが答えた。「ニワトコの実のせいだって？　驚いたよ。子供のころ何度か食べたことがあるが、たいしたことにはならなかったぞ」

「残念ながら、ニワトコの実よりもはるかに深刻な事態になっているんです、ミスター・マローワン。お座りください。ちょうど、事情をうかがい始めたところです」

「ニワトコの実よりも深刻な事態？」アガサは腰をおろしながら、鋭い視線を警部補に向けた。「あのタルトで、より毒性の強いものを食べさせられたということかしら？」

「ベラドンナのようです」

「つまりこれは殺人だということね」彼女は重々しくうなずいた。

全員がその意味を考えているあいだ、部屋は静まりかえった。

「ベラドンナの実が入っていたタルトを食べたと考えているの？」アガサは尋ねたが、すぐに首を振った。「いいえ、ありえない。マックスの症状はアトロピンの中毒とはまったく違っていた」

「あなたに違いがわかるんですか？」警部補は皮肉っぽく訊いた。

「ええ、わかるわ」アガサは冷静に応じた。「戦時中、わたしは病院の調剤室で働いていたの。アトロピンなら何度も調剤した。その特質も副作用もよくわかっているのよ。いいえ、マックスは典型的な食あたりだった。錯乱やせん妄、幻覚といったものは一切なかった」

サー・モルドレッドは立ちあがった。「そういうことか。ベラドンナ――アトロピンと言ったのか？　そうなると話は別だ。ニワトコならいたずらと考えられるかもしれないが、ベラドンナの実はひとつかふたつでも命に関わる」彼は言葉を切り、芝居がかった仕草で片手を眉に当てた。「それじゃあ、わたしのタルトにベラドンナの実が入っていたんだろうか？　あの夜、ものすごく体調が悪かったのも無理はない」

「つまり、あなたの毒草園にはベラドンナがあるということですか、サー・モルドレッド？」スタージョン警部補が訊いた。

「当然だ。もっとも毒性の強い植物のひとつだからな。だが――」

彼はそれ以上言うことができなかった。「なるほど！」警部補は自分の正しさを証明するかのように、手を振った。「そんなことだろうと思いましたよ。ベラドンナの実は甘くておいしい味がすると聞いています。つまり、ベリーのタルトに忍ばせるのは簡単だったということです。だれも気づかない。そうでしょう？」

「なんという卑劣な振る舞いだ」バンクロフト大佐が言った。

「まったくだわ」レディ・マウントジョイがうなずいた。「いったいだれがそんなことを？」

「それですよ、レディ・マウントジョイ。問題は」スタージョン警部補はその言葉を強調するように口にした。「だれが、晩餐会の客を傷つけたかったのかということです。そして、その理由は？　この男が無実を主張するのなら、ほかのだれがやったというのでしょう？」

わたしは老いた料理人の話を持ち出したかったけれど、代わりにこう言った。

「キッチンのほかの使用人にはあなたの部下の方々が話を聞くんですよね？」

「もちろんです。この男とあなたの家の助手以外にも、キッチンにはだれかいたということですね？」

「サー・モルドレッドの料理人とキッチンメイドがいました」

スタージョン警部補はポケットからメモ帳を取り出した。「料理人。キッチンメイド。ジョンソン、いますぐふたりから話を聞いてくるんだ」

「了解です、サー」向こうの壁の前にもうひとりの平服の警察官がいたことに初めて気づいた。昇進には縁のなさそうな、実直そうな年配の男性だ。

「この男もキッチンに連れていけ」警部補が命じた。「彼がどこにいたのかを分刻みで確認して、ほかの者たちがなにを見たのかを訊いてくるんだ」

「さあ、来るんだ」ジョンソンはピエールの腕を取った。

「ぼくはどこに連れていかれるんです？」ピエールがフランス語で尋ねた。

「キッチンに行くだけよ。そうすれば、晩餐会の準備をしているあいだあなたがなにをしていたのかを説明できるでしょう？」わたしは答えた。「心配いらないわ。警部補があなたと話をするときには、わたしが通訳しに行くから」

ピエールは怯えたような顔になった。なににも増してその表情が、彼は犯人ではないと思わせた。わたしの経験からすると、殺人犯というのはもっと自信過剰で傲慢なことが多い。彼は心底怖がっているように見えた。彼らが部屋を横切り、その足音が遠ざかっていくあいだ、わたしたちは無言で座っていた。

スタージョン警部補が立ちあがり、わたしたちを見つめながら言った。「さてと、これまでわかっていることを振り返るとしましょうか。客が到着した。彼らはテラスでカナッペをつまんだ。だれも家のなかには入らなかった。間違いないですね？」

「間違いない」サー・モルドレッドが答えた。

「それからあなたは毒草園を含めた庭を客に披露した。全員が行ったんですか？」

サー・モルドレッドは確かめるようにエドウィンを見た。

「だと思います」エドウィンが答えた。「カナッペを給仕したぼくの友人たちに確認してください。だれかが残っていたなら、彼らが知っているはずだ」

「その友人たちはいまどちらに？」

「この晩餐会のためにディッチリングのホワイトハートに滞在していましたが、もう帰宅していると思います。住所をお教えできます」

「彼らが帰る前に、どうしてだれも話を聞かなかったんだ？」警部補はドアの前に立っている警察官をにらみつけた。

「犯罪だとは知らなかったんです、サー」警察官が釈明した。「今朝になるまで、なんの連絡もありませんでしたから」

「きみはなにが言いたいんだね？」サー・モルドレッドが言った。「手伝ってくれたあの若者たちは、息子の友人のオックスフォードの学生だ。いい家柄の子たちばかりだ」

「彼らが犯罪に加担していると言っているわけではありません。ただ、なにか重要なことを目撃しているかもしれませんからね」

「わたしは昨日、彼らに話を聞きました」わたしは口をはさんだ。「ですが、なにも妙なことは見ていないようです」

警部補は険しい顔でわたしを見た。「彼らと会った？　話を聞いたんですか？　なんのために？」

「警部補、わたしの料理人が毒を盛ったと疑われているんです。わたしにできることはしたいと思いましたし、料理を配ったのは彼らでしたから話を聞くのは当然です」

「あなた方は素人なんですから、そういったことは専門家に任せてもらいたいですね」警部補は不機嫌そうに言った。「あなたのしたことは、捜査の邪魔でしかないんですよ。我々が疑っていることを殺人犯に気づかれて、言い訳を作る時間を与えてしまったかもしれない」

「すみません。でもあのときは、ニワトコの実はいたずらだとばかり思っていたんです。そういうのって大学生のグループがやりがちなことじゃないですか？」

警部補はうなずいた。「それはそうですね」渋々認めた。「それで、なにかつかめたんですか？」

「タルトを配る順番は、決まっていなかったことがわかりました」

「となるとやはり犯人は、殺す相手はだれでもよかったということになる。すべてがあなたの共産主義者の料理人を示していますよ、レディ・ジョージアナ。警察署に彼だけを連れていって、最新の心理学的方法を使ったら、彼の言い分が変わるかどうかを試してみましょう。この方法はたいていの場合有効で、最後は自白するんですよ」

わおとわたしは心のなかでつぶやいた。

「彼に通訳をつけてもらえますよね、警部補？」わたしは言った。「専門家を連れてくるつもりがないのであれば、わたしが喜んでお手伝いします」

「それはご親切に」警部補はぶっきらぼうに応じた。「ですがいまはとりあえず、当面の問題に対処しませんか？　レディ・ジョージアナは自分の料理人が無実だと考えている。だとすると、ほかにだれがいますかね？」

「わたしの客は全員を除外できる」サー・モルドレッドが憤然と断言した。「彼らはみな、尊敬できる人ばかりだ。それに、ほとんどが初対面だった」

スタージョン警部補は顔をしかめた。「これほど多岐にわたる会ったこともない人たちを集めた理由をお訊きしてもいいでしょうか？　貴族の人たちがこういった晩餐会を開くのは普通のことなんですかね？」

サー・モルドレッドは人を見下すような笑みを浮かべた。

「わたしは自宅を一般公開したんだよ、警部補。チャリティとして。わたしがそこで暮らし、小説を書いているところを見たくてたまらない人があまりに大勢いたので、いい考えだと思ったんだ。そうしたら数週間前に、こちらの魅力的な方々――」彼はそう言いながらわたしたちを示した。「――とディナーを共にする機会があり、料理人が素晴らしい食事を出してくれたので、はたと思いついたというわけだ。その日を中世風の晩餐会で締めくくったらどうだろうと。すべてそれらしくしつらえて、ささやかな代金をやはりチャリティのためにいただこうと考えた。そういうわけで広告を出したら、様々な方からお返事をいただいたんだ」

「彼らは金を払っているんですか？　それでは、正確に言えば招待客というわけではないんですね？」警部補は嘲るような口調になった。「金儲けの手段ということですか？」

「チャリティだよ、警部補。すべては慈善事業としてしたことだ。南アフリカの孤児のために」

わたしは部屋を見回し、あることに気づいた。客のほとんどはサー・モルドレッドか彼の出版者の招待客だった。思っていたほどの金は集まらなかったということだ。それは重要だろうか？　部屋の反対側に目を向けると、アガサ・クリスティが難しい顔でサー・モルドレッドを見つめていることに気づいた。彼女も同じことを考えているのかもしれない。

「彼らのほとんどは初対面だと言いましたよね？　知り合いではなかったと？」

「半々というところだろう。どう思う、エドウィン？」

「客のほとんどは父とはなんらかのつながりがありました」エドウィンは警部補に向かって

答えた。「レディ・ジョージアナのディナーパーティーで知り合った人もいます。まったくの初対面だったのはマローワン夫妻と北部から来た夫婦だけだったと思います。そのうちのだれかが、人を殺すつもりでやってきたとは思えません」

「亡くなったミスター・ハリデイは、まったくの初対面というわけではなかったんですよね？」

「初対面のようなものだった。もう三〇年以上会っていなかったんだ。学校で寮が同じだったが、取り立てて親しいわけではなかった。彼がディナーにやってきたのは、たまたま近くに住んでいたからだ。〈デイリー・エクスプレス〉紙に載った記事でわたしがハロウ校の出身だと知って、寮にいたモーティマーと同一人物かどうかを確かめたかったんだそうだ」

「同一人物だったんですか？」

「そうだ」

「昔の学友というわけですね。だがそれ以来会っていなかった？」

「親しい間柄ではなかったからね。連絡は取っていなかった」

「どうしていまになって会いに来たんでしょう？」

サー・モルドレッドはにやりと笑った。「わたしのように世間に名前が知られると、突如として親しい友人だったことを思い出す人間がいるんだよ。だが彼の名誉のために言っておくと、それなりの年齢になって過去を思い出したくなったのではないかな」

「あなたは彼と会って嬉しかったですか？　過去を思い出した？」

「とんでもない！」サー・モルドレッドきっぱりと否定した。「わたしは惨めな学校生活を送ったからね。ハロウ校の友人とはさっさと縁を切りたかったし、再会したいと思ったこともない。彼とはほとんど言葉は交わさなかった。学校生活についてあたりさわりのないことを少し話しただけだ」

「彼はパーティーに来ていただれかと知り合いでしたか？」

サー・モルドレッドはわたしたちを眺め、それから首を振った。「そうは思えないな」

「彼の奥さんも来ていました」ダーシーが指摘した。「彼女から話は聞きましたか？」

「少しだけ。かわいそうに、まだひどいショック状態なんです」

ほかの人たちに目をやると、アガサ・クリスティがじっと警部補を見つめていることに気づいた。彼女もわたしと同じように、知らない人ばかりの晩餐会は不要な夫を排除するうってつけのチャンスだと考えているのだろうか？

26

七月二七日
まだブラックハート邸

ピエールが心配でたまらない。警部補は彼以外のことは念頭に置いてもいないようだ。けれど、ここにアガサ・クリスティがいるのはなんて幸運だったことか。ほかに容疑者がいるのかもしれない……。

「いいでしょう」スタージョン警部補は窓まで歩いていき、こちらを振り返った。顔に影ができた。「あの夜の流れをはっきりさせておきましょう。客が到着した。カナッペを食べた。シャンパンを飲んだ」彼がなにを考えているのかは、顔を見ればわかった。「一行はふたつのグループに分かれ、毒草園を含めた庭を散策した。つまり、この部屋にいる全員が、ベラドンナの実を摘む機会があったことになります。グループの最後尾を歩き、植物を観察するふりをして、だれも見ていない隙に実を摘めばいい」

「そうは思わないね、警部補」サー・モルドレッドが言った。「ひとつのグループはわたしが、もうひとつはエドウィンが先導していた。植物について説明するために、しばしば振り返った。そんなときに、実を摘むのはひどく危険な行為だ」

「わたしの経験からすると、殺人犯というのは危険を好むものです。ですがいまは、あなた方のうちのだれかが毒のある実を摘んだとほのめかしているわけではありません。当時の事情を明確にして、こんなことができたのはあの料理人以外にはいないことを確認したかっただけです」

警部補は満足そうな様子でわたしたちを見回した。「だれにも見られずにベラドンナの実を摘むチャンスがあったのはただひとり、ここのキッチンで働いていたほかの人間」わたしは言い添えた。

「もしくは、ここのキッチンで働いていたほかの人間」わたしは言い添えた。

「それはそうですが……」警部補は最後まで言おうとせず、わたしの言葉を聞き流した。

「というわけで要約しますと――ほぼ面識のない人たちが代金を払って晩餐会に出席し、そこで数人が体調を崩し、ひとりが死んだ。あなた方のなかに頭のおかしな人間がいるのでないかぎり、それが意味することはひとつだけだ――キッチンにいた何者かが、それを食べるのがだれかに関係なく、タルトに有毒な実を入れた。よろしいでしょうか？」

「そのようだな」サー・モルドレッドがうなずいた。

わたしは気分が悪くなった。ピエールを助けるためになにかしなければいけないとわかっていたが、なにをすればいいのかがわからない。

「それでは、その後の事情を確認しましょう」スタージョン警部補が言った。「庭の散策から戻ってきたんですよね」

「そのあと、サー・モルドレッドが家のなかを案内してくれた」マウントジョイ卿が言った。

「その際、キッチンには行かなかった?」

「行っていない」サー・モルドレッドがあわてて答えた。「キッチンは作業に追われていることがわかっていたから、行かなかった。一階の部屋と寝室をふた部屋ほど案内した――ディナーの準備ができるまでの時間つぶしだった。その後モーニングルームでシェリーを飲んだ。庭と夕日が一番きれいに見える部屋だからだ。それからディナーに呼ばれて……」

「そのときは全員が集まっていたんですか?」スタージョン警部補が遮った。

「だったと思う」サー・モルドレッドは眉間にしわを寄せた。「女性たちは、いわゆる気分を変えるために席をはずしたし、男性も何人か用を足しに行った」

「それでは、急いでキッチンまで行き、タルトにベラドンナの実を入れる機会はだれにでもあったというわけですね?」

「それはまずありえない。モーニングルームからはかなりの距離があるし、そもそもだれも入ってこなかったとキッチンにいた使用人たちは断言している」サー・モルドレッドはいらだたしげに部屋をぐるりと見回した。「いい加減にしてくれないか。きみは全員の時間を無駄にしている。ここにいるのは重要な人たちばかりなんだ。この人たちがキッチンへと走っていき、タルトにベラドンナの実を入れたなんていう話は、いくらなんでもこじつけがすぎる。わたしのような小説家にとってすらね」

「事態を正しく理解しようとしているだけですよ、サー」スタージョン警部補は穏やかに応じた。「さて、話を進めましょう。全員が気分を変えて戻ってきたあとは、ディナーでしたね。全員が一緒に食堂に向かったんですか？」

「正式な方法で向かいました」サー・モルドレッドが答えた。「もちろんレディ・ジョージアナと彼女の夫が先頭です」

「もちろん？　どうしてです？」

「彼女の地位が一番上ですからね。王家の親戚ですから」

スタージョン警部補は顔を赤くした。「あなたは王家の人間なんですか、奥さん？」

わたしのことは〝マイ・レディ〟と呼ぶべきだと指摘するだけの度胸はなかった。

「国王はわたしの親戚です」

彼の表情を見て、いくらか溜飲が下がったのは事実だ。

「そうですか。なるほど。それであなたは列の先頭に立って食堂に入ったわけですね。テーブルの席は決まっていたんですか」

「ええ。サー・モルドレッドと映画俳優のふたりが上座に、わたしはローレンス・オリヴィエの右隣でした」

「それはよかったですね。彼はとても魅力的ですよね？」

「とてもハンサムな方です。わたしの夫もですけれど」ダーシーと一瞬目が合って、わたしたちは笑みを交わした。

「あなた方は席についた。それからどうしました？」

「蟹のムースが運ばれてきて、蜂蜜酒で乾杯をした」サー・モルドレッドはうんざりしているような口ぶりだった。

「蜂蜜酒？」

「中世の酒は蜂蜜から造られていた。大広間を中世風にしつらえてあったから、それがふさわしいと思ったんだ。いまから思えば、あまりみなさんの好みではなかったようだが。かなり甘ったるかった」彼はわざとらしく身震いした。「だがあれは、それらしい雰囲気を味わってもらうためのものでしかなかったからね」

「その後、料理が出されたんですよね？」

サー・モルドレッドはひと品ずつ説明していき、ようやくタルトにたどり着いた。

「レディ・ジョージアナ、タルトを運ぶ順番は決まっていなかったと、給仕した人間ははっきりそう言ったんですね？」

「そうです。控えの間のテーブルに置かれていたタルトを適当に取って、運んだと言っていました」

「だが食事が終わるまで、だれも具合が悪くはならなかった？」

「家に帰ってだいぶたってからだった」マックス・マローワンが答えた。「夜中に腹痛で目が覚めたんだ。ほかの人たちもそうだと思う」

「わたしもそうだった」サー・モルドレッドが同意した。「本当にひどかったよ。実を言えば、いまにも死ぬかと思ったくらいだ」

「ほかにはだれが体調を崩したんです？　あなたとミスター・ハリデイ以外では？」

サー・モルドレッドは顔をしかめた。「ちょっと考えてみます」

「わたしも具合が悪くなりました」ミセス・バンクロフトが答えた。「ひどい経験でした」

「わたしの友人の探検家、ミスター・ロブソン＝クラフもです」サー・ヒューバートが言った。

「ああ、それからミス・オーモロッドという老婦人も」いま思い出したというようにエドウィンが声をあげた。「彼女も体調を崩したという話でしたよね？」

「ミス・オーモロッドか」サー・モルドレッドは見下すようにくすりと笑った。「だれもがつい彼女を忘れがちだ。あまり人を惹きつけるタイプではないな」

「そのミス・オーモロッドというのはどなたです？」

「南アフリカをはじめ、様々な国の孤児たちを援助している慈善団体の代表です。目立たなくてつまらない人ですよ。仕事はできるんです。オールドミスによくいるタイプっていうんですかね？　晩餐会に招待するのが礼儀だと思ったんです。まさか本当に来るとは思わなかった。ああいう場は避けるものだとばかり」

警部補もじれったくなってきたのか、いらだったような表情を見せ始めた。

「ようやくデザートまでたどり着きましたね。問題のベリータルトですよね？　給仕されたわけですが、どなたが最初に？」

「わたしです」わたしは言った。「でも断りました」

「断った？　本当に？」警部補は疑わしそうにわたしをじっと見つめた。

「はい。お気づきでしょうが、わたしはまもなく出産を控えていて、実をいうとあれだけの濃厚な料理は重すぎました。クリームがたっぷりのったタルトはとても食べられませんでした」

「そのタルトはどうなったんです？」

「隣に座っていたミスター・マローワンに渡されたと思います。でもミスター・ハリデイはふたつ食べたと言っていましたから、彼のところに行ったのかもしれません」

「そしてふたりとも体調を崩し、ひとりは死んだ」スタージョン警部補がつぶやいた。「となると事情が変わりますね。あなたがどういう身分の方なのか、わたしはわかっていませんでした、レディ・ジョージアナ。何者か――おそらくはあなたの料理人――が、王家の人間を排除しようとしたとは考えられませんか？」

27

七月二七日
まだブラックハート邸

「もう終わりにしてもらえません、警部補？」レディ・マウントジョイがいらだったようにため息をついた。「わたくしたちはだれもが、人に毒を盛ることなど考えもしない、まともで良識のある人間です。それにマウントジョイ卿とわたくしは、今夜地元のテニスクラブでの集まりを主催することになっています。すべて準備が整っていることを確認しておく必要があるんです」

「いずれ、終わりますよ、レディ・マウントジョイ」スタージョン警部補が応じた。「わたしはキッチンに行って、そこにいる使用人たちと話をしなくてはいけない。それから、あなたの毒草園とやらも見ておきたいですね、サー・モルドレッド。気づかれることなく実を摘むことが、どれくらい簡単なのかを確かめておきたい」

「よろしい」サー・モルドレッドの口調は、いつも以上にぶっきらぼうで傲慢だった。「だが、ここにいる人たちが気の毒だ。きみのしていることは時間の無駄だ。人を殺す意図を持って人を殺す意図を持ってここに来た人間はひとりもいないと、わたしは断言できるよ。退屈な地元の農夫が相手となれば、なおさらだ」

「わたしは、ここにいない人たちのことも擁護できます」サー・ヒューバートが声をあげた。「ザマンスカ王女は社交界では有名な人だし、あの夜はずっとわたしの隣にいた。探検家の友人もまた、著名な人です。言わせていただければ、わたしもね」彼は小さく笑った。「わたしたちのだれひとりとして、ミスター・ハリデイと面識はありませんでした。あの夜、言葉を交わすこともなかった。テーブルの反対側に座っていましたから、話をするには遠すぎたんです」

「失礼ですが、警部補」アガサ・クリスティが切り出した。教養のある深い声だ。「いまのお話ですと、ミスター・ハリデイが被害者として狙われていたように聞こえますが、それが不可能だということはすでに証明されたはずですよね？　すべてを企《たくら》んだのが使用人のひとりで、毒のあるベリーをハリデイのタルトに仕込んで、彼に出したというのであれば、話は別ですが」

「でも、それはありえません」わたしは反論した。「わたしが自分のタルトを受け取らなかったせいで、タルトを出す順番が狂いました。もし何者かが、特定の皿をミスター・ハリデイに出したかったのだとしたら、一番最初に彼に給仕するか、もしくは横に取り分けておいたはずです。給仕していた人は、わたしが断ったせいで順番が狂ったといって取り乱したようには見えませんでした」

「ええ、それが不思議なところよね？」アガサとわたしは視線を見かわした。「狙われていた被害者はだれだったのかが謎だわ」

「それについては結論が出たと思いましたがね」バンクロフト大佐がむっとしたように言った。「あのいまいましいフランス男——下品な言葉遣いで申し訳ない——は、毒を盛る相手はだれでもかまわなかったんだ。テーブルについていた人間ならだれでも。警部補。早く下に行って、彼を尋問してきてくれ。本当のことを聞き出すんだ。外国人どもは、我々の法律が寛大で礼儀正しいとでも思っているんだろう。奴を震えあがらせてやればいい」

「そうするつもりですよ、大佐」スタージョン警部補が答えた。「ですが、この仕事は入念かつ徹底的に行わなくてはなりません。時系列をはっきりさせて、ほかの容疑者全員を除外する必要があるんです」彼はエドウィンのほうを見ながら言った。「給仕をした人間全員の住所が知りたいですね。フランス男から自白が得られなければ、もちろん彼らにも話を聞くことになります。それに、具合が悪くなった老婦人にも会うべきでしょう。あらゆる手段を講じなければいけませんからね」彼は両開きのドアのほうへと歩きかけたところで、振り返った。「さてと、サー・モルドレッド。カルカッタの地下牢に案内してもらえますかな？」

そう言って、自分の冗談に笑った。ほかはだれも笑わなかった。

「警部補、キッチンでピエールの尋問をするつもりなら、わたしが通訳をしましょうか？」

「遠慮しておきましょう、レディ・ジョージアナ。彼を助けるために、実際には言っていないことを言ったようにされてはかないませんからね。わたしも少しくらいならフランス語はできますし、必要とあればサー・モルドレッドが助けてくれるでしょう」

「わたしが？　いや、まったくだめなんだ。学生時代も苦手だったし、南アフリカで過ごした年月が、フランス語の基礎さえきれいさっぱり拭い去ってしまった。レディ・ジョージアナに手伝ってもらうのが賢明だと思うね」

わたしはダーシーの手を借りて立ちあがった。

「わかりました。喜んで通訳します。ですが、わたしが料理人を助けるために嘘をつくようなことをほのめかされたのは、不快です。わたしもあなたと同じくらい、正義が行われることを望んでいるんです、警部補」わたしは曾祖母が臣下を見るときのような目で、彼を見つめようとした。けれど、ほんの数歩も進まないうちに、玄関を警備していた警察官が現れた。

「失礼します、サー」彼が言った。「いつになったらここを出ていけるのかと若い女性が知りたがっています。家に帰りたいらしくて」

「若い女性？」スタージョン警部補は確かめるようにサー・モルドレッドを見た。

「あなたの娘さんです、サー。それから彼女の夫」警察官が言った。

警部補はサー・モルドレッドをにらみつけた。

「娘さんの話は聞いていませんが」

「おや、それは失礼した。言っていなかったかな？」サー・モルドレッドはうんざりしたように小さく肩をすくめた。「別に理由はない。娘はわたしの意思に逆らって、とんでもない男と結婚しておきながら、ずうずうしくもただで飲み食いするためにしょっちゅうこの家にやってくるんだ。まあ、早く帰りたがるのも無理はない。娘の夫には信用できないところがあるからな。ふたりが帰ったあとで、ちょっとした物がなくなっていたことがある。奴のスーツケースを開けたら、わたしの銀製品がごっそり見つかるかもしれないぞ」

「それは冗談ですよね、サー？」スタージョン警部補は苦々しい顔をした。

「一部はね。あの男は自分の素性について話したがらないんだ。マンチェスター大学を出たと言っているが、どうもちゃんとした仕事につけないらしい。詩人だと自称しているがね。選ぶ相手を間違えているとシルヴィアには言ったんだが、母親と同じように頑固で聞く耳を持たなかった。あの子がまだ自分の財産に手を出せないのが幸いだよ」

「その娘さんとご主人ですが――おふたりも晩餐会に出ていたんですか？　ほかの招待客と一緒に？」

「ああ、そうだ。無料で食事ができるなら、奴はなんだってするさ」サー・モルドレッドは冷ややかに笑った。

「おふたりもほかの方々と一緒に庭を歩いたんですか？」

「いえ、ふたりは行きませんでした」エドウィンが答えた。「みなさんを案内するようにと父がシルヴィアに命じたんですが、彼女は断ったんです。そのままどこかに行ってしまったので代わりにぼくが行くことになりました」

「つまり彼女と夫はかなりの時間、ふたりきりだったということですか？」

その質問にだれかが答える前に、当の本人が部屋に入ってきた。

「パパ、お願いだからわたしはもう帰ってもいいって、あの不愉快な人たちに言ってくれない？　スタンレーはひどく具合が悪いから、家に帰りたいのよ」

スタージョン警部補は獲物を追い詰めるような足取りで彼女に近づいた。

「サー・モルドレッドの娘さんとお見受けします」

「わたしがパパと呼んだんだから、わかりきったことよね」軽蔑の色も露わにシルヴィアは言った。「あなたは？」

「ヘイワーズ・ヒース警察のスタージョン警部補です。あなたのお父さんが主催した晩餐会で起きた殺人事件を捜査しています。あなたも出席していたそうですね？」

「ええ、そうよ。父と食事をするという栄誉のために二〇ギニーも払うばかな人たちが思ったほど集まらなかったから、わたしたちもその集まりに加われって父に言われたのよ。招待客と交流して、テーブルを埋めるようにってね。そのとおりにしたわ」

「おまえの夫が無料の食事を、それも蟹や鴨が食べられるというのに断るつもりだったとでも言わんばかりだな」

「そんな言い方はないでしょう。スタンレーがふさわしい仕事を見つけられないのは、彼のせいじゃない。世界はまだ不況の最中だってわかっているでしょう？　それに詩人はあまりお金を稼げない。パパが書いているようなたわごととは違ってね」

言い争いになる前に、スタージョン警部補が割って入った。

「いくつかお訊きしたいことがあります、お嬢さん。どうぞ座ってください」

シルヴィアは落ち着かない様子で、ドアを振り返った。

「そんな必要があるの？　わたしは一度も会ったことがない人に毒を盛ったりなんてしないわよ」

「もちろんですとも。だがなにかを目撃しているかもしれない」警部補は静かに応じた。

「なにかを見ていてもその重要さに気づいていないことがままあると、ちょうどここにいる人たちにも説明していたところです」

「わかったわ」

シルヴィアは大げさにため息をつきながら、肘掛け椅子に腰をおろした。脚を組んだので、シルクのストッキングがのぞいた。

「では、あなたはサー・モルドレッドの娘で、いまは結婚なさっているということですね？」

「〝夫〟という言葉を使ったんだから、わかりきったことだと思うけれど」シルヴィアは言った。「ええ、結婚しているわ。夫は知性あふれる人よ。作家なの。天才と言ってもいいわ」

「だがいまは、金になるようなものを書いてはいないんですよね？」

「いまはね」

「ここでお父さんと一緒に暮らしてはいないんですね？」

「そうよ、パトニーのアパートで暮らしている。狭くて気の滅入るような小さな部屋だけれど、わたしたちが借りられるのはそこくらいなの」

「こんなことをお訊きするのは失礼とは思いますが、どうやって暮らしているんです？」

「母のお金から手当が出るのよ。二五歳になったらかなりの財産をもらえることになっているのだけれど、いまはかろうじて暮らしていけるだけのささやかな金額を月ごとに受け取ってるの」

「なるほど。お父さんがもう少し気前がよければいいと感じているんですね？」

「そのことと、晩餐会のあとで知らない人が死んだことにどういう関係があるのかわからないわ。あなたはただ闇雲に嗅ぎまわって、みんなの時間を無駄にしているだけじゃないの？　だれかが毒を盛られたのなら、明らかに怪しいのはそれを調理した人じゃない。わたしたちのだれひとりとしてキッチンには近づいてもいないんだから。だから、もう帰ってもいいでしょう？」

「申し訳ないが、あともうしばらく、ここにいていただきます」警部補が言った。「これからあなたのお父さんとわたしはキッチンに行って、そこにいる使用人たちに話を聞いてきます。そのあと、毒草園を確かめてくるつもりです」

シルヴィアがやってきたときにわたしは腰をおろしていたので、立ちあがろうとしながら訊いた。

「わたしも行きましょうか？」

「いや、いまはけっこうです、レディ・ジョージアナ。犯罪現場をこの目で確認することと、なにかを目撃しているかもしれない人間に話を聞くことが、当面の目的ですから。あの料理人への尋問はあとでゆっくり行いますよ」

そのことを考えるとうれしくてたまらないのか、彼の唇がぴくぴくと震えた。

28

七月二七日
まだブラックハート邸

ピエールのことが本当に心配になってきたけれど、わたしにできることはあるのだろうか。


警部補がいなくなったとたん、部屋にいた全員が一斉に安堵のため息をついた。

「もういい加減にしてほしいわ」ミセス・バンクロフトが言った。「あの男は自分がなにをしているのかわかっていないのよ。マウントジョイ卿、あなたはこの郡にかなりの影響力がありますよね。だれかに電話をして、どうにかしてもらうことはできませんか？」

「わたしたちは協力するべきだと思いますよ、ミセス・バンクロフト」マウントジョイ卿が言った。「そうすることで、真実にたどり着けるのなら。なんといってもこれは殺人事件なんですし、だれであれ犯人は捕まえなくてはいけない」

「だが犯人があのとんでもない料理人だということは、火を見るより明らかだ」バンクロフト大佐が言った。「いまいましいフランス男。なにかをしでかすのが目的でなければ、どうしてこの国に来たりする？　あいつらは自分たちの貴族社会を滅ぼした。今度は同じことをここでもやりたいんだ」

「タルトが適当な順番で配られたことを考えれば、その不届き者はだれが体調を崩そうが、あるいは死んでしまっても構わなかったということですよね」レディ・マウントジョイが言った。「彼はベラドンナの実をひとつのタルトにだけ入れたのかしら？　ロシアン・ルーレットみたいに？」

「やめて！」シルヴィアが声をあげた。「それってあまりにも恐ろしすぎるわ。殺すのがだれであろうと構わないっていうこと？　まさに、頭がいかれた男じゃないの」

「あるいは、頭がいかれた女」ミセス・バンクロフトが言い添えた。

それからしばらく、わたしたちは黙って座っていた。

シルヴィアが立ちあがって、うろうろと歩き始めた。「警察がスタンレーに尋問を始めてないといいんだけれど。彼はすごく繊細だし、高圧的な態度を取られるのが苦手なの。ひとりにしておいたら、なにを言うかわからない。手遅れになる前に、彼のところに行かないと」

彼女が部屋を出ていこうとしたところで、廊下から話し声が聞こえてきた。スタージョン警部補がジョンソン巡査部長と一緒に戻ってきた。

「事態がますます複雑になりました」警部補が言った。

「問題のタルトは、食事が始まる前に大広間の脇にある控えの間に運ばれていたことがわかりました。つまり、だれでもその部屋にこっそり忍びこんで、毒の実を入れることが可能だったというわけです」

「だが我々は、食事まで全員が一緒にいたんだ、警部補」バンクロフト大佐が反論した。「あのいまいましい庭を何時間も散策していた。それから家の反対側にある部屋でシェリーを飲んだ」

「スタンレーとわたし以外は」シルヴィアが口をはさんだ。「わたしたちは庭の散策には行かなかった。でも執事に訊いてみればいいわ。わたしたちが自分の部屋に行くのを見ていたから。話し声が聞こえるまで、ずっと部屋にいたのよ」

「まだ執事には話を聞いていない。そうだったな、ジョンソン？」

「聞いていません。執事がいることすら知りませんでした」

「すごく年を取っていて、もうよぼよぼなの」シルヴィアが言った。「耳も遠いから、あなたがなにを言ってもわからないと思うわ」

「あの料理人も年寄りでしたね？　ここに若い使用人はいないんですか？」

「彼らは以前からこの家にいるのよ。父は優しすぎて、彼らを放り出せないの」

「ですが、年寄りの料理人は、サー・モルドレッドがフランス人シェフに乗り換えるんじゃないかと心配しているようなことを言っていました」ジョンソンが言った。「充分な復讐の動機になりますよね、サー？」

「彼にも尋問することにしよう」スタージョン警部補が応じた。「だがわたしはやはりフランス男が怪しいと思う。わたしが尋問しようとしたとき、彼がずいぶんと身構えていたことに気づいただろう?」

「警部補のフランス語が尋問をするには不十分だったのではないかと」ジョンソンはわずかに笑いを含んだ声で言った。「なにを言われているのか、彼はわかっていなかったんだと思います」

「ふん」

「警部補、わたしたちの料理人はどうしているのか教えてもらえますか?」わたしは尋ねた。

「わたしの手が空いたときに尋問できるように、地元の警察署に連行する手配をしているところです。心配はいりませんよ、奥さま。地元の中学校のフランス語教師に通訳をしてもらえるように、部下が要請しています。公正な尋問を行うと、お約束します」スタージョン警部補はわたしたち全員に向かって言った。「みなさん、わたしと一緒に来てください。毒草園を見せてくれるように、サー・モルドレッドに頼んであります」

ぶつぶつと文句を言いながらも、彼についていくために一行は立ちあがった。わたしは立ちあがるのにほかの人よりも時間がかかったので、列の最後尾についた。家を出て暖かな日差しのなかを歩き始めたところで、アガサ・クリスティがわたしの隣に並んだ。

「あなたの料理人は無実だと考えているのね」彼女は言った。

「そう信じています。彼の顔に浮かんだショックと恐怖の表情を見れば、自分の身に起きたことが信じられずにいるのがわかります。概して殺人犯は、自分のしたことに満足しているものですから——これが殺人だったとしての話ですけれど」

「ええ、そうよ。これは間違いなく殺人よ」アガサは鋭い目つきでわたしを見つめた。「それじゃああなたは、これまでにも殺人事件に遭遇したことがあるのね？」

「はい。何度も。間の悪いときに、間の悪いところにいたようです」

「解決に手を貸したのなら、正しいところにいたのよ」彼女は小さくうなずいた。「それで、今回のことはどう考えているの？」

ほかの人たちがテラスの先へと進んでいったあとも、わたしたちはその場でぐずぐずしていた。

「この件では、無作為という点に困惑しているんです」洞察力と知性を備えた目を見つめながら、わたしは言った。「いままで、動機のない殺人事件に遭遇したことはありません。ニワトコの実が悪意のあるいたずらだっていうことは理解できるんです。その場合、サー・モルドレッドの子供たちのどちらかが疑わしいかもしれません。ふたりとも父親のせいで自分たちは貧乏だと思っていて、明らかに父親に恨みを抱いていますから、食べ物に悪いものが入っていたとほのめかすことで、彼の盛大な晩餐会を台無しにしてやりたいと考えたのかもしれません。でも、だれかを殺したかったとはとても思えないんです」

「同感よ」アガサは言った。「ただわたしは、タルトの順番のことを考えずにはいられないの。もしだれかが、サー・モルドレッドが一番に給仕されるだろうと考えたとしたら……」

言葉を切った彼女の顔には、問いかけるような笑みが浮かんでいた。「毒物が入っていたのは、最初にテーブルに運んでくることになっていたタルトだったとは考えられないかしら？」

わたしはぞっとして彼女を見つめた。「彼を殺すためにってことですか？」

彼女はうなずいた。

「子供たちのどちらかが、それほど彼を憎んでいたとしたら……」

「わお。わたしはサー・モルドレッドと同時に給仕されたんです。わたしに運ばれてきたタルト――わたしが断ったもの――にベラドンナが入っていて、ミスター・ハリデイはそれを食べたっていうことですか？」

「その可能性はあるでしょう？」

わたしは毒草園に向かっている人々を眺めた。

「可能性はあると思います。ただ、わたしが断ったあと、あのタルトがだれに出されたのかはわからないんです。あなたのご主人かと思ったんですが、わたしが断ったときにはすでにタルトが給仕されていたみたいで、それでミスター・ハリデイがふたつ目を食べることになったんだと思います。でも企んだのがだれにしろ、危険が大きすぎます」

アガサは一拍の間を置いてから言った。「彼の娘がどうしてあれほど早く帰りたがっているのかを考えるべきね。彼女の夫は繊細だと言っていたわよね？　彼は、自分たちに援助してくれないサー・モルドレッドに報復したがっていたのかもしれない。あるいは、シルヴィアがそう考えているとか」

「わお、そうかもしれないわ」シルヴィアは、ほかの人たちと一緒に毒草園に入っていくところだった。「どうしてあれほど帰りたがるんだろうとは思っていたんです」

「あなたは彼の息子とは親しいの？」

「エドウィンですか？　何度か話はしました。いい若者だと思います」

「父親を殺したりはできない？」

わたしはその場で足を止めた。

「あなたがそんなことを言うなんて驚きです。エドウィンと話をしていたとき、母親を殺したのは父親じゃないかと疑っているようなことを彼がほのめかしたんです。母親は健康そのものだったのに、突然亡くなったらしくて。でも〝ぼくはほんの八歳だったから〟って言い添えていましたけれど」

「彼の母親は裕福だったのよね？」

「アメリカの有名な女性遺産相続人で、肩書欲しさにヨーロッパに来たと聞いています。ふたりの子供に遺した財産は、二五歳になるまで信託に預けられているそうです」

「それまでは父親が管理している信託ね？」

「そのようですね」

アガサはため息をついた。「動機がひとつ見つかったみたいね。お金はあまりに多くの人に、言葉にできないようなことをさせてきたわ」

「どうしましょう――警察に話しますか？」

彼女は首を振った。

「いまは話さない。あの警部補は、他人の言葉を受け入れるタイプではないわ。自分を過大評価している。いまはあなたの料理人を尋問させて、彼の仕業ではないと納得することを祈りましょう。彼がほかの容疑者に目を向けるときがきたら、そのときに話せばいい。それまでは、あなたがエドウィンと話をしてみたらどうかしら。彼は若くて無邪気だから、もし本当に彼の仕業だとしたら打ち明けるでしょう」

「わかりました。やってみます」

ほかの人たちに追いつくように、わたしたちは足を速めた。

「ほかに容疑者は？」アガサが訊いた。「彼らじゃなかったとしたら？」

「あなたにはなにか考えはないんですか？　あなたの聡明な探偵たちはどう考えているんですか？」

アガサはくすりと笑った。「残念なことに、わたしはミスター・ポワロの小さな灰色の脳細胞も、彼ほどの特大のうぬぼれも持ち合わせていないの。現実の世界では、犯罪はフィクションほど巧みでもドラマチックでもないのよ。たいていは、怒っていたり、欲張りだったり、恐れていたりする人間が頭を殴りつけるだけ。恐怖は大きな動機だわ」

「サー・モルドレッドの子供たち以外に動機と手段があるのは、給仕人たちだけだと思います。彼らはいつでも気づかれることなく、実を入れることができましたから」

「給仕していた若者たちはエドウィンの友人ということで間違いないかしら？」

「はい。オックスフォードの学生です」

「親しい友人？　とても親しい？」

つかの間、わたしは彼女を見つめた。

「あなたの言いたいことはわかります。彼らのうちのひとりが、エドウィンの代わりにしたことかもしれない」

「そのとおり」

「彼にはそうするための機会もあった」そう言ったあとで、わたしは首を振った。「でも、もしも目的がサー・モルドレッドを殺すことなら、一番に彼に給仕していたはずです。そうしていれば、混乱することはなかった」

アガサはため息をついた。「辻褄が合わないわね」

「殺人が起きるまでは、わたしはサー・モルドレッドの老いた料理人が怪しいと思っていたんです。腹痛が起きるニワトコの実でピエールの立場を悪くして、サー・モルドレッドが彼を雇う気にならないようにしたんじゃないかと思っていました。でも、だれかを殺すようなことまではしないでしょう」

わたしたちはグループに追いついた。サー・モルドレッドは植物をひとつずつ説明している。

「そしてこれがベラドンナです」彼はそう言ったところで、驚いたように、そして勝ち誇ったように顔をあげた。「なにが見えますか？　花は咲いているが、まだ実はなっていない。

問題のベラドンナの実はこの庭で摘まれたものではないと、断言してもかまわないと思います、警部補」

29

七月二七日
ブラックハート邸の庭

新たに伝えられたその情報の意味を理解しようとして、わたしたちは無言で見つめ合った。

サー・モルドレッドは咳払いをした。

「明らかなことだと思うね、警部補。これはわたしとわたしの家族に対する意図的な攻撃だ。この家に毒草園があることを知っている何者かが、なんらかの理由でいたずらを仕掛けてきたんだ」

「ニワトコはいたずらですむかもしれない、サー・モルドレッド」バンクロフト大佐が言った。「だがベラドンナはあまりにも悪意が過ぎる」

「わたしも同感です、大佐」スタージョン警部補が応じた。「犯人がとんでもなく愚かか無知でないかぎり、彼はベラドンナの実が人を殺せることは知っていたはずです」

「警部補はさっきから〝彼〟とおっしゃっていますが」アガサが皮肉っぽく言った。「毒を使うのは、女性が好む方法だということはご存じかしら」

「どの女性のことを考えておられるのかな、ミセス・マローワン？」サー・モルドレッドは面白がっているような口調だった。「テーブルについていた女性たちは、あなたと同じく、社会的地位のある人たちばかりだった」

「それはどうかしら」アガサが反論した。「たとえば、ミセス・クランプがいます。彼女の社会的地位が低いとか、だれかに危害を加えたがっていたなどと言っているわけではなくて、わたしたちは彼女のことをなにも知らないんです。ひょっとしたら彼女は精神的に不安定なのかもしれないし、上流階級の人間に対して恨みを抱いているのかもしれない。クランプ夫妻は、見知らぬ人たちとの晩餐会に出席するために、どうしてわざわざここまでやってきたのか、疑問を持つべきでしょう」

「それはいい視点ですね」スタージョン警部補はうなずいた。「ジョンソン、署に戻ったら彼女の情報を集めて、地元の警察官をふたりの家に行かせるんだ」

「それから、被害者の妻がいます」アガサが言葉を継いだ。「彼女に対する夫の話しぶりや、自分の意見を言わせようとしないところを見れば、彼女が夫にうんざりしているのはよくわかりました。うっとうしい夫を排除したいのなら、見知らぬ人たちばかりの部屋以上にうってつけの場所はないでしょう」

「ただ彼女は、夫のタルトにベリーを入れられるほど近くには座っていませんでした」わたしは指摘した。「それに、どの皿が夫に給仕されるのかも知らなかった」

「もうひとつ考えなくてはいけないのは」アガサはさらに言った。「ミス・オーモロッドのことです。だれもが彼女のことを忘れているようですが、彼女についてなにかわかっていることはありますか？」

「たいしてなにも」サー・モルドレッドは首を振った。「彼女は、様々な国の孤児たちを支援する慈善団体の責任者なんです。寄付をしてほしかったようで、オープンハウスと晩餐会のことで手紙をもらいました。南アフリカの慈善団体に直接送金する手続きをしたと、わたしの秘書が返事をしたはずです。なので、彼女が晩餐会に姿を見せたときは、とても驚きましたよ」

スタージョン警部補はうなずいた。「高齢の独身女性は、少々おかしなところがありますからね」

「あなたの言うように少々おかしなところがあったとしても、見知らぬ人を殺したりはしないでしょう」アガサが言った。「もっともな動機を持たない殺人犯なんて、これまで見たこともないわ。ミス・オーモロッドはミスター・ハリデイと知り合いだったんでしょうか？それも突き止める必要があります」

「でも、彼女も具合が悪くなったんですよね」わたしは付け加えた。

わたしたちは家へと戻り始めていた。「これでは堂々巡りだ、警部補」サー・モルドレッドが言った。「手段も動機もある人間がいるというのに、もっとふさわしい人間を見つけようと無駄なことばかりしている。あのとんでもない男を留置場に放りこみ、脅しつけてやれば、自白するに決まっている。それで一件落着だ」

「ちょっと待ってください」ダーシーが言った。「ここは英国ですよ。しかるべき法的手続きが必要だ」

警部補はそれを無視した。「そのとおりかもしれませんね、サー・モルドレッド。わたしもそうするつもりですよ。そのあたりの生垣に生えているベラドンナを見つけるのは簡単ですから」

「とても簡単だ」サー・モルドレッドは歯切れのいい口調で応じた。「わたしの著書のなかに、子供が幼い友人にベラドンナを食べさせるものがある。知らずにしたことだと親は主張するが、その少女は承知の上でやっていた。友人たちは彼女をいじめていたんだ。遊びの仲間に入れてやらなかった」

「なんて恐ろしい」ミセス・バンクロフトが言った。「だからわたしはあなたの本を読まないのよ」

「これ以上わたしたちに用はありませんよね、警部補?」サー・ヒューバートが訊いた。

「いい加減、家に帰らせてもらえませんかね。アインスレーにはまだわたしの客がいるので、放っておくのは無礼ですから」

「ああ、探検家だというあなたの客ですね。彼も晩餐会にいた。彼はミスター・ハリデイと知り合いだったりしますか?」

サー・ヒューバートは笑って答えた。「わたしの親しい友人であるロブソン゠クラフは、勇敢さと大胆さで世界でもよく知られているんです。王立地理学会の会長でもある。砂漠を横断し、部族の男たちと戦った。地元の農夫のことで悩んだりはしませんよ」

「とにかくジョンソンを行かせて、彼から話を聞きます。それから、あなたの料理人にもです、レディ・ジョージアナ。彼女も具合が悪くなったようですが、念のために」

「無駄だというのに」大佐がまたつぶやいた。「わかりきったことじゃないか」

わたしたちはひとりずつ階段をあがって、家へと入った。わたしはエドウィンと話をするために、あえて最後まで残った。

「もう一度あなたの友だちについて聞かせてほしいの、エドウィン。給仕をした人たちのこと。あのなかのだれかに、晩餐会を台無しにしたいと思う理由はなかったかしら？　わたしたちが知らない恨みを抱いているとか？」

エドウィンはわたしの顔を見つめていたが、やがて首を振った。

「ばかげていますよ、レディ・ジョージアナ。彼らはみんなまともな男たちです。ただぼくと同じように金には困っているんで、ちょっとした小遣いを稼げるチャンスに飛びついただけです」

「ヘンリーのお父さんは売れない作家だと言っていたわね。面白くない気持ちがあったんじゃないかしら？」

エドウィンは考えこんだ。「それはあったかもしれませんが、でもヘンリーは関係ないですよ、レディ・ジョージアナ。彼はハエも殺せないような男だ。血を見ただけで卒倒するん

わたしはしばしためらったものの、言葉を継いだ。「あなたのお父さんの評判を落としたがっている人がいたとしか思えないの。それどころか――彼を傷つけたかったんじゃないかと思う。彼はゆうべ、ひどく具合が悪かったでしょう？　ベラドンナを食べたけれど、命に関わるほどの量じゃなかったのかもしれない」

エドウィンはその場で足を止め、じっとわたしを見つめた。「父を狙って行われたことだと考えているんですか？」

「お父さんも具合が悪くなったわよね。彼は丈夫だったおかげで助かったのかもしれない」

「でも、だれが父を殺そうなんて思うんです？　あそこにいた人は、ろくに父を知らないのに」

「あなたのお姉さんは思ったかもしれない。彼女の夫も」わたしは一度言葉を切った。「あなたも」

「レディ・ジョージアナ、姉かぼくが実の父親を殺そうとしたと言っているんですか？」

「あなたたちは多額のお金を相続するでしょう？」

「その金は、あと何年かすればぼくらのものになる。シルヴィアは二二歳だ。もうそれほど待つ必要はないんです」

「彼女の繊細な夫スタンレーはどうかしら？　彼はそれまで待てる？」

「スタンレーにそれだけの度胸はありませんよ」

「あなたはどうなの、エドウィン？」そんなことを訊いた自分が信じられなかった。「あなたとお父さんが不仲なのは明らかだわ。それにあなたは、彼がお母さんを殺したようなことをほのめかした」

エドウィンの顔が真っ赤になった。「あれは……その……違うんです。子供のころにそんな疑いを持ったことはありましたけれど、そんな話はばかげています。ぼくは道徳心のある男ですよ、ジョージアナ。父を殺すつもりなら、ここでふたりきりのときにいくらでもチャンスはある。地下室へおりる階段から突き落として、事故に見せかけるとか？　たやすいことだ。でもぼくは人を危険にさらすような真似はしたことがありません。それは間違ったことだ」

「変なことを言ってごめんなさいね。ただ、はっきりさせておきたかっただけなの」

エドウィンは険しいまなざしをわたしに向けた。「捜査は専門家に任せるべきだと思います。狡猾な殺人犯が野放しになっているのなら、次にあなたが狙われるかもしれませんよ」

それは、遠まわしな脅迫だろうか？

車で自宅へと向かっていると、嵐雲が広がってきた。空気がじっとりし始め、車の座席にもたれると、背中にドレスが張りついた。ピエールをひとりで行かせたくはなかったが、尋問は警察署で行うからわたしたちは来なくてもいいと警部補にはっきりと告げられていた。

「ピエールをあの人たちのところに残していきたくないわ」

「公正な尋問が行われるはずだよ」サー・ヒューバートが言った。「なんといっても、わたしたちは英国人なんだ。野蛮人とは違う」

「そうだとしても、わたしは外国で警察署に連れていかれて、独房に入れられたことがあるの。決して楽しい経験ではなかったわ」

「それはいつの話だい？」サー・ヒューバートはひどく驚いたようだ。

〝何度もある〟とは言えなかった。「最近、パリで。シャネルのファッションショーで女性が亡くなったときよ。彼女と一緒にいるのを目撃されたのはわたしが最後だったの。だから当然のように疑われて……」その先の言葉は呑みこんだ。「すぐに釈放されたわ」シンプソン夫人がわたしのために英国大使に連絡を取ってくれたからだとは言わなかった。ピエールにそんな伝手はない。理解すらできずにいるあいだに、脅されて自白に追い込まれるようなことになってほしくはなかった。

「いまぼくたちにできることはあまりないよ」ダーシーが言った。「しばらくしたら、彼の様子を確かめよう」

「弁護士に同席してもらうべきじゃない？　言うべきじゃないことを無理やり言わされたりしないように」

「いい考えだ」サー・ヒューバートがうなずいた。「家に帰ったらすぐにハーバーシャムに電話をして、なにかできないか訊いてみよう」

少しだけ気持ちが軽くなった。「あの警部補も彼の現代的な捜査方法も、あまり感心しないわ」

「結局、なにもわかっていないからね」

「ただのいたずらじゃないことは確かだ」ダーシーが言った。「タルトにベラドンナの実を入れた人間は、庭で摘んだのではなく、持参したこともわかっている。つまり、衝動にかられてしたことではなく、計画的に行われた犯行だということだ」

「あんなふうに無作為に人を殺そうとするなんて、わたしにはまったく理解できないよ」サー・ヒューバートが言った。「共産主義者の料理人の仕業でないのならね。彼がもっとも怪しいことは認めざるを得ない」

「だが、あそこにいた全員が貴族だったわけじゃない。クイーニーやクランプ夫妻が死んでいた可能性もあったんだ」ダーシーはわたしを振り返った。「ずいぶん静かだね、ジョージー。なにか考えがあるのかい?」

「ないわ。あなたと同じくらい困惑している。それに、頭痛がするの。また嵐が来ているのかしら?」

「家についたら、紅茶を飲んで横になるといい」ダーシーが言った。「仕事ができるくらいクイーニーが回復しているといいんだが。ピエールが捕まったままだったら、だれが料理をするんだ?」

「ミセス・ホルブルックが紅茶くらいはいれられるだろう。だが、そのあとのことはわからないな。パブで食事をすることになるかもしれない」サー・ヒューバートは笑った。「そうなったら、ロブソン＝クラフは荷造りを始めるだろうな。彼は食事をおおいに楽しんでいるだろう？　バッタを食べて命をつないでいたと言っていたわりにはね」

「あなたたちはいい友人なんだと思っていましたよ」ダーシーはそう言いながらにやりと笑った。

「しばらくのあいだならね。彼はだらだらと喋りすぎる」

車が家に着くころには、わたしたちの気分はいくらか上向いていた。フロントガラスをぽつぽつと雨が叩き始め、ダーシーは急いでわたしを家のなかへと連れて入った。

「わたしはすぐに弁護士に連絡を取るよ」サー・ヒューバートが言った。「仕事を終えて家に帰ってしまう前にね」彼は書斎へと向かった。

ダーシーと並んで廊下を歩き始めたところで、わたしは足を止めた。応接室から話し声が聞こえてくる。

「なんてこった。客はごめんだ」ダーシーがつぶやいた。彼が廊下を進み、わたしはそのあとを追った。

「ようやく帰ってきたわ」わたしたちが部屋に入ると、女性の声がした。「驚いたでしょう、ジョージー」

フィグがそれまで座っていた肘掛け椅子から立ちあがり、両手を広げてわたしに近づいてきた。

30

七月二七日
アインスレーに戻ってきた

わたしの料理人が殺人の容疑で逮捕されただけでなく、今度はフィグまで現れた。赤ちゃんが生まれてくるまでの日々をどうやって乗り切ればいいんだろう？　急いでちょうだい、ちびオマーラ。

「フィグ？」わたしはかろうじてその言葉を絞り出し、こう付け加えたくなるのをなんとかこらえた。「いったいここでなにをしているの？」

「予定より早く来たのよ」フィグはビンキーをにらみつけながら言った。「ビンキーときたら、また間違った思いこみをしていたの。まったく彼らしいったら。足のお医者さまの予約の日付を勘違いしていたの。先月だったのよ。七月じゃなくて、六月だったの。そしてその先生ときたら、休暇で一ヵ月も南フランスに行ってしまったのよ。あれだけの料金を請求してくるんだから、旅行くらいできるわよね」

ビンキーも立ちあがった。「元気にしていたかい、ジョージー」近づいてきて、わたしにキスをした。「とてもお洒落な装いだね。本当にきれいだ」

「ありがとう」わたしは応じた。「でもいまは少し疲れているの。いろいろあったのよ」

「もう心配いらないわ。わたくしたちがあとは全部引き受けますからね。あなたは赤ちゃんが生まれるまでゆっくりしていればいいのよ。あとどれくらいなの？」

三日と言いたいところだったけれど、あいにくわたしは嘘が下手だ。「一週間以上は先のはずなんだけれど、早くなることもあるってお医者さまは言うの」

「ほらね、ビンキー。わたくしが言ったとおりでしょう？」フィグは芝居がかった仕草で両手を振った。「ビンキーは予定どおりロンドンに滞在したがったのだけれど、すぐにここに来るべきだってわたくしは言ったの。ひとり目の赤ちゃんはいつ生まれるかわからないんだもの。予測がつかないし、ジョージーはわたくしたちの手助けが必要になるわ。なにより、町にいる必要もないのに高価なホテルに泊まるのは無駄ですからね」

「それに町は恐ろしく暑くて不快なんだ」ビンキーが言い添えた。「ロンドンは猛暑には対応していないよ」彼はようやくダーシーに気づいたようだ。「やあ、ダーシー。父親になる準備はできたかい？」

「いつでも大丈夫ですよ」ダーシーが答えた。

「それでいい。すべては女性たちに任せておくことだ。わたしはそうしているよ」

「いい子守はもう雇ったんでしょうね」フィグが言った。「前もって手配しておくのは、いつだっていいことなのよ」

サー・ヒューバートが部屋に入ってきたので、フィグはそちらに顔を向けた。

「まあ、あなたはジョージーのゴッドファーザーね。お会いできてうれしいわ」

サー・ヒューバートは驚いた顔になった。

「わたしの兄と義理の姉を覚えているでしょう？」わたしは言った。「ビンキー・ラノクとフィグ・ラノク」

「お久しぶりです、サー」ビンキーが立ちあがり、手を差し出した。「またお会いできてうれしいですよ。いい家ですね。とても居心地がいい」

サー・ヒューバートは部屋を見回した。「わたしの友人の探検家を見なかったかい？　まだ帰ってはいないよね？」

「わたくしたちが着いたとき、ここには風変わりな外見の男性と、あなたのおじいさまとおぼしき老人がいたわ、ジョージアナ。ふたりで散歩に出かけたわよ。嵐が近づいているときに、わたくしならやめておくわね」

「ふたりを捜してきますよ」サー・ヒューバートが言った。「犬も連れていこう。いい運動になるだろう」

「あのとんでもないけだものはあなたの犬なの？　ここに着いたとき、わたくしにひどく飛びかかったのよ。シルクのドレスに泥の足跡をつけられたわ」

「申し訳ない、フィグ」ダーシーが謝った。「あの子たちはまだ子犬で、いましつけをしているところなんだ」

「ダーシー、あなたは滅多に家にいないのに、ジョージアナはどうやって赤ちゃんの世話をしながら犬のしつけをするというの？　こんなときに犬を飼うなんて、考えが足りなさすぎるわ」

「あら、でもあの子たちはとても面白いのよ。とても性格がいい子たちなの」わたしは言った。「あの子たちとの毎日の散歩は楽しいわ」

部屋の隅に置かれている柱時計が四時を打った。

「あら、お茶の時間ね」フィグはあれこれと言い立てるのをやめて、待ちかねたように顔をあげた。「あなたのキッチンにいたあの大柄な娘が作るケーキは、とてもおいしかった記憶があるわ。名前はなんていったかしら？　なにか突飛な名前だったわよね」

「えーと」わたしはちらりとダーシーを見た。「今日はお茶の用意ができるかどうかわからないの、フィグ。クイーニーはひどく具合が悪くて、この数日間、なにも作れていないのよ」

「まあ、なんてこと。残念だわ。とにかく、紅茶がぜひいただきたいわね。頼んでちょうだい、ジョージー」

いまは紅茶ですら用意できないかもしれないとは、とても言えなかった。

「ミセス・ホルブルックを捜してくるわね」わたしは言った。「呼び鈴の調子が悪いみたいだから」

急いでキッチンへとおりていくと、ミセス・ホルブルックがテーブルの前に座っていた。わたしに気づいて、申し訳なさそうにあわてて立ちあがった。「まあ、マイ・レディ。呼び鈴に気がつかなくて、すみません。なにかご用でしたか？」

「お客さまなの、ミセス・ホルブルック。気づいていたかしら？」

「はい。いまサリーにピンクの寝室の用意をさせているところですが、それでよかったでしょうか？ 探検家の方がまだ青の寝室を使っていますから、公爵にはあの部屋がいいだろうと思ったんです」

「ええ、問題ないわ。でも、お茶の時間なのよ」

「困りましたね」彼女の顔に不安そうな表情が戻ってきた。

「クイーニーはまだ起きてきていないのね」

「そうなんです。メイジーが大麦湯とスープを持っていったんですけれど、クイーニーは手をつけようとしなかったそうです。彼女らしくないですよね」

「そうね、まったく彼女らしくないわね」わたしは笑いを噛み殺した。「お医者さまを呼んで診てもらおうって言ったのよ。いますぐ呼ぶべきね。かわいそうなクイーニー。でもとりあえずいまは……」

「シェフはまだ戻っていないんですか？ 頼めば、ケーキくらい作ってくれますよ」

「彼がいつ戻ってくるかは、わからないのよ、ミセス・ホルブルック。恐ろしい犯罪の疑いをかけられて、尋問のために警察に連れていかれたの」

「まさか。とても気持ちのいい若者なのに。料理のこととなると、確かにとても注文が多いです。なにもかもを自分の思い通りにしたがります。でも彼の作るものは夢のようじゃないですか？　作れないものはないみたいです」

「そのとおりね。でもサー・モルドレッドの晩餐会のあと、具合が悪くなった人が何人かいて、その疑いがピエールにかけられているの」

「かわいそうに。彼を守ってあげてくださいね、マイ・レディ」

「ええ、もちろんそのつもりよ。でも、いまは……」

「とにかくお湯を沸かして、食料貯蔵室になにかケーキがないか確かめてみます。でも今夜の食事は……どうしましょうか、マイ・レディ。引退していたときは自分の食事は作っていましたけれど、わたしは上流階級の方々のための料理なんてしたことはありません」

「なんでもいいのよ、ミセス・ホルブルック。わたしから説明しておくわ」

彼女はうなずいたが、不安そうな表情は消えなかった。お茶の用意を彼女に任せて玄関ホールに戻ったところで、サー・ヒューバートと探検家と犬たちと一緒に戻ってきた祖父の声が聞こえた。犬たちは激しく尻尾を振りながら、わたしに駆け寄ってきた。

「気持ちのいい散歩だったよ」祖父が言った。「サー・ヒューバート、あんたの友人の探検家が、とても興味深い話を聞かせてくれた。インドネシアのいくつかの島では、信じられないようなことが行われているそうだ」

「お茶が飲みたいね」サー・ヒューバートが言った。「どうにかなるのかな?」

「いまミセス・ホルブルックと話をしてきたところで、彼女がお茶をいれてくれているの。でもクイーニーはまだ起きられないから、ミセス・ホルブルックはこのあとどうすればいいのか、気を揉んでいるのよ。彼女は料理なんてしたことがないんですもの」

「わしが行って、手伝おうか?」祖父が言った。「たいしたものは作れないが、簡単な料理ならできるし、彼女を手伝えるぞ」

「だめだ、アルバート。それは間違っている」サー・ヒューバートが反対した。「きみはこの家の客なんだ」

祖父はくすくす笑った。「ルールを曲げなきゃいけないときもあるさ。今夜、食事がしたいなら、だれかが彼女を手伝う必要がある。あんたたちのだれひとりとして料理のりの字も知らないんだから、わししかいないじゃないか」

祖父はベーズ張りのドアからキッチンへと向かった。

「きみのおじいさんはとても面白い人だね」ミスター・ロブソン＝クラフが言った。「彼が聞かせてくれた話は――興味が尽きなかったよ」

「わたしはクイーニーの様子を確かめてくるわ」わたしは言った。「お医者さまを呼ぶ必要があるかもしれない。こんなに長いあいだ、なにも食べられないなんて彼女にとっては一大事だわ」

最初の階段を半分ほどのぼったところで、玄関のドアをノックする音がした。ミセス・ホルブルックやフィップスがやってくるより早く、サー・ヒューバートがドアを開けた。

「入りたまえ」彼の声が聞こえた。

そちらに目を向けると、巡査とジョンソン巡査部長が入ってくるのが見えた。

「サー、差し支えなければ」ジョンソンの言葉には耳に心地いい田舎のアクセントがあった。「こちらの客の探検家と料理人に話をうかがいたいのですが」

「いいだろう」サー・ヒューバートが応じた。「彼がミスター・ロブソン＝クラフだ。書斎で話をするといい。レディ・ジョージアナはたったいま、料理人の助手の様子を確かめに行ったところだ。彼女はかなり具合が悪いらしい」

「そんなときに申し訳ないのですが、警部補の命令ですので」

わたしは残りのふたつの階段を急いであがった。部屋に入っていくと、クイーニーがあわてたように体を起こした。

「具合はどう？」

「だいぶいいです。ありがとうございます、奥さん。今夜、なにかお腹に入れられれば、明日には起きられそうです」

「それを聞いてほっとしたわ、クイーニー。心配したのよ」

「あたしもですよ。もうこれまでかって思いました。埋められちまうのかなって」

「半熟卵と薄く切ったトーストを持ってきてもらうようにするわね。わたしが具合の悪いときには、それが一番食べやすいの」わたしは言った。「こんなときだけれど、あなたに会いたいという人がいるのよ。あの日、キッチンでなにがあったのか、警察が話を聞きたいんですって」

「まさか、タルトに毒のベリーを入れたのがあたしだって思われてるわけじゃないですよね？」

「ええ、もちろん違うわ。でも警察はピエールの仕業だって考えているの。だからわたしたちは彼を助けなきゃいけないでしょう？」

「ピエール？　そんなのばかげてますよ。あたしが言ってやります。タルトにベリーをのせたのはあたしで、どれも庭で摘んできたちゃんとしたベリーだったたってね」

「そうね、そう言ってちょうだい。下までおりてこられる？　それとも警察官にここまで来てもらいましょうか？」

「立つとまだちょっとふらふらするんで、来てもらってもいいですかね」クイーニーは言った。「でも、髪を梳《と》かしてもうちょっとまともに見えるようにするまで、少し待ってください」

わたしは階下におりた。書斎に足を踏み入れたところで、ジョンソンの声が聞こえてきた。

「どうもお手数をおかけしました、サー。ですが、具合の悪い方々を含め、全員に話を聞かなくてはいけませんので」

わたしは、クイーニーは自分の部屋にいるけれど、まだここまで来れるほど回復していないと弁明し、彼を連れて階段をあがった。使用人の階までたどり着いたときには、わたしたちはふたりともいくらか息を切らしていた。ジョンソンがクイーニーと話をしているあいだ、わたしは廊下で待っていた。クイーニーはすっかりいつもの彼女に戻っていて、どの質問にも喧嘩腰で答えていた。

「いいえ、キッチンにはだれも来ませんでしたし、タルトにも触っていませんよ。あたしが自分でベリーをのせて、ほかはだれもタルトに近づいていません。そのうえ、タルトを小型エレベーターで上に運んだときはあたしも控えの間にいて、そのあともずっとそこにいたんです。だから、だれかがあのタルトに毒を入れることができたならびっくりですよ」クイーニーは、ピエールについて訊かれたときも同じくらい力強い口調で答えていた。「彼はいまの仕事に満足しているんです。なんだってそんなばかなことをして、自分でチャンスをつぶしたりするんです？」

ジョンソン巡査部長の尋問が終わるころには、わたしはクイーニーを誇らしく感じていた。彼女はしっかりピエールを守ったのだ。

「我が家の料理人はいつ釈放されるのか、なにか知っていることはないかしら、巡査部長？」わたしは再び彼と階段をおりながら訊いた。「彼が、よその国の警察署にひとりきりでいるのだと思うと心が痛むの」

「残念ですが、警部補はひと晩、彼を留置しておくつもりです、マイ・レディ。そうすれば、彼が話す気になるかもしれないと思っているんでしょう」

「でも、それって違法よね？　彼は殺人罪で告発されたわけじゃないでしょう？」

「はい、わたしの知るかぎりでは。ですが警部補は、明日の朝まで尋問をする時間はないと言っていましたし、彼はフランス人なので逃亡する危険があると考えているんだと思います」

「そういうことなら、わたしが明日の朝一番に弁護士と一緒に警察署に行くと警部補に言っておいて。それから、弁護士が行くまではなにも話さないようにってピエールに伝えてもらえるかしら。わたしたちの弁護士にはもう電話したけれど、念のために……」

「伝えておきます、マイ・レディ」彼は安心させるようにうなずいた。その仕草で安心できればどれほどよかっただろう。よその国の警察署の留置場でピエールに夜を明かさせたくはなかった。もちろん、彼は無実に決まっている。だれだってわかっていることだ。わたしは玄関ホールにひとり立ちつくし、壁に飾られた絵を見つめていた。今回の事件は、なにひとつ筋が通らない。殺人が無作為であるはずがない。けれど、だれも会ったことがない愛想のいい農夫をだれが殺したがるというのだろう？　そう自問したところで、わたしはそうではないことに気づいた。サー・モルドレッドが彼に会ったことがある。遠い昔に。

31

七月二八日

アガサ・クリスティのおかげで、突然すべての筋が通り始めた。

その夜、ミセス・ホルブルックと祖父はなんとかそれらしい夕食を完成させた。ミートパイ、新ジャガとサヤマメ、締めくくりが煮込んだプラムとカスタードだった。オート・キュイジーヌとは言い難いが、充分においしかった。フィグがいなければ、食事を楽しむこともできただろう。わたしたちは、ラノク城での暮らしがどれほど大変なのか、新しいボイラーがちゃんと動かないこと、作業員との交渉にビンキーはまったく役立たずであることを聞かされた。さらに、彼女の母親のリウマチ、彼女の姉の家の雨漏り、姉一家にはモードを花嫁学校に行かせるお金がないことや三年後に彼女を宮廷デビューさせるための費用はどうするつもりだろうといったことに話は及んだ。

「息子であることを祈るといいわ、ジョージー」彼女は言った。「そうすれば、恐ろしいほどの出費をせずにすむから。わたくしたちだって、かわいいアディにそれだけのことをしてやれるのかどうかわからない。まああの子はとても難しい子だから、国王の前に出せるようになってくれるかどうかをまず心配しなくてはいけないけれどね」アディは好奇心旺盛で活発な少女だとわたしは考えていたから、彼女を擁護しようとして口を開きかけたが、フィグはさらに言った。「その新しい国王のことだけれど――彼のことはよく知っているのよね、ジョージー？　ちゃんとした男だってビンキーは言うのだけれど、でも彼は国を統治できるの？　それだけの気骨はあるの？」

「あることを願うわ」わたしも同じ疑念を抱いていることは言いたくなかった。彼はもう何週間も地中海のヨットでシンプソン夫人と過ごしていて、君主がすることになっている政府の公式文書の確認も拒否しているのだろうとわたしは考えていた。

「世界情勢についてわめき散らすフィグを、どうやってあと二週間も我慢すればいいの？」ぐったりしてベッドに入りながらわたしはダーシーに言った。

「彼女は本当に不快な人だね」ダーシーが隣で横たわった。「ビンキーは、彼女が眠っているあいだによく首を絞めなかったものだ」

「わたしは、留置場でひとりきりのかわいそうなピエールのことが頭から離れないの」

「朝一番に警察署に行って、彼が無事であることと弁護士が来ているかどうかを確かめよう。いまは心配するのはやめて、おやすみ。赤ん坊のためにも心を落ち着かせておかなきゃいけないからね」

それに対する返事のように、赤ちゃんはダーシーにも感じられるくらい大きくわたしのお腹を蹴った。「うん、この子には自分の意見があるようだ。こんなふうに蹴るんだから、きっと男の子だな。ラグビー選手になるぞ」

わたしはダーシーの腕のなかで眠りに落ちたが、出産したものの赤ちゃんをどこに残してきたのかを忘れてしまったという妙な夢のせいで、あまりよく眠れなかった。風が吹きすさび、いまにも雨が降りだしそうな天気のなかで夜が明けた。メイジーがいつもの時間に紅茶を運んできた。

「喜んでください、クイーニーが仕事に戻りました、マイ・レディ」ベッド脇のテーブルにトレイを置きながら彼女は言った。「どんなに具合が悪くても、奥さまを困らせるわけにはいかないと言っていました」

「よかったわ」わたしは紅茶のカップに手を伸ばした。「誇らしく思っているって彼女に伝えてちょうだい」

わたしは顔を洗って着替え、おいしい朝食を期待しながら階下におりた。フィグとビンキーはすでに食卓についていた。フィグの顔にはあからさまな非難の表情――いつも以上の非難の表情――が浮かんでいる。

「キドニーがないわ、ジョージアナ。ベーコンすら見当たらない。節約でもしているの？」

「違うのよ、フィグ。クイーニーだわ。まだキドニーを調理できるような状態じゃないのね」

「あなたはまだあのとんでもない娘を置いているの、ジョージアナ？　とっくにクビにしているべきだったのに。あの子は惨事そのものじゃないの」

「いまは彼女に感謝しなきゃいけないわ、フィグ。警察がピエールを釈放するまで、ここには彼女しかいないんだから。そもそも彼女はひどく具合が悪かったのよ。ピエールが料理を作った晩餐会で毒を盛られた人がいた話を聞いているかしら？　クイーニーはそのうちのひとりだったの」

「ゆうべ、おかしな話は聞いたわ。毒を盛られたんですって？」

すべてを話さなくてはならなくなったので、黙っていればよかったと後悔した。話を聞き終えると、フィグは哀れむようにため息をついた。

「その外国人シェフの仕業だっていうことは火を見るよりも明らかね。彼らは悪事を働くためにこの国にやってくるのよ。ジョージアナ、あなたは彼を気に入っているようだけれど、毒を盛られる前に彼が捕まったのは運がよかったんだわ」

「わたしは彼の仕業だとは思っていないの、フィグ。朝食を終えたら、ダーシーとわたしは、弁護士が同席していて、彼が公正な尋問を受けていることを確かめるために警察署に行ってくる。彼は英語があまりできないのよ」

フィグは大げさにため息をついた。「そういうことなら、スクランブルエッグとトーストとポリッジで我慢しなくてはいけないようね」

わたしは朝食を終えると、いらだちながらダーシーを待ち、ヘイワーズ・ヒースへと車で出発した。途中で、雨粒がフロントガラスを叩き始めた。警察署に着いてみると、サー・ヒューバートの弁護士がすでに同僚をよこしてくれていたのでほっとした。彼はわたしたちに近づいてきて言った。

「彼をこんな形で待たせるのは間違っています。あの警部補は緊急事態で呼び出されたそうなんです。地元のフランス語教師はじきに来ることになっています」

「わたしたちは彼に会えないんですよね？」わたしは訊いた。

弁護士はうなずいた。「いまはだめです」

そのときドアが開いて、湿った空気と共にスタージョン警部補が入ってきた。

「いったい……」彼は言いかけたところで、わたしたちが何者であるかを思い出し、顔をしかめた。「レディ・ジョージアナ、ミスター・オマーラ、ここには来ないでほしいと言ったはずですが」眉間にしわを寄せたまま、彼は言った。

「わたしたちの料理人の様子を見たかったのと、彼の代理人となる弁護士が到着しているかどうかを確かめるために来ただけです」わたしは言った。「せめて彼と話をさせてもらえませんか？　わたしたちがついていることを伝えたいんです」

「確かに、彼にはだれか味方が必要でしょうね」スタージョン警部補は言った。「ふたり目の死亡者が出ました。老婦人、ミス・オーモロッドがゆうべ亡くなったんです」彼は一度言葉を切った。「もちろん、彼女の場合は年齢が要因だった可能性はあります。虚弱な体が、弱った心臓や胃の不調に耐えられなかったのかもしれない」

「まあ。お気の毒に。彼女はまだ、近くのお友だちのところに滞在していたんですか？」

「そうです」

「ダーシー、なにかわたしたちにできることがないかどうか、彼女のお友だちを訪ねなきゃいけないわ」

ダーシーは妙な顔でわたしをちらりと見たが、やがて言った。

「もちろんだ。その友人の住所はわかりますか、警部補」

彼もまた妙な表情になった。「どうしてそんな……」

「年配の独身女性ですもの。きっととても混乱して、これからなにをしていいかわからないと思うんです」

「ふむ、解剖が行われるまでは、なにもできることはありませんがね。ですが、これが住所です」警部補が差し出した紙に書かれていた住所は、ひとつだけではなかった。

「メモ帳を出しますね」わたしはハンドバッグを探っているあいだも、その紙から目を離さなかった。ハリデイはオークリッジ・ファーム、マローワン夫妻はフィンレー夫妻と共にウィベルスフィールド近くのリトル・チャリングに滞在していることを、しっかりと頭に焼きつけた。ミス・ベリル・パーソンズの住所を書き写し、満足してその場を離れた。

「ミス・オーモロッドの友人を訪ねるのは、お悔みを言うためかい？　それとも詮索するため？」ダーシーがわたしに訊いた。

「両方よ。それにハリデイとマローワン夫妻がいるところもわかった。彼らと話をすれば、なにかつかめるかもしれない」

「ジョージー、警察が捜査しているんだ。きみがピエールを助けたがっているのはわかるけれど、もう警察に任せたほうがいい。予定日を目前にして、こんなふうに動きまわるのはよくないよ」

「とりあえず、彼らに話を聞きに行きましょうよ。わたしたちが知らなかったことを打ち明けてくれるかもしれないわよ」

車へと戻りながら、ダーシーはため息をついた。

ミス・パーソンズが住んでいたのは、幹線道路からさほど遠くない小さな村のなかにある、絵に描いたように美しい茅葺《かやぶ》き屋根のコテージだった。

「わざわざ来てくださって、ありがとうございます」彼女は、レースの敷物や椅子カバーだらけのこぢんまりした居間へとわたしたちをいざないながら言った。ぶち猫がちらりとわたしたちに目を向けたかと思うと、そっと部屋を出ていった。「もちろん、あなた方のことは存じています。去年、こちらに越していらしたときには、このあたり一帯、大騒ぎでしたから。近くに国王陛下の親戚がいらっしゃるなんて、本当に光栄です」

彼女は座るようにわたしたちを促したあと、お湯を沸かすために急いでキッチンへと向かった。

「今朝、知らせを聞いたときはとても驚きました」彼女が戻ってきたところで、わたしは切り出した。「毒のある実が振る舞われたディナーの席にはわたしたちもいましたから」

「本当に恐ろしいことですよね」ミス・パーソンズが言った。「まともな人間があんなことをするなんて信じられません。かわいそうなヘッティはひどく具合が悪くなって、回復に向かいかけたところで心臓が悲鳴をあげたんです。倒れている彼女をわたしが見つけたんです、かわいそうに」彼女は手で口を押さえた。

「彼女のことを聞かせてください。古くからのご友人なんですよね」

「学校に通っていたころからの。彼女はいろいろなところに行っていましたけれど、残念ながらわたしはずっと同じ場所で暮らしていました。定年になるまで、幼児学校の一番上のクラスで教えていたんです。彼女は慈善事業に邁進していました。自分の子供はいませんでしたけれど、世界中の恵まれない子供たちのために根気強く活動を続けていたんです。ある大きな慈善団体で重要な地位についていました」

「彼女が晩餐会に来たのは、サー・モルドレッドが彼女の団体を選んだからなんですよね？」

ミス・パーソンズの顔が曇った。「いいえ、違います。彼女が晩餐会に出席したのは、彼の慈善活動についてもっと知りたかったからです。ヘッティは、彼が寄付している団体の話を聞いたことがなかったので、自分が活動しているとても評判のいい慈善団体に寄付することを勧めたんです」

キッチンでケトルが鳴り始めた。ミス・パーソンズは紅茶を作りにいき、しばらくして彼女と一緒に戻ってきた猫はダーシーの脚に体をこすりつけた。

「彼は言われたとおりにしたんですか？」わたしは訊いた。

「いいえ。はっきりと断られたそうです。かなり素っ気なかったみたいです。彼女はがっかりして帰ってきましたから。〝あの男はペテン師かもしれない。援助しているという南アフリカの孤児について、詳しい話をまったくしてくれなかったの。どちらにしろ、わたしの団体に寄付はしてくれないわ〟と言っていました」

「興味深い話ですね」わたしはダーシーと顔を見合わせた。

「そして彼女は死んでしまった。かわいそうに」

「そうですね、そして彼女は死んでしまった」ダーシーはその言葉を繰り返した。

32

七月二八日
ハリデイの農場、その後マローワン夫妻と会う

　ついに、いくつかの事柄がつながり始めた。けれどまだ、どうやって特定の人物を殺すことができたのかがわからない。

「興味深い話だと思わないか？」ダーシーは車を走らせながら言った。「彼女はサー・モルドレッドを怪しんでいて、そして彼女は死んだ」
「でも、最初の疑問は解けないままよ。特定のタルトをどうやって目的の相手に渡すことができたのか？　そもそも」わたしは言葉を強調するように、両手を振った。「ミス・オーモロッドは、あのタルトを食べるはずじゃなかったんだもの。わたしが断ったタルトは、ミスター・マローワンのところに行って、ミス・オーモロッドが彼のタルトを食べたのよ。そしてミスター・ハリデイが余ったものを食べた」

「そしてミスター・ハリデイも死んだ」ダーシーが淡々と言った。
「でも給仕人たちは、これといった順番もなく、テーブルにあったタルトを適当に持っていったのよ。それに、サー・モルドレッドも具合が悪くなった」
「うん、それが事態を複雑にしているね。ぜひとも、ミセス・ハリデイの話を聞きたいところだ」

一五分ほど車を走らせたところで道路を逸れ、文字通り泥まみれの農道へと入った。オークリッジ・ファームは昔ながらの煉瓦造りの建物で、豪華ではないがくつろげそうな家だった。庭にはアヒルや鶏がいて、二匹の犬が疑わしそうに吠えながらわたしたちを出迎えた。納屋から労働者が現れた。ミセス・ハリデイにお悔みを言いにきたのだと告げると、玄関へと案内してくれた。

黒い服に身を包んだミセス・ハリデイの顔は青白く、わたしが覚えているよりも小柄で華奢に見えた。

「来てくださってありがとうございます」彼女の声はかすれていた。「お葬式の手配をしなくてはならないんですけれど、どうすればいいのかさっぱりわからないんです。主人の遺体はまだ戻ってきていませんし、もう辛くて」

「近くにご家族は？」

彼女は首を振った。「両親は亡くなりました。タビーの両親もです。ヨークシャーにわたしの兄がいますけれど、タビーに近親者はいないんです。ふたりの弟はどちらも第一次世界大戦で亡くなっています」

「お子さんもいらっしゃらないんですか？」ダーシーが訊いた。目の前に大きなお腹をしたわたしがいるところでこんなことを訊くのは、いささか無神経だとわたしは思った。

「残念ながらいません。子供には恵まれませんでした。とにかく、お入りください」

彼女は使いこまれた居間へとわたしたちを案内し、当然のようにお茶を勧めた。すぐに戻ってきたところを見ると、お湯はすでに沸いていたようだ。

「いまもまだショック状態なんです」彼女は紅茶を注ぎながら言った。「タビーが故意に毒を盛られたと警察から聞いたときは、とても信じられませんでした。だれがそんなことをするんです？　タビーはだれからも好かれていました。場の中心にいるような人でしたし、地元の活動にも熱心でした。治安判事で、このあたりでは狩りの名人だった。人生をおおいに楽しんでいたんです」

「わたしたちも同じ疑問を抱いています」わたしは言った。「無作為の犯行だったようで、犯人は殺す相手はだれでもよかったみたいです。でも、そんなことってとても信じられませんよね？」

「ええ、本当に」彼女はため息をついた。「主人はあの夜をそれはそれは楽しみにしていたんです。サー・モルドレッドの記事を見つけたときには、その新聞を振り回していました。〝これはシュリンピーに違いない〟と言って。その後、晩餐会の告知を見て、主人は待ちきれない様子でした。彼とシュリンピー・モーティマーは、学校でとても親しかったそうです。

親友だった。彼が南アフリカに行っていて、その後爵位を継いだことも知らず、タビーはもう何年も連絡を取ろうとしていたんです」ミセス・ハリデイは言葉を切り、スカートを撫でつけた。「学校ではずいぶんいたずらをしたそうです。そのころのシュリンピーは面白いこと好きの少年だったと主人は言っていました」彼女は顔をあげて、わたしの目を見つめた。「でもいまの彼は違う。面白さなんて、かけらも残っていませんでしたよね？　軍隊で過ごしたせいなんでしょうね。戦争は人を変えてしまう。違いますか？　あまりに多くのものを見すぎて、良心がするなと命じていることをしなければならなかったせいで」

彼女は今度はダーシーを見つめた。彼はうなずいた。

「タビーは戦争に行ったんです。そのときにはすでに三〇代半ばでしたけれど、弟たちが入隊したので、ひとりで残されたくなかったんですね。けれど弟たちふたりはどちらも塹壕《ざんごう》で命を落とし、タビーはかすり傷ひとつ負わずに戻ってきました。おかしな世の中ですよね」

長い沈黙があった。

「ミセス・ハリデイ」わたしはためらいながら切り出した。「ディナーのあと、ご主人の様子はどうでしたか？　体調を崩しそうな予兆はありましたか？」

「いまから考えると、家へと車を走らせていたときには、様子がおかしかったと思います」困惑したように彼女は顔をしかめた。「興奮しているようで、顔を赤くしていました。ろれつも少し回っていなかったんですけれど、お酒のせいだろうと思いました。タビーはかなりお酒を飲む人だったんです。車のなかではずっと、おかしいって言い続けていました」

「なにがおかしかったんです？」ダーシーが訊いた。

「わかりません。タビーは、ささいなことを思い詰めるタイプだったんです」

「学校に通っていたころのタビーとシュリンピーの写真はありませんか？」わたしは尋ねた。

「もちろん、あります。タビーは書斎の壁に飾っていたんです。ラグビーチーム全員分の写真を。それからクリケットのチームも」

彼女は部屋を出ていったかと思うと、額入りの写真を数枚持って戻ってきた。

「子馬みたいですね」それは、ありえないくらい若くて無邪気そうな少年たちの写真だった。

「こんなころもあったな」ダーシーが言った。「この節くれだった膝」

「これがタビーです」ミセス・ハリデイは指さしたが、その必要はなかった。わたしはすでに、うしろの列にいる少年を見つけていた。年のわりに大柄で、きっちりと真ん中から分けた金色の髪が、希望に満ちた丸い顔を包んでいる。

「シュリンピーは？」

「前の列です。ボールを持っている子」

いまはもうもじゃもじゃの黒髪ではなくなっているが、若き日のサー・モルドレッドがそこにいるとわたしは思った。確かにニックネームがふさわしい。小柄で痩せた少年だ。

「ラグビー選手にしては小さいですね」優れたラグビー選手だったダーシーが言った。

「ええ。でもとても足が速かったとタビーは言っていました。一度ボールを手にしたら、だれも止められなかったって」

彼女はほかの写真も見せてくれた。最後の写真に写っていたのは最終シーズンのスターティングメンバーで、ニックネームどおりの体形になったタビーはうしろの列にいて、ここでもボールを持ったシュリンピーが前列の中央に座っている。わたしは彼を見つめた。その顔にはやはりサー・モルドレッドの面影がある。髪は撫でつけられていて、懸命に笑いをこらえているのがわかった。隠しきれない茶目っ気が見てとれる。

「ありがとうございます」わたしは写真を返した。ほかに言うべきことも、尋ねるべきことも思いつかなかった。

「これ以上お邪魔はしませんが、なにかお手伝いが必要であればいつでもご連絡ください。わたしのゴッドファーザーのサー・ヒューバートは、このあたりのことには詳しいんです。葬儀屋などは紹介できると思います」

ミセス・ハリデイはハンカチで目頭を押さえた。「ご親切に」

わたしたちは立ちあがった。

「一緒にいて楽な人ではありませんでした。威張り散らすこともあった。自分はなんでも知っていると思っていたんです。でも善良な心の持ち主でした。寂しくなります。それどころか、彼なしでわたしはこれからどうすればいいのかわかりません」

車を発進させたところで、ダーシーはわたしに訊いた。

「なにかわかったのかい？　きみがあそこでなにを知りたかったのか、ぼくには見当もつかないんだが」

「彼女が夫を殺したのかもしれないって、ちらりと思ったの。ハリデイは、彼女を見下しているような態度だったでしょう？　でも彼女は見るからに打ちのめされていたわね」

「妙だと思わないかい？　威張り散らす夫に愛着を持つ妻がいるというのは」

「わたしは彼女たちの気持ちがわかるわ」わたしは冷ややかに応じて、彼を笑わせた。

「このあとはどこに？」

「もしまだフィンレー夫妻のところにいるようなら、マローワン夫妻を訪ねようと思うの」

「フィンレー夫妻？」ダーシーは眉間にしわを寄せた。「以前、マウントジョイ家に滞在していたんじゃなかったかな？　古い本を集めている小柄で物静かな男だよね？」

「ええ、そうだと思うわ」

「どこに住んでいるのか、知っているの？」

「警察署にいたとき、苦労して住所を覚えたわ。ウィベルスフィールドのちょっと先よ」

「いいかい、ジョージー、きみがピエールの疑いを晴らしたがっているのはわかるが、あまりのめり込みすぎたり、出産直前に動揺したりしてほしくないんだ。警察はちゃんと仕事をしてくれる、弁護士はピエールが自白を強要されないようにしてくれると信じるしかない。そもそも、自白以外に彼の仕業だと証明するすべはないいんだ」

「まさにそれが問題なのよ。そうじゃない？　どうやったのかを証明する方法がない。適当なタルトにベリーを入れるのは簡単よね？　お手洗いに立ったときに控えの間に立ち寄って、ベリーを入れるのはだれにだってできた」

わたしたちは美しい夏の田園風景のなかを進んだ。にわか雨は通り過ぎて、真っ青な空を白い雲が勢いよく流れていく。生垣にはスイカズラが咲き乱れている。キジが一羽、わたしたちの前を低く飛んでいった。丸々とした牛たちが野原からわたしたちを見つめている。英国がもっとも美しいときだ。この景色を楽しむことができればよかったのに。

フィンレー夫妻の家は、完璧に整えられた庭に建つ大きなドールハウスのような、ジョージ王朝様式の魅力的な建物だった。メイドに案内されて家のなかへと入っていくと、マローワン夫妻は庭を見渡せる美しい部屋でこの家の主人たちと一緒にコーヒーを飲んでいるところだった。男性たちが立ちあがった。

「お邪魔をして申し訳ありません」ダーシーが謝罪した。「ダーシー・オマーラと妻のジョージアナです」

「まあ、お話はうかがっているわ」ミセス・フィンレーが近づいてきて、手を差し出した。「アガサが、例の晩餐会について詳しく話してくれたんですよ。彼女の得意な分野ですものね。そうでしょう？　毒草園のある薄気味悪い家で開かれた晩餐会で、無作為に毒が盛られたなんて」

「ただし、まだ彼女は解決できていないんだがね」ミスター・フィンレーが言った。「しっかりしたまえ。きみらしくないぞ」

「わたしが途方に暮れているのは認めるわ」アガサ・クリスティは首を振った。「これまで、無作為に毒を盛る人間なんて出くわしたことがないんだもの。ニワトコの実は理解できるの。ばかないたずらよ。サー・モルドレッドの息子の仕業だとして驚かない。彼が父親とうまくいっていないのは明らかよ。あるいは娘とその夫であっても。ふたりとも父親のことがあまり好きではないようだし。でも、命に関わる毒となると……話は違ってくる」

「新たなお知らせがあるんです」わたしは言った。「年配の女性、ミス・オーモロッドが亡くなりました」

「うむ、それほど驚くことではないと思うね」ミスター・マローワンが言った。「体の弱そうな年配女性、あの夜の興奮とその後の腹痛。彼女の心臓は耐えられなかったんだろう」

「そうなんでしょうね」アガサがわたしを見ていることに気づいた。「薔薇の庭を見たくはないかしら、レディ・ジョージアナ？　フィンレー夫妻の薔薇は有名なのよ。ディッキーは自分の赤ん坊のように薔薇の手入れをするの。そうよね、ディッキー？」

「楽しくてたまらないのは認めるよ」彼が応じた。「わたしが案内しようか？」

「あなたたちさえかまわなければ、レディ・ジョージアナとわたしはふたりで散策したいわ」

わたしとダーシーの目が合った。〝あなたはここにいて〟とわたしは視線で告げた。

「お喋りはふたりに任せることにしましょう」彼が言った。

アガサとわたしはフレンチドアを抜け、テラスを通り、淡い黄色の薔薇のアーチをくぐってその向こうにある庭に出た。聞かされていたとおり、見事な庭だった。

「あなたも観察眼が鋭いことはわかっているの、レディ・ジョージアナ」ようやく彼女が切り出した。「しばらく考える時間があったわけだけれど、あなたはこの件についてどう思っているのかしら？」

「実はまだ見当もつかないんです。特定の人間を狙っていたのだとしたら、タルトを隣の人に回すなんて危険すぎます」

「それじゃあ、あなたはだれを疑っているの？」

「サー・モルドレッドの子供たちが怪しい気がします。ふたりには莫大な遺産が入りますし、あの家族は不仲です。それに以前にもお話ししましたけれど、父親が母親を殺したのかもしれないとエドウィンがほのめかしていたんです」

アガサはうなずいた。「確かにもっともな動機のように思えるわね。それに彼には手段もあった」

「彼は、ディナーの準備ができているかどうかを確かめに行っています。当然、控えの間ものぞいたはずですよね？」

「そうでしょうね。でもそれなら、毒の実のタルトが、確実に父親のところに行くようにしたんじゃないかしら？」

「そうですよね。それが問題なんです。特定のタルトを確実にだれかに食べさせる方法なんて、ないんですから」

「でも、ニワトコの実でだれも死ななかったことはわかっている。ただひどい腹痛を起こしただけよ。死因になったのはベラドンナ。それでもひと粒の実では足りない。わたしの経験からすると、だれかを死に至らしめるためにはかなりの数が必要よ。どうすれば、目的の人間がそれを食べるように仕向けられる？　狙われたのはサー・モルドレッドだって思い込んでいたけれど、ひょっとしたら、ミスター・ハリデイを殺したかったのはだれだろうって考えなきゃいけなかったのかもしれない」

わたしはその仮説を考えてみた。「ついさっき、タビー・ハリデイの未亡人と話をしてきましたけれど、彼は人好きのする――ごく当たり前の田舎の農夫だったようです。ただ……」

「ただ？」アガサは期待を込めた目でわたしを見た。

「ただサー・モルドレッドは、ずっと昔にサー・モルドレッドと知り合いでした。晩餐会にいた人で、個人的なつながりがあったのは彼だけだったと思います」

アガサはなにかを思いついたような表情になった。

「彼だけじゃない。慈善団体の女性も彼を知っていたわよね？」

「手紙のやりとりをしていただけです。直接、会ったことはなかったはずです」

「ごく希薄とはいえサー・モルドレッドと関係のあったのはそのふたりだけで、そしてふたりとも死んだ」アガサは言葉を切った。「問題は、サー・モルドレッドも毒を盛られたということね」その知性的な目がわたしを見つめた。

「やはり、どうすれば特定のタルトを特定の人間に食べさせられるかという問題に戻ってきてしまいますね」わたしは言った。「そんな方法なんて……」

アガサは不意に足を止め、見事な黄色の薔薇を見つめた。

「ミスター・ハリデイがベラドンナの実を食べたって、どうしてわかるの？　解剖をしたときには、もう消化器官に残っていなかったはずよ」

「血液中からアトロピンが検出されたんだと思います」

彼女は活気に満ちた表情になっている。「そのとおり。そしてアトロピンは植物に含まれるものとは限らない。薬局でも手に入るのよ。目薬にも含まれているわ」

「つまり、アトロピンはタルトに入っていたとは限らないって言っているんですか？」

アガサはうなずき、興奮した様子でわたしの腕をつかんだ。「テーブルの上にあったもので、特定の人間に給仕されたものはなんだった？」

わたしはディナーの様子を思い浮かべた。「わたしたちが食堂に入っていったとき、蟹のムースはすでに並んでいましたよね？」

彼女は再びうなずいた。「蟹のムース。毒物を入れるのは、ちょっと難しいわね。ほかには？」

わたしはさっと彼女に顔を向けた。「ワイングラス」わたしの声も興奮気味だった。「席についたときには、すでに蜂蜜酒が注がれていたわ！」

「わかってきたわね。蜂蜜酒は恐ろしく甘いから、数滴のアトロピンを入れても気づかれない」

「わお」

「そうよ。そうやって行われたのよ」アガサはうれしそうに手を打ち合わせた。「犯人はある人間を殺したかったから、蜂蜜酒にアトロピンを入れた。客が到着する前に、あらかじめ入れておくことができるわ。そして、偽装工作として無作為にニワトコの実をタルトに入れたのよ。サー・モルドレッドはディナーの前に、ちゃんと準備が整っているかどうかを確かめに行ったわよね？」

「でもそのときには、わたしの料理助手が控えの間にいたんです」

「彼女はサー・モルドレッドを怖がっていたに違いないわ。〝ワイングラスが端に寄りすぎないように気をつけろ〟みたいなことを彼が言えば、彼女は背を向けるだろうから、そのあいだにタルトにニワトコの実を入れることができる。彼は、何人かの具合が悪くなることを知っていた。ひとりが死ぬことも」

「ふたりですね」わたしは言った。「ミス・オーモロッドが年齢のせいで亡くなったのでないかぎり」

「ふたりが死ぬことも」彼女は言い直した。「家族を除けば、サー・モルドレッドとなんらかの関係があったのはそのふたりだけだというのは、とても興味深い点だわ」

「でも、サー・モルドレッドも体調を崩しました」

「それも偽装工作よ。彼は自分も具合が悪くなるように、ニワトコの実を食べた。もしくは、具合が悪いと訴えただけなのかもしれない。だれがそれを調べたりするかしら？」

わたしはしばし彼女を見つめ、いまの話を考えた。

「つまり、サー・モルドレッドは犠牲者ではなくて、この件の黒幕だって言っているんですか？」

「それがもっともありうる答えのように思えるわ」

わたしは感嘆のまなざしで彼女を見つめた。

「わお」こんな子供っぽい言葉を使うのはやめようと決心していたことを思い出す前に、わたしは再びそうつぶやいていた。それがなにを意味するのかを考えた。「それじゃああなたは、ハリデイとミス・オーモロッドが晩餐会に来ることを知ったサー・モルドレッドが、ふたりを始末しようとしたと考えているんですね？　でもどうして？　彼は学校を卒業したあと、タビー・ハリデイに会っていなかったんですよ。ミス・オーモロッドとは会ったこともなかったはずです」

「ふたりは、彼の評判が傷つくようななにかを知っていたのよ。殺そうと彼が思うほど重要なことを」アガサが言った。

「タビー・ハリデイの妻は、学校に通っていたころのふたりはとても仲がよかったと言っていました。でもサー・モルドレッドはそれを否定したんです。ハリデイには我慢できなかったって」

「なるほどね」アガサ・クリスティはわかったような笑みを浮かべた。「そういうことなんじゃないかしら？　学校に通っていたころ、ふたりはとても親しい友人だった――いわゆる親密な関係だったとしたら？」

わたしは首を振った。「サー・モルドレッドは、そういったことを気にしないと思います。芸術の世界では珍しいことではないでしょう？　ノエル・カワードを見てください。みんな、彼のことは知っています。みんな、彼を崇拝しています」

「そのとおりね」彼女はうなずいた。「なにかほかにあるのね。ミスター・ハリデイが知っていることで、彼を破滅させられるなにかが。学生時代にしたことかしら？」

「学校でばかなことをする人は大勢いますよね？」

薔薇の香りに包まれながら、わたしたちは歩き続けた。わたしはあたりの静けさや蜂の羽音、そして英国の田舎ののどかな平穏さと、美しくて平和なその同じ場所でふたりの人間が殺されたという対照的な事実を、改めて意識した。

「ミス・オーモロッドはどうかしら？」アガサが訊いた。

「サー・モルドレッドが彼女と会ったことはないはずです。彼女はどこかの慈善団体の代表で、このイベントの収益をその団体に寄付してほしかったんだと思います。でも彼女が滞在していた家の女性によれば、彼はそのお金を南アフリカのどこかの児童養護施設に直接送るつもりだったみたいです。ミス・オーモロッドはそれを疑っていたとか」

「なにか不正が行われていると感じていたのかしら？」

「そうだと思います。彼はペテン師だと言っていたそうです」

「お金を自分のものにしていたとか？」

「かもしれません」

「でも、だからといって人を殺そうとするかしら？　口をふさぐために？」アガサは首を振った。「そうは思えない。そうすべきではないお金を嬉々として自分のポケットに入れている政治家がどれほどいることか」

「それに、筋も通りません。サー・モルドレッドは裕福です。彼の本は売れているし、お金持ちの女性と結婚もした。それに彼は、かなりケチだと思います」

「ケチ？」

わたしはうなずいた。「使用人は最低限しかいません。息子の友人を給仕人として使った。それにあの家——整っているとは言えませんでしたよね？　あまり手入れがされていなかった」

「男性がひとりで暮らしていたら、そうなるんじゃないかしら」アガサは小さくため息をついた。「ねえ、ジョージアナ——」彼女は言葉を切り、恥ずかしそうに笑った。「——協力してこの件に当たっていることだし、下の名前で呼んでもいいかしら？」

「もちろんです」

「わたしのこともアガサと呼んでね。わたしたち、難しいことに取り組んでいるようね。犯行の手段があった男にたどり着いたけれど、その動機がわからない。被害者のふたりはどちらも、彼に害を及ぼすような存在ではなかった。そうよね？」

「わたしたちの仮説を警察に話すべきだと思いますか？」

「この段階では、意味はないんじゃないかしら。蜂蜜酒が入っていたグラスはとっくに洗われてしまっていて、なんの証拠もない。でもサー・モルドレッドは自分が容疑者にならないように、実に巧妙に仕組んだわ。彼の庭のベラドンナには実はついていなかった。頭のいい男よ。ひどく品のない本を書いてはいるけれど。彼はいんちきをするのよ——物語のなかで犯罪を解決するのに、何度か超自然の手段を使ったの」

わたしは笑いたくなるのをこらえた。文学のライバルには容赦ない。

33

七月二八日
アインスレーに戻り、そして……

ようやくなにかをつかめたかもしれないと思うと、心が浮き立った。アガサの仮説は正しいのだろうか？　これは念入りに計画されたこと？　サー・モルドレッドが唐突にわたしの料理人を借りたいと言いだしたことを思い出した。あれは、ピエールがあまり英語が話せないというだけでなく、彼が共産主義者であることを認めたからだった？　スケープゴートにするにはうってつけの存在だ。わたしたちが突き止めなければならないのは、成功した小説家が、いかにも無害に見えるふたりの人間を脅威とみなした理由だ。

「それで、ミセス・マローワンとは楽しいお喋りができたのかい？」家に向かう車のなかでダーシーが訊いた。「ふたりで犯罪を解決した？」からかうような口調だった。

「ええ、解決したと思うわ。ただ、動機が見つからないのよ」

わたしは、突き止めたことを語った。ダーシーはおおいに感心したようだ。

「なんてこった。それですべて筋が通る。彼の家には実験室があると言っていたよね？　ベラドンナが実をつけていたときに毒を抽出するのは簡単なことだっただろう。そしてニワトコの実をタルトに入れて、捜査の目を逸らしたわけか。だが、問題はその理由だ」

「あなたはロンドンに伝手があるわよね。サー・モルドレッドについて調べてもらえないかしら？　人に知られたくない、暗い秘密がないかどうか」

「訊いてみよう」彼は言った。「だがきみは体を休めなくちゃだめだ。この時期に、動きまわるのはよくない。一週間かそこらのうちに、ありったけのエネルギーが必要になるんだから」

「そのとおりね。今日は一日中、腰が痛かったわ。でも、わたしたちが事件を解決したって、ぜひともあの警部補に言ってやりたいのよ。あの人って、いかにも上から目線のうぬぼれ屋なんだもの」

「確かにね。弁護士がピエールを釈放させていることを願おう。クイーニーの料理に戻りたくはないからね」

帰宅してみると、事件が解決するまでわたしたちの家から出てはいけないという条件つきだが、ピエールの釈放を許可させたという伝言が弁護士から届いていた。彼を連れ帰るため、フィップスを警察署に向かわせた。

「あちこちうろつくのはよくないわ、ジョージアナ」居間に入っていったわたしにフィグが言った。「あなたは体を休めておかなくてはいけないのよ。出産に備えて、体力を温存しておく必要があるの。今朝、あなたの子供部屋を点検して、まだ準備していなくてこれから必要になるもののリストを作っておいたわ。それから、ふさわしい子守の心当たりがあるの。フレイザー・ハンティンドンの一番下の息子が学校に入ったって、母が言っていたのを思い出したのよ。つまり、あの家の子守を雇えるようになったということ。フレイザー・ハンティンドン一家を知っているでしょう？　誇り高き軍人一家よ。代々、将官を務めているの。息子たちは全員がゴードンストウンに通っているのよ。ほら、朝の六時から丘陵地帯を走って、水のシャワーを浴びる野外活動に熱心な学校よ」

わたしの大事な赤ちゃんが、鍛えるために冷たい水につけられたり、泣いたら叩かれたりするところを想像して、わたしは震えあがった。

「ありがとう、フィグ。でも子守を雇うかどうかも決めていないの」わたしは応じた。「子供に慣れているナースメイドがいるし、わたしは自分で赤ちゃんの世話がしたいのよ」

「自分で？」いつも横柄な表情が、いっそう横柄になった。「おむつを替えるとか？　夜中に起きて、小さな怪物にお乳をあげるとか？　本気じゃないわよね、ジョージアナ」

「あら、本気よ。少なくとも、試してみたいわ」

「でも、旅がしたいときにはどうするの？　ダーシーのお父さまに会いにアイルランドに行くでしょう？　それにあなたはよくヨーロッパに行っているじゃないの」

「そのときは赤ちゃんを連れていくわ」

まるで、ライオンや火を噴く奇術師がいるサーカスに連れていくとでも言ったかのように、フィグはまじまじとわたしを見つめた。

「連れていくですって？　頭がおかしいの？　赤ん坊は手間がかかるのよ。きれいなドレスに吐くし、都合の悪いときに泣きだす。いいえ、ジョージアナ、絶対にだめ。赤ん坊は恐ろしく迷惑な生き物なの。家を絶やさないために子供は持たなくてはならないけれど、顔を見ずに済むならそれに越したことはないのよ」

「あなたに言われたとおり、少し横になってくるわ」

わたしはそう言って、急いでその場を逃げ出した。実を言えばかなり疲れていたし、腰が痛くてたまらなかった。体を休め、冷たいハムとサラダのランチを取り、戻ってきたピエールを出迎えたときには、いくらか気分がよくなっていた。彼はわたしの手を取り、自分を信じて助けてくれたことに何度も礼を言った。そして、これまで以上の最高の料理を作ると言って、キッチンへと姿を消した。

ランチのあとは、庭のデッキチェアに腰を落ち着けたが、隣に座ったフィグが子育てについての講義を始めたせいで、のんびりした午後にはならなかった。彼女の場合、子守を雇ったのは賢明だったと言えるだろう。子供たちはどちらも、母親にまったく似ずに育っているのだから。

「そして七歳になったらすぐに」フィグが言った。「子供を寄宿舎に追いやるのよ。じきにポッジが七歳になるわ。彼にはハイランド・ハウスがいいだろうとビンキーに言っているの」

「家から近いから？　それはいいわね。いつでも彼を訪ねられるわ」

「そうじゃないの。そこがゴードンストウンのフィーダー・スクール（目標とする学校への進学を目的とする学校）だからよ」

わたしの甥をそんな体制に従わせたくはなかった。わたしは立ちあがった。

「絶対にだめ。彼は繊細な子よ。彼にはまったく合わないわ」

「繊細だからこそ行かせるのよ、ジョージアナ。彼は鍛えてもらう必要があるの。男になるために。世の中は厳しいし、彼はいずれ公爵になるんだもの」

「いまはもう公爵が率先して戦う必要はないと思うわよ、フィグ。ポッジはビンキーのように詩人か農夫になりたがるかもしれない」

「あら、ビンキーはまったくの役立たずよ。わかっているでしょう。借地人からの収入がなければ、わたくしたちは食べるものにも困ったでしょうね」

ちょうどそのとき、サー・ヒューバートと探検家に先んじて犬たちが飛びはねるようにして近づいてきたので、幸いにもわたしは解放された。

その日の午後、ダーシーはロンドンに何本か電話をかけていた。一日の締めくくりのディナーは、海老のスフレ、クイーニーが言うところの生意気なバン《コッキー・バン》（コック・オー・ヴァンと呼ばれる鳥の赤ワイン煮込みのこと）、デザートにはメレンゲと綿菓子のフローティング・アイランド、最後が熟したスティルトン・チーズと桃だった。フィグとサー・モルドレッドのことはとりあえず心の奥底に押しこめて、満足してベッドに入ったわたしだったが、奇妙な感覚を覚えて暗闇のなかで目を覚ました。ダーシーが起きたところを見ると、うなり声をあげていたらしい。

「どうした？」彼が尋ねた。

「気分が悪いの。お腹がすごく痛むし、吐き気もする」自分がなにを言ったのかに気づいた。「わたしたち、間違っていたのかしら？　やっぱりピエールが犯人で、わたしたちに毒を盛ったんだと思う？」

ダーシーは体を起こした。「すぐに医者を呼ぼう」ベッド脇のランプをつけ、ガウンに手を伸ばす。

「それは少し気が早いかもしれない。いまはそれほどひどいわけじゃないのよ。それに食事はとても濃厚だったわ」

「どんな危険も冒すつもりはないよ。ミセス・ハリデイの家では紅茶を飲んだよね。だれがミスター・ハリデイを殺したのかが判明するまでは、用心するに越したことはないんだ。とりわけきみは大事な体なんだからね」

彼は部屋を出ていき、階段をおりる足音に続いて、話し声が玄関ホールから聞こえてきた。再び腹痛の波が押し寄せてきて、医者が来てくれると思うとほっとした。ダーシーが戻ってきた。

「朝の四時に呼び出されるのは不満そうだったが、すぐに来てくれる。なにか欲しいものはない？」

わたしは首を振った。彼はわたしの隣に座って、手を握った。

「ああ、もしきみの身になにかあったら、ジョージー……」

彼の手の温かさに慰められて、いくらか気持ちが楽になった。なにも問題はない、わたしは自分に言い聞かせた。だがそのとき、再び激しい腹痛が襲ってきた。ダーシーは医者を出迎えるため、階下におりた。わたしは惨めな思いでベッドに横たわっていたが、やがて車が近づいてくる音、ひそめた話し声に続いて階段をあがってくる音が聞こえてきた。

「さてと、なにか悪いものでも食べましたか？　吐いたり、お腹をくだしたりとかは？」

「それはありません。吐き気はしますけれど」

「拝見しましょう」彼は布団をめくり、わたしを診察し、そしてわたしをにらみつけた。

「これは腹痛じゃありませんよ。陣痛です」

「そんなばかな」ダーシーが言った。「予定日は少なくとも一週間は先なのに」

「初めての子供は予測できないものですよ」医者が言った。「それに予定日は必ずしも正確じゃない。生理は規則正しかったですか？」

「そうでもなかったです」

「なるほど。医者はあなたたちから聞いた情報を元にして予測することしかできませんし、それもいつも正確とは限りません。ともあれ、いまそんな議論をしても始まらない。奥さんの陣痛が始まっていますから、サー、部屋を出てもらえますか？　どれくらい進んでいるかを確かめます」

「陣痛が始まっているなら、いますぐ施設に彼女を連れていかないと」ダーシーが言った。

医者が彼を見た。

「そんな時間はありませんよ、ミスター・オマーラ。もう破水している。赤ん坊はおりてきています」

突如として、すべてが動き始めた。ダーシーが使用人たちを起こした。ベッドのシーツがはがされ、ゴム製のシーツが敷かれた。お湯とタオルが運ばれてきた。わたしはわくわくしながら、そして同時に怯えながら映画を見るようにその様子を眺めていた。窓の外では空が明るくなり始めている。鳥のさえずりがうるさいほどだ。ごく普通の状態と、痛みにもだえる時間が交互にやってきた。

「あとどれくらいこれが続くんですか？」メイジーに額の汗を拭いてもらいながら、わたしは訊いた。

「初めての出産だと、数時間は続くでしょうね」医者が答えた。「自然の成り行きに任せるほかはないんですよ」

聞きたかった答えではなかった。耳にしたことのある話が蘇ってきた。出産で命を落とした女性。へその緒を首に巻きつけて生まれた赤ちゃん。「大丈夫」自分に言い聞かせた。

知らせを聞いたサー・ヒューバートが電話をしたらしく、ゾゾがすぐに来てくれるということだった。どれくらいの時間がたったのかはわからないが、陣痛の間隔が狭まってきた。

やがて、ドア口で騒ぎが起きていることに気づいた。いきなり入ってきたのはフィグだ。

「ジョージアナ、どうしてわたくしを呼ばなかったの？　すぐに来たのに。そばに女性がついているべきなのよ。こんな冷酷な男たちではなくて。大麦湯が欲しい？　それともブランデー？　背中のマッサージをしてあげるわ。痛みが楽になることがあるって聞いたの。わたくしは経験していないけれど。わたくしの出産のとき、ビンキーは部屋に近寄ろうともしなかったのよ。気を失うのが怖かったらしいわ、まったくばかな人。それにドクター・マッキントッシュがどんなふうだか、あなたも知っているでしょう？　思いやりのある人とは言えない。横になっていきめってわたくしに言ったのよ」

「いきまなきゃいけないんですか？」わたしは不安になって医者に訊いた。

「まだです。そのときがきたら、わかりますよ」彼はフィグをにらみながら答えた。「レディ・ジョージアナはひとりにしてもらったほうが、落ち着けると思いますがね」

「とんでもない。彼女には女性が必要なの。近親者の女性が」フィグは自分の言葉を強調するように、わたしのベッドの傍らに椅子を引き寄せた。

玄関の呼び鈴が鳴ったのは、午前の半ばころだったと思う。ミセス・ホルブルックの声が聞こえた。うれしそうだ。女性の声。階段をのぼる軽やかな足音。ゾゾに違いないとわたしは思い、彼女が来てくれたことを知ってほっとした。

だれかが部屋に入ってきた。

「ダーリン、もう心配ないわ。わたしが来たから」

母の声がして、甘ったるい香水のにおいがわたしを包んだ。

34

七月二九日
アインスレー

日記を書いている暇はない。とても忙しい。たくさんのことが起きた。いいことも、悪いことも。

「知らせを聞いて、飛んできたのよ」母はそう言って、ベッドの傍らに腰かけた。「ロンドンには来ていたの。孫の誕生を祝わなきゃいけないからってマックスに言ってクラリッジまで来てみたら、ゆうべのディナーでゾゾとばったり会ったのよ。そうしたら今朝一番に彼女が電話をくれて、一緒に車でここまで来たっていうわけ。車を止めたら、彼女もすぐに来るわ。あなたを愛している女性ふたりが来たんだから、もう安心していいのよ」母は部屋を見回して、言った。「あら、こんにちは、フィグ。ここでなにをしているの？」

これほどの痛みに襲われていなければ、笑っていたところだ。

「マダム、この部屋には人が多すぎるように思いますね」医者が言った。

「同感よ」母が応じた。「ご参考までに伝えておきますけれど、わたしは〝マダム〟ではなくて〝公爵未亡人〟なの。それに彼女の母親だから、わたしにはここにいる権利が……」母は再びあたりを見回した。「ダーシー、フィグを下に連れていって、ブランデーを飲ませてあげてちょうだい。ちょっと顔色が悪いわ。ここで気を失われたりしては困るのよ」

「いいえ、けっこうよ。わたくしはなんともありませんから」フィグが冷ややかに答えた。

「子供がひとりしかおらず、その子供すら捨てたあなたが、陣痛中の女性を力づけるすべを知っているとは思わなかったわ。わたくしには宝物である素晴らしい子供がふたりもいますけれどね」

「あなたは一日に一時間、お茶の時間に子供の顔を見るだけじゃなかったかしら」母は愛想よく応じた。

「不愉快だわ」フィグの声が危険なほど高くなった。

「あら、なにを言っているのよ、フィグ。あなたが子供たちといるところを何度か見たけれど、あなたのなかには母親らしいところはかけらもないわね」

「でも、男を次々と作って逃げたりはしないわよ！」

「それはあなたに言い寄る男なんていないから……」

わたしは顔を歪めて、体を起こした。「あなたたちみんな、部屋から出ていって！　いますぐに！」わたしは叫んだ。「静かに赤ちゃんを産ませてよ」

驚いたように部屋が静まりかえった。わたしが声を荒らげることは滅多にない。

「それがあなたの望みなら、そうするべきなんでしょうね」母がむっとして言った。「ほら、フィグ、行きましょう」

「あなたは行かないで、ダーシー」わたしは、ドアのところでためらっているダーシーに言った。「一緒にいてほしいの」

彼がベッドに近づいてきた。「きみはよくやっているよ、ジョージー。もうそれほど長くはかからないはずだ。そうですよね、ドクター?」

医者は曖昧な返事しかしなかった。「第一子の場合はなんとも言えません。赤ん坊は自分がいいと思ったときに生まれてくるんです」

正午が過ぎた。スープが運ばれてきたが、食欲はなかった。ダーシーは食事のために階下におりた。ゾゾがやってきて、勇気づけるような言葉をくれた。「素敵な象のぬいぐるみを持ってきたから、楽しみにしていて。赤ちゃんもきっと喜ぶわ」

けれどいまは、ゾゾでさえもそばにいてほしくはなかった。快活で朗らかで礼儀正しくはしていられない。悲鳴をあげたかったけれど、淑女は人前で悲鳴をあげたりすべきではない。痛みの波が襲ってくるたびに、わたしはダーシーの手を握りしめた。彼はわたしを見て言った。「いいんだ。叫びたかったら、叫んでいいんだよ」

わたしは唐突に、驚いたような声で言った。「いきみたい。なにか変なんです」

「よろしい。陣痛が来るのを待って、ありったけの力でいきむんです」医者が応じた。

わたしは待ち、いきんだ。再び待って、再びいきんだ。

「どうして出てこないの？」

「出てきていますよ。順調です。頭が見えていますよ。黒髪がふさふさしている。お父さんと同じだ。さあ、もう一度、思いっきりいきんで……」

次の瞬間、大きくて元気そうな泣き声が部屋を満たした。わたしはあっけにとられてダーシーを見た。医者は赤ちゃんをタオルでくるんだ。「元気な息子さんですよ」

「男の子」ダーシーの声はうわずっていた。

「男の子」わたしもそう繰り返すと、涙がどっとあふれた。

医者はへその緒を切って赤ちゃんをきれいにすると、わたしの腕に抱かせた。小さな黒い目がわたしを見あげた。〝あなたを知っている〟とその目は言っているようだった。小さな手が伸びてきて、わたしの頬に触れた。なにもかもが素晴らしすぎて、現実とは思えなかった。

「大きくて立派な手だ」ダーシーが言った。「きっとラグビー選手になる」

人に会えるくらいに身支度を整えたところで、ほかの人たちに部屋に入ってもらった。

「男の子だ。跡継ぎだ。未来のキレニー卿だ」サー・ヒューバートがダーシーの背中を叩きながら言った。「さぞ誇らしいだろうな」

「わたしは女の子が欲しかったわ」母が言った。「あなたもでしょう、ゾゾ？　男の子を着飾るのは楽しくないもの。なんでも汚してしまうんだから」

「でもとてもきれいな赤ちゃんだわ」ゾゾは手を伸ばして、赤ちゃんの黒い髪を撫でた。

「ハンサムね。お父さんみたいに女性の心を奪うようになるんでしょうね」そう言って、訳知り顔でダーシーに向かってウィンクをした。このふたりは親しくしていたときがあったのだろうとわたしは考えていた。

ドアロでためらっている祖父に気づいた。「ひ孫に会ってやって、おじいちゃん」わたしは呼びかけた。

ほかの人たちが道を開けて、祖父を通した。赤ちゃんを見つめる祖父の顔は優しさにあふれていて、わたしの心は温かくなった。「おまえのおじさんのジミーによく似ている。ハンサムな赤ん坊だったんだ」

「あなたにはジミーというおじさんがいたの?」フィグが訊いた。

「第一次世界大戦で死んだんだ」祖父が答えた。

「名前は決めたの?」フィグが訊いた。「ダーシーにするの? 変な名前だってずっと思っていたのよ。普通の名前じゃないわよね」そう言ったのは、ヒルダという名の女性だ。

「考えてはいたんだが、まだ決めていない」

「出生証明書には名前が必要なのよ」フィグはとげとげしい口調で言った。

ダーシーはわたしの表情に気づいたらしい。「ジョージーは休息が必要だ。少し眠らせてやってほしい」

一同はひとりずつ静かに出ていった。

「この子をなんて呼べばいいと思う？」ダーシーが訊いた。「ファーストネームにダーシーはだめだ。一軒の家に同じ名前がふたりは多すぎる。それに、ダーシーは本当の聖人の名前じゃないって神父さまに言われたせいで、ぼくの洗礼名はウィリアムなんだ。だからウィリアムでもいいかもしれない。それともぼくの父みたいに、サディアス・アレクサンダーとか？」

「わお、いやよ」

「それじゃあ、父の祖父や曾祖父にちなんで、アルバートは？」

「どこかにその名前は入れるべきでしょうね」わたしはうなずいた。「でもアルバートは、昔の名前だわ」

「それじゃあ、ウィリアム？」ダーシーは眠っている息子の顔を眺めた。

わたしも彼を見た。ビリー？　ウィル？「あなたがウィリアムらしくないように、この子もウィリアムには見えないわ」わたしは言った。「思いついたことがあるの。この子はジミーおじさんに似ているっておじいちゃんが言っていた。ジェームズはどうかしら？」

「ジェームズ・オマーラ。いい響きだ。ジェームズ・アルバート・ダーシー、第一八代キレニー男爵。うん、いいね、そうしよう」

「完璧だわ」わたしは笑顔でうなずいた。

「みんなに伝えてくるよ。きみは眠るといい。なにか欲しいものはある？」

「なんだと思う？　お腹がぺこぺこなの。何度か食事をし損ねたわ。スクランブルエッグとベーコンが食べたい」

その名前は全員が気に入ったようだったが、ビンキーだけはわたしのほうの家系に敬意を表してファーガスやブルースやハミッシュを入れるべきじゃないかと言った。アルバートが入っているんだから、充分に敬意を表しているとわたしは指摘した。ジミーおじさんにちなんだ名前にしたと言うと、祖父は涙ぐんだ。そしてもちろん、祖父の名にもちなんでいる。もうひとりのアルバート。そういうわけで、どちらの家系にも敬意を表する名前になった。ジェームズ・アルバート・ダーシーはよく眠り、目が覚めてお乳を飲むと、また眠った。母とフィグとゾゾは、競い合うように赤ちゃんに豪華な贈り物をしにくる合間に、互いをいらつかせることを楽しんでいた。探検家は注目の的ではなくなったことが面白くないようで、洗礼式のお祝いには値段がつけられないほど貴重な工芸品を送ることを約束して、帰っていった。赤ちゃんは干し首や戦闘用こん棒を喜ばないだろうと思ったけれど、ありがたかった。

二日後、ロンドンからダーシーに電話があった。ジェームズに授乳している部屋に彼が入ってきた。「邪魔をしてごめん」愛おしげにわたしたちを見ながら、彼が言った。「ロンドンの仲間から連絡があった。サー・モルドレッドのことで。彼の財政状況はあまりよくないようだ。彼の本はもうあまり売れていないと出版者が打ち明けたそうだ。彼の本は一時的には流行したものの、いつも同じような話を繰り返すばかりで読者が飽きてしまったらしい」

「でも、彼はお金持ちの女性と結婚したのよ」

「妻のお金はあの屋敷を買うことに使ったうえ、相続した家はかなり修復する必要があった」ダーシーが言った。「妻は、生涯暮らしていけるだけの金を彼に遺したものの、財産の大部分はふたりの子供に行くことになっているから、自由に使える現金はあまりなかったんだ。だが、ローレンス・オリヴィエとの映画に出資するために、彼はいますぐ現金を必要としていた」

「自分の映画に出資しなくてはいけないの？」

「大金を工面しなくてはいけなかった。自分の名前をもう一度世間に広めるためにも、どうしてもそうする必要があったんだ」

考えてみた。「つまり、オープンハウスも晩餐会も、彼が自分で使うお金を集めるためにしたことだって言っているの？」

「そのようだね」

「そしてあの老婦人は不信感を抱いた。南アフリカの児童養護施設を調べるつもりだった」

ダーシーは再びうなずいた。

「でも、それが人を殺す理由になるかしら？」わたしは尋ねた。「確かに恥ずかしいことだけれど、でもそれだけよ。お金を不正使用した著名人なんて大勢いるでしょう？」

彼はうなずいた。「だが彼は虚栄心の強い男だ。違うかい？　蔑《さげす》まれるのはいやがるだろう」

「でもそれだと、ミスター・ハリデイを殺そうとする理由の説明がつかないわ」
「確かにそうだ」
「この情報をスタージョン警部補に伝えるんでしょう？」
「もちろんだ。それをどう考えるかは彼次第だ」

ダーシーが部屋を出ていき、目を開けたままのジェームズ・アルバートをバシネットに寝かせたわたしは、いま彼から聞いたことを考えた。サー・モルドレッドが狡猾な人間だということがわかったけれど、それですべてを失うとでもいうのでないかぎり、お金の扱い方を間違ったからといって人はだれかを殺したりはしない。それどころか、逆の効果があるだろう。スキャンダルになれば、彼の名前が再び世間の目に触れる。本はまた売れるはずだ。

ダーシーから話を聞いても、スタージョン警部補は納得しなかったらしい。老婦人の死は悪意の結果ではなく、弱った心臓のせいだと彼は考えていた。また、ミスター・ハリデイを亡き者にしたがるもっともな理由も、見つけ出すことができなかった。

そういうわけで、捜査は行き詰まっているようだった。母とゾゾとフィグはちょこちょこと顔を見せては、助言や贈り物をくれたり、互いに対する文句を言ったりした（ゾゾは別だ。彼女は決して文句は言わず、ほかのふたりが戦っている様子を聞かせてくれた）。わたしはなにかしたいと思いながら、ベッドの上で退屈していた。二週間もベッドで過ごすなんてばかげている。わたしは完璧な健康体で、いつでもこれまでどおりの生活に戻れると感じていた。

気持ちのいいある日の午後、わたしはジェームズを膝に乗せ、開いた窓のそばで肘掛け椅子に座っていた。彼は目を開けていて、笑いかけたり、話しかけたりするわたしの顔をじっと見つめていた。わたしもそれに応えるように、うっとりと彼を眺めていた。これほどまで完璧なものを自分が生み出したことが信じられなかった。その小さな手は、驚くほどの強さでわたしの指をつかんでいる。わたしはその小さな手を、完璧な小さな指を見つめた。不意に体が凍りついた。まるで映像を見ているようだった。目の前にハロウ校のラグビーチームの写真が見えた。中央にボールを持って座っているシュリンピー・モーティマーがいる。スターティングメンバーを写した最後の写真では、彼の指の一本の関節が腫れていびつな形になっていた。

わたしは立ちあがり、ジェームズをバシネットに戻すと――彼はとても嫌がった――呼び鈴を鳴らした。メイジーが息せき切って現れた。「なにかご用ですか、マイ・レディ？」

「ええ、メイジー。ミスター・オマーラにすぐに会いたいと伝えてちょうだい」

わたしはいらいらしながら待った。彼を見つけるのに長い時間がかかっているように思えた。わたしになにも言わずにロンドンかどこかに行ってしまったのだろうかと考えた。やがて急いで廊下を近づいてくる彼の足音が聞こえてきた。

「なにかあったのかい、ジョージー？　問題はない？」

「彼は別人なのよ」わたしは興奮して言った。

「なんだって？　赤ん坊が取り違えられたと思うの？　それはないよ。生まれるところを見ていたからね」

「そうじゃない、赤ちゃんじゃない。サー・モルドレッドよ！」わたしはうろうろと歩き始めた。

「横になったほうがいいんじゃないか？」ダーシーはわたしを落ち着かせようとして腕をつかんだ。

「わたしは大丈夫。よく聞いて、ダーシー。ジェームズの指を見ながら完璧だって考えていたら、ミセス・ハリデイが見せてくれたラグビーチームの写真を不意に思い出したの。最後の写真では、モルドレッドの指はいびつだった」

「ああ。彼が指を骨折して、その後のプレイはできないんじゃないかと心配したが、手を固定して最後までやり抜いたとミスター・ハリデイが言っていたのを覚えているよ」

「骨折した手足は完全に元通りにはならないものよ。いくらか曲がるか、いびつになってしまう。でもサー・モルドレッドの指は長くて、まっすぐで、完璧だった。ミスター・ハリデイはそれに気づいたのよ。彼はなにか言おうとしていた。それは確かよ。おそらくサー・モルドレッドは彼が知っている人物ではないっていう結論に達したんだと思う」

「だがどうして嘘をつくんだ？　どうして〝そうだ、わたしはモルドレッドではない〟と言わない？」

わたしはまた興奮して両腕を振った。「モルドレッドは肩書と地所を相続したからよ」

「それじゃあ、彼はだれなんだ？」

「南アフリカについて彼が話してくれたことを覚えている？　友だちとふたりでダイヤモンドを探していたら採掘場で生き埋めになって、彼は助け出されたけれど友だちは運が悪かったっていう話よ。その運が悪かったほうが本物のモルドレッドだったとしたら？　わたしたちが会っていたのは、モルドレッドが肩書と地所を受け継いだばかりだと知っていた貧乏な友だちのほうだったとしたら？　肩書を受け継ぐことになった親戚とは一度も会ったことがないって、モルドレッドから聞いていたんでしょうね。きっとモルドレッドになりすませるくらい見た目が似ていたから、彼になりすまして英国に戻ってきて、快適な新しい暮らしを始めたのよ」

ダーシーはわたしを見つめるばかりだった。わたしは言葉を継いだ。

「おそらく彼は以前から作家になりたかったけれど、そうするだけの時間も資金もなかった。だれかに気づかれないために、極端な格好をするようにした――銀色の長髪、メタルフレームの丸い眼鏡、ばかげた衣服」

「そしてそれはうまくいっていた。昔、親しかった友人のタビー・ハリデイが、彼の人生に入りこんでこようとするまでは。親しい友人なら気づくだろう――実際彼はあの夜、なにかおかしいといぶかり始めていた」

「そして、サー・モルドレッドの手を見て確信した」わたしはダーシーの代わりに締めくくった。

「だから彼は死ななくてはならなかった」ダーシーが言った。

その行為の非道さを思いながら、わたしたちは見つめ合った。

「どうやって証明すればいいかしら？」

「南アフリカ高等弁務官事務所に古い新聞が残っていると思う。ふたりの若い男性が採掘中に生き埋めになったんだから、新聞記事になっているはずだろう？」

ダーシーは高等弁務官事務所に電話をかけ、翌日ロンドンに出かけて意気揚々と戻ってきた。

「新聞記事の写しだ」彼は、シャベルを手にして岩の上に座っている上半身裸のふたりの若者のきめの粗い写真を見せながら言った。ひとりはサー・モルドレッド。そしてもうひとりは……。

「これがシュリンピー・モーティマーね」わたしは言った。

35

八月四日
アインスレー

日記を書く時間がたっぷり持てるようになった。すべてが順調だ。わたしには愛らしい赤ちゃんがいる。すべての子供のなかで一番美しくて、一番賢い息子。それから誇り高い夫。まわりには多すぎるほどの親戚。サー・モルドレッド・モーティマーは殺人容疑で逮捕された。彼の実験室を捜索したところ、ベラドンナから抽出したアトロピンが発見された。目的を果たすのにほんの数滴あればよかったようだ。ニワトコの実は人々の目をくらませるため、サー・モルドレッドを被害者に見せかけ、ピエールに疑いをかけるために使われただけだった。

わたしたちがサー・モルドレッドと認識していた男は、ジャック・ウィラーという南アフリカ人だということがわかった。彼はケープタウンの児童養護施設で育っていた。南アフリカの孤児の援助をしたがったのはそれで説明がつくかもしれない。集めたお金を自分のものにするのではなく、本当に寄付するつもりだったとしたらの話だけれど。また、フランス語を話せなかったことも納得がいく。たとえうまく話せないにしても、パブリックスクールに通う英国の少年は、何年もフランス語を叩きこまれるものだ。戦後ロバート・モーティマーは、英国に戻らないと決めて大牧場で働いているときに、彼と親しくなった。ふたりはダイヤモンドの採掘で自分たちの運を試そうと決めた。ふたりが掘っていた場所が本当に崩れ落ちたのかどうかは、いまとなっては知る由もない。ジャック・ウィラーはチャンスを狙っていたのだろうか？　友人に幸運が巡ってきたことを知った直後のことだったんだろうか？　モーティマーは肩書を受け継ぐため、英国に帰国しようとしていた。ウィラーは採掘場が崩れるように仕向ける誘惑にかられた？　友人を殺したあと、生き埋めを装った？　わたしたちがその答えを知ることはない。

それから気の毒なミス・オーモロッドがいる。彼女が南アフリカの児童養護施設を調べるつもりだと知って、サー・モルドレッドは見過ごすことができなかったのだろう。エドウィンがそんなことをほのめかしていたが、彼が妻を殺したのかどうかもわからないままだ。妻の死によって経済的に潤うことはなかったわけだから、答えはおそらくノーだろう。だが、妻が財布の紐を握っていたことが気に入らなかったのかもしれない。妻が彼にうんざりしていて、離婚していたがったのかもしれない。一度人を殺した人間は、殺人に抵抗がなくなるという。

そういうわけで、アインスレーには普段どおりの――母のようなプリマドンナと、フィグのような不愉快極まる女性と、ゾゾのような楽しいこと好きな美しい女性がひとつ屋根の下にいるなかでは、かなうかぎり普段どおりと言うべきだろう――生活が戻ってきた。祖父とビンキーは意外にも同盟を組み、サー・ヒューバートと共に庭で多くの時間を過ごして様々な計画を立てている。わたしたちは豚と羊を飼って、果樹園を広げ、自作農場を持つことになるらしい。

サー・ヒューバートがゾゾに夢中になっているのを見て、母はどう思うだろうとわたしは考えていた。

「あの女」母はわたしのベッドの脇に腰かけて、切り出した。「ヒューバートに色目を使っている。不愉快だわ」

「あの人たち、お似合いだと思うわ」わたしは言った。「お母さまは彼を選ばなかったのよ。そうでしょう？」

「そうね」母は女優だけができる仕草で、大げさにため息をついた。「人生最大の過ちだったわね」そう言ったところで、言葉を切った。「いいえ、最大の過ちはあなたを置いて出ていったことだわ。あなたの人生に関わることができず、あなたの成長を見ることもできなかった」

わたしはひどく驚いた。「それもお母さまの選んだことよ」

「そうとは言えない」母は華奢な手で白いシーツを撫でた。「パーティには、南フランスに別の家族がいることがわかったの。夢中になっている愛人がいた。向こうで過ごす時間がどんどん長くなっていった。わたしが二番目の立場に耐えられないことはあなたも知って……」

「彼女に会ったの」蘇った記憶に心が痛んだ。「ジャニーヌに会った。お姉さん。わたしにそっくりだった」

「会ったのね。それで？」

「彼女は殺された。よく知り合う時間もなかったわ」

母はもう一度ため息をついた。「悲劇と過ちがあまりにも多すぎたわ」

わたしは母の目を見つめた。

「これ以上過ちを犯さないで、お母さま。ドイツに戻る前に、よく考えてほしいの」

「でもマックスはわたしを愛しているのよ。あの国での暮らしは快適だわ」

「彼と結婚したら、お母さまはドイツ国民になるのよ。逃げ出せなくなるの」

「どうしてわたしが逃げ出さなきゃいけないの？」

「どういう状況になっているのか、お母さまは知っているはずよ。ナチスはすべてを支配しようとする」

「でもあの人たちは道路を整備したのよ。鉄道も。オリンピックのために建てたスタジアムを見せたいわ。そういえば、オリンピックは八月一日から始まっているの。だから戻らないと。マックスがどうしてもって言っているのよ。特別席を押さえてあるし、ランニングシャツ姿の男性は――見ていて元気が出るわ」

「すぐに戻ってくるでしょう?」わたしの声には懇願の響きがあった。ほかのみんなのような母親が欲しいと、いつも思っていた。秘密を分かち合い、洋服を一緒に選んでくれて、物語を聞かせてくれるような母親。けれど彼女がそんな母親になることはないと、いつしか諦めていた。母は立ちあがった。

「できるだけそうするわ。わたしはとても忙しいのよ。ねえ、聞いてくれる? ヘル・ゲッベルスに、彼らが作ろうとしている映画に出ないかって言われているの。ドイツの映画スターになったわたしを想像してみて。完璧な金髪の美女――彼はわたしのことをそう言うの。優しいわよね? 孫ができたいまも、わたしにはまだ魅力があるっていうことね」

そして母は頭のなかで歓声を聞いているかのように、堂々とした態度で部屋を出ていった。わたしはそのうしろ姿を見つめながら、母は本当にドイツでなにが起きているのかを、その映画はおそらくなんらかの宣伝活動であることを知らないんだろうかと考えた。それとも、知っているけれどどうでもいいと思っているのかもしれない。

その日はもうひとりの来訪者があった。エドウィン・モーティマーだ。

「お別れを言いに来たんです」彼は言った。「アメリカに行くことにしました。母の家族がいるところに」

殺人事件を解決したことで、ほかのふたりの人生を台無しにしたのかもしれないことにわたしは気づき始めていた。

「本当にごめんなさい、エドウィン」わたしは謝った。「でも、真実を見つけなきゃいけなかったの。あなたのお父さんはふたりの人間を殺した。もっとかもしれない。彼は本物のモーティマーを殺したのかもしれない」

エドウィンはうなずいた。

「おおいにありえますね。彼は冷酷な人間だった。ぼくたちに愛情を示してくれたことはありませんでした」エドウィンは椅子の背もたれを撫でた。「ぼくの名前がモーティマーじゃないことを受け入れるのは妙な気持ちでしたよ。ウィラー。エドウィン・ウィラー。母の苗字に変えるかもしれません。ヴァン・オスター。エドウィン・ヴァン・オスター。悪くない響きですよね？」

わたしはうなずいた。

「ここから離れて、新しいスタートを切るのはいいことだと思うわ。座ってちょうだい。これから昼食なの。よかったら一緒にどうかしら？」

彼は首を振った。「いえ、遠慮しておきます。ぼくたちがどうすることにしたのかを伝えに来ただけですから。シルヴィアとスタンレーは南フランスにヴィラを買って、彼はそこで詩を書くそうです。ぼくたち、かなりの金持ちになったんですよ。皮肉なものだと思いませんか？」

「ブラックハート邸はどうするの？」

「売ります。昔からあの家は大嫌いだった。毒草園なんてだれが欲しがるんでしょう？」

エドウィンはそう言って帰っていった。彼の顔から、不安そうな表情は消えていた。

その週が終わるころには、ゾゾは家に帰ると決め、祖父は自分の家の小さな庭が恋しくなり、サー・ヒューバートはまだ登っていない山に向かう計画を立て始めていた。ダーシーは仕事に戻らなくてはいけない、いつまでも任務を断っているわけにはいかないと言った。帰ろうとしないのはフィグとビンキーだけだった。

「ここは本当に気持ちのいいところね、ジョージアナ」フィグが言った。鮮やかなオレンジ色の水着を着てデッキチェアに寝そべったフィグは、ロブスターのように真っ赤になっていた。「毎年、恒例にしようかしら。スコットランドの夏は暖かくないんですもの」

わたしの隣に座っていたダーシーが体を起こし、身を乗り出して言った。

「もちろん、ずっといてくださっていいですよ。でもジョージーとぼくは、父に息子を見せるために近々アイルランドに行かなきゃいけないんです。ピエールとメイジーは連れていきますが、お望みならクイーニーが残ってあなた方の世話をしますから」

ダーシーとふたりきりになるやいなや、わたしは噴き出した。

「見事だったわ。クイーニーが世話をすると言ったときの、彼女の顔ったら！」わたしは言葉を切った。「本当にあなたのお父さまに会いに行くの？」

「そうだ。あの頑固な馬鹿者はゾゾになにもしようとしないから、ライバルが現れたことを教えて、早く行動に移さなきゃいけないって言ってやるつもりだ。それにアイルランドへの旅は楽しいと思わないかい？　ふたりで行くんだ。そしてもちろん、未来のキレニー卿も一緒だよ」

「完璧だわ」わたしは言った。

エピローグ

ジェームズ・アルバート・ダーシーは、八月一五日にヘイワーズ・ヒースにある一番近いカトリック教会で洗礼を受けた。ゴッドペアレントはゾゾとサー・ヒューバートだった。母はすでにドイツに戻っていて、わたしが見た写真では、オリンピックの競技場でマックスとアドニスのようなドイツ人の美青年にはさまれて立っていた。ジェームズはフィグの要望で、スコットランドから送られてきた我が家の洗礼式用のローブを着た。ばかみたいな小さなレースの帽子をかぶり、白いレースに包まれて眠る彼は言葉にならないくらい愛らしかった。

教会を出ると、知っている顔を見かけたので驚いた。マローワン夫妻がそこにいた。

「ロンドンに戻るので駅に向かうところだったの」アガサが言った。「そうしたら洗礼式が行われると聞いて、お祝いを言いに来なきゃいけないと思ったのよ」

「本当におめでとう」マックスが言った。「立派な息子さんだ。跡継ぎ。あとは、念のためにふたり目の息子だな」

ジェームズを抱いたダーシーが人々に囲まれているあいだに、アガサがわたしに顔を寄せて言った。「年配者から助言をさせてね。母親であることにすべてを費やさないで。あなたには優れた頭脳がある。あの殺人事件を解決したのには感心したわ」

「あら、それは違います。毒はタルトに入っていたとは限らないって気づいたのは、あなただわ」

「でも、指に気づいたのはあなたよ。とても鋭い観察眼だった」彼女はわたしの手を取った。

「だから、その才能を無駄にしないで。いつか、トーキーにあるわたしたちの家に遊びに来てちょうだい。素敵なところよ。水辺にあるの。きっと気に入るわ。次の本のプロットを作るのを手伝ってほしいわ。エルキュール・ポワロにはちょっと行き詰まっているのよ。彼ったら例によってとてももったいぶっていて、だれの犯行なのかを教えてくれないの！」

アガサはわたしの腕を軽く叩き、わたしは人込みに呑みこまれた。

訳者あとがき

祝！

ジョージーがママになりました！！

結婚式のときにも感じたことですが、あの不器用で世間知らずで危なっかしかったジョージーが大人になっていくのを見るのは、本当に感慨深いものがあります。ほとんど母親の気分です。実は、ずっと本書を担当してくださっている編集者の方もわたしも、ジョージーの赤ちゃんは男の子だろうか女の子だろうかと予想していたのですが、見事に外れました！

みなさんはいかがだったでしょうか？


本書はフランスから料理人がやってくるところから幕を開けます。例によってジョージーが散々な目に遭ったパリ滞在でしたが、ずっと懸念だった料理人を見つけることができたのは幸いでした。クイーニーが黙っていないのではないかと予測している読者の方々が大勢いらっしゃいましたが、さすがです。案の定クイーニーは、外国から来た料理人なんかと働くのはごめんなので、自分は料理人をやめて、ジョージーのメイドに戻ると宣言します。ところが、いかしたフランス人の料理人ピエールをひと目見てクイーニーは……。

彼の料理を試すことなく雇ったので、腕前についてはジョージーも不安を抱いていましたが、優れた料理人であることがすぐにわかります。アインスレーの所有者であり、ジョージーのゴッドファーザーでもあるサー・ヒューバート・アンストルーサーの帰国に合わせてディナーパーティーを開くと、ピエールの料理は絶賛され、招待客のひとりである作家のサー・モルドレッド・モーティマーが彼を貸してほしいと言い出します。彼もまた晩餐会を開催するつもりでいたからです。出席者には近隣の人たちだけでなく、ローレンス・オリヴィエと妻のジル・エズモンド、アガサ・クリスティと夫の考古学者マックス・マローワンといった著名な人々もいました。ピエールは存分に腕を振るい（どのお料理も素晴らしくおいしそうです！）、晩餐会は大成功をおさめます。

ところが翌朝、ピエールの料理のせいでひどい目に遭ったとサー・モーティマーが文句を言ってきました。料理をつまみ食いしたクイーニーも寝込んでいましたし、ほかにも体調を崩した客が何人もいました。当初は度を越したいたずらかと思われましたが、死人が出るにいたってそうも言っていられなくなりました。だれもが、料理を作ったピエールに疑いの目を向けます。共産主義者だということもあって、彼はとうとう警察に拘束されてしまいます。なんとかして彼の無実を証明しようと、ジョージーは大きなお腹を抱えて奮闘することになるのでした。

このシリーズにはこれまでもノエル・カワードやココ・シャネルといった実在の人物が登場してきましたが、今回はなかなかに豪華です。アガサ・クリスティが事件解決にひと役買っているあたり、思わずにんまりしてしまいます。エルキュール・ポワロやミス・マープルを生み出した彼女から認められたジョージーは、やはり探偵としての才能があるのでしょう。

次作では、アインスレーで殺人事件が起きるようです。ヘンリー八世とアン・ブーリンの映画をアインスレーで撮影するのだとか。考えただけでわくわくします。そのうえ、どういういきさつか、シンプソン夫人をアインスレーに匿うことになります。本書でもシンプソン夫人とヨット遊びをしてばかりと、ちくりと皮肉られているエドワード八世（デイヴィッド王子という名前のほうが、みなさんにはなじみがあるかもしれませんね）ですが、いよいよ彼女との関係を世間に隠しておくのが難しくなってきているようです。ジョージーは、ふたりの関係が公にならないように細心の注意を払いつつ、赤ちゃんの世話をし、やんちゃな犬たちのしつけもしながら事件に取り組むことになりそうです。邦訳は二〇二五年春ごろの刊行予定です。どうぞお楽しみに。

コージーブックス

英国王妃《えいこくおうひ》の事件《じけん》ファイル⑰
貧乏《びんぼう》お嬢《じょう》さまと毒《どく》入《い》りタルト

著者　リース・ボウエン
訳者　田辺千幸《たなべちゆき》

2024年10月20日　初版第1刷発行

発行人　成瀬雅人
発行所　株式会社　原書房
〒160-0022 東京都新宿区新宿1-25-13
電話・代表　03-3354-0685
振替・00150-6-151594
http://www.harashobo.co.jp
ブックデザイン　atmosphere ltd.
印刷所　中央精版印刷株式会社

落丁・乱丁本はお取り替えいたします。
定価は、カバーに表示してあります。
 ISBN978-4-562-06144-0　Printed in Japan